定长安

小椴 著

中华书局

图书在版编目（CIP）数据

定长安/小椴著. —北京：中华书局，2019.7
ISBN 978-7-101-13898-6

Ⅰ.定…　Ⅱ.小…　Ⅲ.长篇小说-中国-当代　Ⅳ.I247.5

中国版本图书馆 CIP 数据核字（2019）第 100205 号

书　　名	定长安	
著　　者	小　椴	
责任编辑	傅　可	
出版发行	中华书局	
	（北京市丰台区太平桥西里 38 号　100073）	
	http://www.zhbc.com.cn	
	E-mail：zhbc@zhbc.com.cn	
印　　刷	北京市白帆印务有限公司	
版　　次	2019 年 7 月北京第 1 版	
	2019 年 7 月北京第 1 次印刷	
规　　格	开本/920×1250 毫米　1/32	
	印张 11¼　插页 2　字数 210 千字	
印　　数	1-10000 册	
国际书号	ISBN 978-7-101-13898-6	
定　　价	36.00 元	

序　言
英豪放胆，物来毕照

清　欢

《定长安》是一本从第一句开始就需要对每一个下一句充满期待的小说，这种期待混杂着忐忑、释然、欣喜与诅咒，它总是从一个疑点向另一个疑点移动，又在一段故事和另一段故事中过渡。作者仿佛漫不经心地拾取了战乱中随处可见的一场遭遇，然后将青春的武勇、朽坏的道德、赤裸的利益、冷漠的家族以及跨越了帝王和流民之间鸿沟的种种，统统投入到一场命运的演出之中。作者有意控制着节奏，他既将故事层层堆叠成势在必然的模样，又冷静地让每个演出者展现克制与权衡，他借助动荡的背景做了一场孤高的吟唱，随即将北朝一百三十六年的历史一刀劈开，让我们看见那些不被记载又鲜活无比的喜与痛来。

吉川英治的《宫本武藏》中有一个巧妙的细节，后来被古龙借用到《浣花洗剑录》中——绝世的剑客即便只是切开花枝柳条，也足以留下自己绝伦迈世的风流。从这一点上看，《定长安》那种情绪奔涌但行动相当克制，动静态在长镜头下快速切换的表现手法，已经体现出椴公驾驭材料的卓越能力。而通过角色时间不同流速形成的错位感，极易让人想起《黑客帝国》中的子弹时间。在宏大叙事的背景板上，椴公创造性做出时间停滞与飞驰的效果，既燃起了观众的热情，更使自己的才华得到了令人惊艳的展现。

但显然，对于历史小说的评价系统要比单纯判断一个故事的好坏复杂得多，即便以《定长安》为例，它极有可能在获得巴尔扎克先生认可的同时，却被歌德先生等闲地对待。巴尔扎克强调在大历史观下对材料情节性地运用，而歌德更关心历史本身的现实意义。

尽管猜测已故名家对当下作品的判断略显滑稽，但幸运的是通过先贤留下的只言片语，我们依旧可以学习他们是如何看待创作，并窥见批评与创作之间的和谐可能。毕竟，在我与椴公的互动中，和谐实际是相对难得的词语。

在我与椴公认识的十多个年头中，作为创作者的椴公与作为评论者的我彼此揭短批漏，大部分时候难逃攻讦的嫌疑。在椴公看来，创作者的野心和才华通过不停探讨作品的可能性得以呈现，而评论者会将一切汗漫归于语言的秩序之中。他疑心我意图从他所有作品中寻找漏洞，而我担心他每一部作品都故设陷阱。实际上，这种互相提防在作品的探讨范畴里并不是一件坏事，它促成了创作者与批评者之间难得的互相尊敬与谨慎。

这种谨慎一方面是出于面对椴公才华时，不得不避其锋芒；另一方面则单纯是对创作痛苦的尊重。《定长安》完稿之后，椴公在自己的微博上慨然作歌："我本匈奴儿，平生逐水草。横沙与瀚宇，剽悍不知老。"质朴刚健之气扑面而来，很容易让人忘记此时距离他完成初稿已过去了小半年，而最初嘱托我为本书作序则已是三年前的旧事。荏苒的时光毫不留情地出卖了他创作的艰难，让人想起绘制《浪客行》的井上雄彦，毕竟被创作野心压迫而不停休刊与拖稿的他，很早就诠释了野心与痛苦之间的关系。正因为此，在椴公这三年身陷痛苦而一再拖稿的过程中，我的期待与标准，也逐渐提升到配得上这些虚掷时光的程度。

这种期待首先是形式上的。在过去，巴尔扎克对于历史小说有着非常严苛的标准，他不仅指责历史小说的作者们占有材料却不注重叙事，也对完全不顾及历史背景地自说其话十分不满。他为我们树立了关于历史类小说作品的悖论：尽管历史是已经发生过的事情，但优秀的历史类作品却无不充满了创造性和野心。对于作者而言，他一方面要尽量占有历史材料，一方面又必须对他所勾描的世界有一个整体的看法，最终更需要在这个整体的背景中，将自己所得的材料与所思的细节不着痕迹地嵌合进去，使人们产生一种真切的概念。在《定长安》之前，我们也曾在一些非常优秀的历史作品中感受到这种天才演绎。以《康熙大帝》等历史小说为代表作的二月河先生，将传统的英雄模型结合进历史评述之中，产生了一种异常强大的叙事张力。而专注于学的黄仁宇先生，则对万历十五年所发生的事情略一切割，便在自己的代表作中呈现了明朝政治的弊端与必然。

前行者的勇敢魄力开拓了后来者的道路，又使后来者容易落入前行者的窠臼。实际上，椴公原本有充足的理由踏入前人设置的陷阱。他是大陆武侠宗师级的作者，对于英雄叙事与传奇演绎具有深厚的功底；他是惯于研读，又拥有自己宏观视角的思考者，很容易成为大历史观的拥趸——从这一点上说，哪怕他因袭前人的创作模式，依旧有可能做到作品文本上的绝对优秀。但这种唾手可得的绝对优秀无疑是诱人堕落的毒药。它以一种平庸的态度，摧毁一个创作者的勇气和野心，最终将作品以绝对优秀的名义排挤出真正的杰作殿堂。

在这平庸的限定下寻找破局契机，这多少说明椴公在一次次洋洋洒洒后全部推翻的过程并非出于无稽。但幸运的是，椴公如同宫本武藏一般，只是切开花枝，便在维度上获得了对平庸的碾压优势。在开篇的楔子中，他借一位升平元年出生、永兴初年遭遇兵祸、最终在光寿元年去世的孩子身世，对这乱世递出了第一刀。这是三个简单的年号，却全部出现在公元 357 年的中华大地上；这属于三个不同的政权，却同时分割着华夏的土壤。他以一个被战乱牺牲的孩童为具象，将荒芜淹没城池的十六国的残暴与荒谬刻画淋漓。这是对时间与空间的重新标注，也是整个故事的基调与结局：它是人的故事，也只刻画人的悲悯。借助这个立意，椴公将自己的故事从因袭的传奇之中抽离出来，赋予它更热的血与更真的痛。

在得到足够填充细节的普通角色之后，椴公开始让历史曾有的名字依次出场，这样，他的每个角色都不需抱着不切实际的理念，去喊空无意义的口号，他们只是被无数微小的生命牵连着，以至于不得不为这群乱世草民解决问题。那些历史不曾记述的名字，填充成符坚眼中的深渊，它成为外戚与亲族、母与子、兄与弟、王与后、帝与相、朝与野、东与北所有矛盾的焦点。这些名字也灼成王猛胸口的痛与热切，它成为王猛解决礼乐败坏、外戚干政、亲族背离、王后相忌、帝相困顿的胜负手段。在椴公不紧不慢的布局中，一切奇谋与诡道的展开竟有了一种漫步般的悠然。

这种悠然产生了欺骗性，它让我在很长一段时间里相信解决问题的方式与呈现问题的方式是对称的，但椴公所做的显然不止于此。他如同造物主在水中旋起漩涡，在最开始对称的格式中添加新的材料，不停旋转的结构有一种动态的静止，它不停吞噬新的层面、新的角色、新的理由、新的可能，然后形成了更为丰富的表达。在这个时候，你同时得到故事的开始与结尾，同时窥见了无穷反复的陈述，你见到了物理化莫比乌斯环降临在文学的殿堂里。

　　一直到此时，一定要到此时，你才明白椴公是如此驱使他笔下的材料，做这一场横切十六国的演出，你心中涟漪荡漾，却想起白居易的那句诗"唯见江心秋月白"，你很可能第一次相信金圣叹先生说"才子心清如水，故物来毕照"，是一件诚哉有矣的事情。

目　录

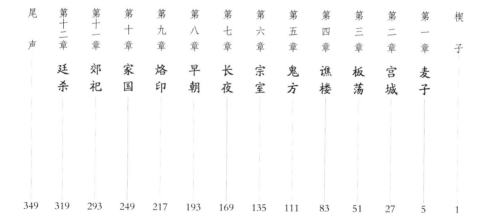

"她在升平元年出生。"

"在永兴初年遭遇兵祸。"

"然后，在光寿元年死了。"

女人静静地抬起眼，望着门口逆光处的那个男人，干涩地问："先生，你说她一共活了几岁？"

升平、永兴、光寿……

男人心里重重地叹了口气。

一岁……

他望着那个女人，她身下破败的蒲席，与怀里空抱着的一个襁褓。

那孩子活了还不到一岁。

女人浑身的衣衫破旧，只这襁褓上的锦绣如新。那襁褓死死地封着，什么都没露出来，包括那本该有的小脸儿、小手儿。可想象中的小手还是在那里痉挛着，抓着那女人的心肺；小脚还在那里蹬踏着，踩着那女人的肝肠。

女人的表情只是木木的，眼睛里只剩下空洞。

"这么长时间了，我还没有埋她。"

"我不能轻易埋她。"

"因为她姓谢，是谢家的人。"

那个"谢"字出口时，仿佛有什么猛地标挺在她的眼前。

这一年是公元 357 年。

是晋的升平元年，燕的光寿元年。

同时，还是大秦的永兴元年。

仿佛只割裂河山还不够似的，帝王们又重重地割切开了时间。

那一年，晋室的皇太后褚蒜子刚刚归政给年满十五岁的皇帝司马聃，改元升平；燕国的慕容儁携数十万铁骑南下至邺城，定年号光寿；而大秦的苻坚刚刚诛暴登基，建年永兴。

小茅屋内，一切时光仿佛都静止了，随着那女人的视线，凝结在襁褓之内。可就在这小茅屋外，几千尺的晴空下，划过那男人耳边的年号正破空而去，在几万里的河山上纵横激荡，往来呼啸……

锋棱过处，血流漂杵。

*　　　　*　　　　*

公元 357 年的人们，应该不会想到后世会用什么纪元来标识他们。对于他们来说，身边的纪元已混乱了。他们怕是并不知道那些活跃在棘城之北、颛顼之墟一带的慕容鲜卑们，踏着清早的晨霜纵马驰猎时，生活在秦岭西侧、略阳之境的氐族人的天还没有放亮；更不知道疏勒月氏一带的人们此时正自酣睡——不知道那亘古之日是轮流地唤醒着汉人、鲜卑人、匈奴人、羯人、氐人、羌人与西域诸胡的。

　　他们怕只知道：不知怎么，这些东西遥隔、山高水远的诸族之间，忽然间就互相搅和在一起，开始彼此酣战了。

　　公元 357 年，后世所谓的中国境内的天下，正在不停地分裂、整合着。

　　北方来的鲜卑人的铁蹄已踏入邺城之地，且于此立国，国号"大燕"；汉人的朝廷南渡之后，终于在建康站住了脚，国号依然是"晋"；而从西边略阳出来的氐人则在长安暂时扎下了根，立国号为"大秦"。更别提那些诸如"代""凉""仇池"等散落边荒的小国了。

　　而在野火未熄、干戈偶歇的难得的间隙，他们回头遥望，百五十余年前的那个"大汉"只怕如一块昏黄的、色若金盆的、巨大的完璧，遥遥地作为背景，映衬着这百五十年间的战乱。

　　没有人敢相信，曾有一个"天只一日，人仅一君"的朝代屹立了四百年，还曾把这些匈奴人、鲜卑人、羯人、氐人、羌人跟汉人们合拢在一起，并世耕猎，同乐蓄息。

　　让我们拍一拍那尘封在故史上的沙土，把这一段已沉没于史书中的故事，从那一年秋八月，一队自南阳向陇头迁徙的流民身上讲起吧……

第一章
麦 子

他有些后悔，不该跟一个汉人多嘴，胡说那些怪话的。

可偏偏，他心头又觉得有些畅快——应该没事儿吧？不管怎么说，不是换了年号吗？现如今，天王许的愿是"永兴"。

那之前，是寿光、是皇始……这是之前的两位大秦皇帝苻生与苻健的年号了，可说的好像都是他们俩自己个儿的事，许的也是他们自己个儿的愿。而再往前，他们氏人还从没有过自己的年号。他记得，在那之前，他们整个氏族是依托在石赵门下的，跟着别人的年号，都是些什么：永宁、青龙、太宁、建武、延熙……

再往前，就是他做为氏人跟着苻家投降刘赵时候的事儿了，年号叫光初还是什么……他摇摇头，自己老了，脑子不够用、记不清那么多了。

高田种小麦，终久不成穗。

男儿在他乡，焉得不憔悴！

猛可里一声吼起，上洛道上，本来默默行走的一众人等略微骚动了起来。这些人个个衣衫褴褛，面带菜色。他们本来一个个默不作声地低头走着，数百里秦川就横亘在那里，郁郁葱葱、莽莽苍苍，却没有人抬头看它一眼。挽着车的、挑着担的、负着行囊的、背着孩子的，个个只盯着自己的脚与眼前方寸地界。直到这歌声猛然炸起，那些负重的人们一时抬起了头，就见整面秦岭伴着歌声劈面打了过来，打掉了人们心头好容易建立起来的那道麻木的屏障，有的人喉头耸动，紧闭着嘴唇，怕一张口就会"嗷"地一声哭出来。

勒在肩头的绳索陷在肉里，很多人脚上已没了鞋子，随便用些碎布烂皮裹着，每个人的肚皮都深深地凹着，眼神大多混浊了，没有人受得了身外那生猛的绿。

这时，一个清越的女声响起："已经过了蓝关了。再往前，咱们就要出了这道秦岭、出了这上洛道。叔公说，前面就是蓝田，那里，应该就是一带平畴了。"

这些人大都是从南阳过来的，一百几十号人聚拢成的一拨难民。那女声的口气里带着些激励——也确是该鼓鼓劲儿了，他们这一众人等，从南阳煅炉谷出发时共有两百多号人，沿路又裹带了百数十人，可一路辗转下来，就只剩下这些个了。

女声才落地，只听先前那个吼声再度响了起来："高田种小麦……"

那声音有些焦烈，听得出嗓子眼儿都是干的。让人想起那火爆的太阳底下，他们南阳地带，平畴中干得要爆出响来的麦田。人人都想起骄阳下那黄灿灿满地的景象。哪怕蓝田并不是他们的最终目的地，但想起平原，想起那料来跟家乡相近的景色，人人心里都忍不住窜起股火苗。

说话的女人位居队伍正中，似乎是这一队人马的核心。她身材高挑，背脊挺直。这时她扭头后看，在队伍最末，有个略显佝偻的老人在那儿拖着腿走着，适才，那沧桑干烈的一声吼就是他发出来的。女人有些心疼地看着他，知道那条略有些瘸的老腿，曾怎样蹚过千山万水，如今，又陪着自己奔亡在去往凉州的路上。

众人的心情略有振奋，脚底下不由加快了些。

这队伍逶迤了有数十丈，当先开路的是几个小伙子；接下来就是些壮年男人，多半低着头、挽着车、挑着担，憋着自己怦怦的心跳；再往后就是一群妇孺了，那个领头的女人就走在这群妇孺中间。走在队伍最后的是吼歌的老人王车，和几个压队的年长男子，他们身边跟着几个掉队的孩童。

人群后面就是那郁郁葱葱的山，各种层次深浅不一的绿，郁结在一起，凝成一团，蓬勃得像一团跃然的兽。

这时，猛地听到走在最前面的探路的小伙儿"哇"地一声，众人还没明白，接着就有人转过山脚，只见一片阔大的关中平原呈现在眼前：山是蓝的，底下的麦田是焦黄的，中间浮动着些青烟，那么多明丽的色彩铺陈在那里，参差的房子就散落在那些田畴之间。

整个队伍都兴奋得骚动起来。后边领队的那个女人、抱着她的孩子的侍女，还有压队的老人王车都加紧往前赶。

这段路，他们先是取道西峡，后因燕兵西扩，走不通，损伤了不少人后只能先往南走。到了襄阳，也不敢进城，就辗转到漫川关，又辗转到商洛、武关、蓝关，逶迤千余里，已走得十分辛苦。

当先打头的那小伙子兴奋劲儿还没过去，忽然打了声呼哨，伏下身子来。

离他最近的人见到他脸色都变了。

王车与领队那女人就急往前赶。却见那小伙儿蹲下身后，朝后面竖起手指在嘴唇边做了个"嘘"的表情。整个后面的队伍立时就安静了下来。

王车尽快赶上，拐过山拐角，只见遥遥的山脚下，正有一队人马走上山来。

王车的表情僵住了。

触动他的不是人，而是那么多坚冷的兵器。

"兵！"

这个字猛地向他心头压下来。

"不是说大秦天王有令，命手下诸部蕃属，不得侵扰劫掠流民，更不得妄自杀戮，许各方流民安稳迁徙吗？"那蹲下身子的小伙儿面色激动地问。

王车摇了摇头。"甭慌。到底怎么回事，现在还不好说。"

如不是听到大秦天王的那道诏书，他们当初也不敢在辗转到漫川关后，依着上洛道就这么往关中行走。途中经过武关、牧护关时，他们一度也极为提心吊胆。天下大乱已有数十年了，四海流民无数。几十年来，每经变乱，青、兖诸州的人多半是往江南跑，司、豫诸州的底层人则多是往荆州、襄阳跑，幽、冀两州的人则往龙城跑，雍、并诸州的人则大多往河西跑，普天下一派乱糟糟。但无论往哪里跑，被当地门阀、豪强、乱兵劫掠残杀，都是流民们心头永远的噩梦。他们这次从南阳老家迁出，只因为燕兵南下，而他们无论在晋、在燕，都站不住脚，才想到远投河西张氏。如不是大秦天王苻坚下了那道命令，他们再怎么也不敢取道武关，走上这条通往关中平原的路。

王车眯起了眼，朝山下望去。

他们此时正处在半山腰，下面就是一派宽阔的平地，间或还有些小山丘。不过，那只是秦岭的余势了。日光近午，前方的草木在阳光下太过刺眼，绿得有些泛白。而那群上山人马兵器上折射的光也更加清晰了。

那队人马衣着并不齐整，头上多梳着细细的小辫儿，也并无甲胄。王车眯着眼看了一会儿，轻声吐出了两个字："氐人。"

他又回头看了看身后族人处身的狭窄山道，皱了皱眉，沉吟着，冲身边的女人说："要不，照计划叫他们先散开吧？"

他语音虽轻，语意却颇为沉重。

他身边的那个女人也正凝目下看。

有一会儿，才听她叹了口气："人是好散，躲在这山间树丛、峰腰涧底，总躲得过一些的，可辎重呢？"

她回头看着山腰道上停着的那十几辆车。

车上的东西极为笨重，里面还有些锻铁的炉具——这仅余的一点东西，是一路上，不停地扔了又扔，残存下来再也扔不得的宝贝了。如没了这些，他们就是到了河西，又凭什么立足？

王车叹了口气："人没了，要东西还有什么用？"

女人默然。

"没了这些家伙，咱们孔族怕再也熬不下去了，这一散，就真的从此散落天涯，灭门绝户了。我听闻大秦天王登基不久，颇有揽辔廓清之志，他颁下严令，照说手下应该不敢不遵守的。或许……情况没那么严重。"

说罢，她冲后面吩咐道："前方有变，所有妇孺，先自行散开，自找安妥处躲藏，切勿喧哗。其余青壮，除了轮班负重的，一切人等，也自行去找地方遮蔽。先别慌，赶快把车上的粟米细软找地儿藏起来，埋怕是来不及了，往树丛里面藏藏看，能躲过多少就躲过多少吧。"

她一声令下，身后人等立时忙乱起来。

那女人吩咐完后，更不多言，只对王车点了点头，知道叔公会处理好眼下这个混乱场面的。她掸了掸身上本已鄙旧的衣衫，侧过身，在侍女怀抱的小人儿脸上亲了两口，挺直身子，独自一人朝下面行去。

她身边的王车愣了下，下意识地伸手一拉，却被她背影中那股凝然肃重的姿势给禁住了。

却见那女子腰杆儿笔挺地在狭窄山路上独自向下走。她的衣着是晋人的范式，宽衣博袖，下面是一条石青色的襦裙，打着两块补丁，磨得已有些泛白了；外面的袍衣早落了色，原本是赭石色的，现在赭彩仍存，却斑驳不一，差似满地落红；浑身上下，只头上的高髻一丝不乱。

她拾路而行，眼看拐过了两个折返的陡弯，走到距身后的队伍里许开外，侧顾身边草木横杂，却并不高，自度这里正当要冲，又地势显豁，足以让上方的叔公看清楚自己这里的形势，于是停下身来。

碰到大事，她一个女人本做不了什么。但既然轮到她领头主事，此刻能做的只有迎难而上，孤身探险，给身后的族人留一点儿应变的余裕吧。

王车立在山拐角处，正可以看到斜下方处自己的族孙女，远远看得到她头上的高髻与乌木簪子根上镶的那一点银饰的反光，看着她停顿好了身形，缓缓地整理好袍带、衫袖，然后，就那么安安静静地在那山道上跪了下去。

底下的人马眼看着越来越近，已看得清他们的衣着了。

"老氐！"

王车再度确认了一声。

他已快分辨得出那个打头的氐人将军长着宽大下颚的脸了。那突出的两角下颚在他的帽子下分外刺眼，不由让人想起某些野兽。

五百步……

两百步……

五十步！

那群氐兵离女人已越来越近。

只听那女人突然开声："小民南阳孔氏，率族人借道贵宝地，喜迎大秦天军。欣闻大秦天王有令，归化四海流民，小民不胜欣喜……"

王车耳朵里听着她这些话，眼睛却盯着族孙女那一截擎着的脖颈。那段脖子从她磨损的衣领里露出来。他知道，拘于形势，他这族孙女的身姿可立可跪，语言可激烈，可哀婉，甚或阿谀……但她这截脖子的姿势不会变。

上方的山道上，一时人人屏息。

下面迎上来的人马也没想到上山的路上，大太阳底下，会有这么个女人端端正正地跪着，还穿着那么正经的汉人衣服。

领头的樊六愣了愣，忽然爆出一串粗野的狂笑，他身后那百余名氐兵也一时大笑了起来。然后，就听樊六在那里狂笑着："大秦天王？谁自封的大秦天王？那个十九岁的毛孩子也配称大秦天王？登基以来，他吓得连皇帝都不敢做了，巴巴地给什么晋人朝廷上表，奉人家为正朔，自己却自贬为大秦天王，他还有脸下令吗？"

王车在他笑时就已经变色，朝后面一挥手："散！"

身后的人早吓呆了，这时听令，一片窸窸窣窣的暗响，各自慌张躲藏。

樊六却歪过头，耸耳细听，随后，冲后面人喝道："好多人！上面藏得有好多人！这一票你们给我做干净点儿，一个别留，男的为奴，女的都分给你们！"

说着他一抖缰："小子们，给我上！"

数十匹马奔腾而上，全不顾山路上跪着的女人，就要从她头上踏过。

樊六一马当先，胯下的马飞奔得快，跃起就要在那女人头顶跨过。

女人忽然咬了下牙。

她的手在腰间一翻，翻出了一把匕首，头往上一仰，那匕首就向从自己头上跨过的马腹上划去。

只听得那马儿惨嘶一声，直把身上的樊六给摔了下来。

樊六没想到一个女人也敢对他出手，且还是个汉人女子，还没来得及大怒，后边的马冲了上来，在他身边疾避，骑手急忙勒缰，可还是往前蹿了好几步。那女人刚才得手，身子就被蹿上前的后来的马匹迎胸撞上。她被撞吐了一口血，身子也被撞得飞起，直朝身边陡立的山坡下滚去。

有人下马要捉她，樊六惊魂未定，朝山下看了一眼，只见那女人一路不停地翻滚。他抢过身边一匹马，喝道："且别管她！上边的才是大头儿，给我捉光了上边的再说！"

说着，就再度带队纵马朝上面驰去。

＊　　　　＊　　　　＊

茶炊上的水早沸了，姜老人坐在厨下，却全然没注意到。

他脑子里还在回放着那日他在秦岭山腰上目睹到的那场变乱：他仿佛又看到那些箭羽在飞，刀槊在舞……或砍、或搠、或捅……马蹄声在山道上响起，催命似的，樊六的手下擂起氐人特有的战鼓。那鼓上，依着老规矩，装饰的都是敌军首级上的发辫，擂起来时，会让鼓手觉得自己手下有凶魔在舞。樊六在氐人中凶名久著，他那得意的长槊上带着倒钩，可以轻易地把人的肠子拉出来……只有那道秦岭，木无表情地绿在那里。

他先看到一个女人刺马，再就看到那些汉人在山道上奔亡。山道窄小，不时有人跌落，被灌木丛挂住，再被追上来的兵士一逮一个正着。孩子是最无用的，死得最多的就是幼童，几个月大的，几岁大的，抛起来，当着母亲的面被残忍地杀死……姜老人闭了闭眼：惨啊，是真的惨。

姜老人今年已六十多岁了，当年是得了老帅的提携，跟着苻洪走出的略阳。这么多年，一直在给苻洪做厨子。及至苻洪死后，他就跟了苻健。及至苻健进了长安，立了朝廷，自己依着老资格，得了个恩赏，在西市里有了这么一间食肆。当年的战乱他经历得多，多惨的景象都见识过了，但没有哪次像这次让他这么刺心。

许是自己老了。他心里暗暗地想。

"有的人会越老越心硬，有的人会越老越心软。"他记得老帅苻洪当初跟自己说过的话，当时老帅还斜睨了自己一眼："你这样，能活到六十的话，怕是连鸡都杀不得了！"

这次本是为了受不得长安城中的闷气，借着收麦子之机走出长安，访访故旧，享受下平静，没想却惹出这么大的触动。

"水呢？姜老头儿，说好要沕的油茶呢？"

屋里一声怒气冲冲的呵斥打断了姜老人的思路。

世道变了。姜老头儿叹了口气。

当年老帅在时，这些小毛头的父祖辈也未见得敢对自己这么不客气。

不过他还是心平气和地提了个陶吊子，去给那几个嘴上才长毛的小辈沕油茶去了。

这间食肆简陋，地方不算小，带着个院儿。自从姜老头儿领恩接过手后，把烧的、塌的地方全清理过，而这里也收拾得像他所能想象得出的，当年略阳城里最好的范式：一色的土围板壁，树影就着阳光落在墙壁上，斑驳成画。他喜欢筑土的色泽与木头纹路的映照，当初苻融小王爷是怎么跟他说的……对了，叫"文彩章华"。他一向喜欢苻融，连带着也喜欢鱼欢①，只是，现在屋里的这几个跟他们俩完全不一样了。

这时东首板壁间内，坐着好几个飞扬跋扈的年轻人，主要的几个分别是：尚书令仇腾的子侄仇余，长着满脸疤痘，兴奋起来那痘子里直冒红光；丞相长史席宝家的外孙杨靖，肤色暗白，面孔瘦削，从来都只鼻子里出气；还有一个也算姜老人的远亲，姜家的姜世怀，现在南军里领着要职，打扮得甚是威武。剩余的几个也无非氐人大姓子弟。他们中很有几个人身上戴着明晃晃的金饰，有些还是女人式样，被他们不管不顾地佩在身上。仇余的脖子上挂着串绿松石，那倒是老氐们最喜欢的东西，只是绿松石不全了，杂得还有些鸡血石，看着颇为刺眼。

———————
① 前太师鱼遵之子，苻融好友。

这些人中，要数仇余最为张狂。

只听他高叫着："当年独眼儿[1]在时实在太横，不管是雷弱儿倒了，还是鱼遵倒了，又或是八个顾命大臣里哪个倒了，禁得咱们连他们留下的财路一丝都不敢动。余溜溜儿算狠吧？不过是伸手了雷家的产业，然后怎么着了？当街枭首！好容易守得到这个新君继位，大家也该动动了吧？哥儿几个，你们都别绷着，谁家没有越来越多的人要养？谁家不想人口多生息些？嘿嘿，恕我肠子直，话都亮在明处：今儿咱哥儿几个聚了，除了樊六不在，索性大家把话说开，互相帮衬着，以后有财一起发，有事儿一起扛，你们几个说如何？"

旁边的姜世怀只是矜持地笑。

杨靖倒像个谨慎人——与其他几人比，他不谨慎不行，家门没其他几个硬。他生得面皮白皙，容长脸儿，看起来斯文不少，跟仇余那满脸痤痕大是不同。只见他搓着手说："不好办呢！前儿个不是刚下了诏令，不许劫夺四方流民吗？"

姜世怀一边呷着滚烫的油茶，一边慢悠悠地说："没错，朝廷的诏令，下了就是下了，毕竟还是先看看风色为好。"

仇余冷笑道："我说姜兄弟，不会因为你们姜家跟苻融结了亲，一下子就全站过去了吧？我索性把话说白了。咱们当年，略阳城里这几姓人家，跟着他们姓苻的闹，扔了多少条人命，图的是什么？现在好容易那暴君死了，咱们终于熬出了头，当时大家抬举……"他脖子冲南扭了扭，继续说："……宫里的那位登基，为的是什么？不过一是他姓苻，怎么说也名正言顺；二是，他毕竟把独眼儿干掉了，搬走了骑在大家脖子上屙屎的那尊神；而最重要的一点不还是，怎么说他也不是好好继位的，

①指苻生。

捧了他登基，苻生压制下的长安城产业，大家多少可以分上一点儿了。我就不信除了我，大家就没这个心！"

说着他扳起了手指头。

"现在长安城里的财路无非就那几样儿。一是财赋，有大司农和少府令盯着呢，那是前太后的强家跟现太后的苟家打架的地儿，咱们插不上手；二是田产，嘿嘿，那是你们这些偏爱当汉人的家伙喜欢弄的，当年鱼家、雷家留下了那么大的盘子，别跟我说你们姜家没盯着；再有就是东、西市里的买卖，通路行商，樊、强、吕、杨诸家都有插手吧？最后剩下的，最简单最直接的就是那些逃难的流民了。你们杀人不见血，田产买卖的好处弄到手了就只管说漂亮话，一翻脸，把咱们起兵以来最直接可以养家糊口的买卖就给我们禁了？"

他这话一说，几个没恒产，也不关心恒产的军官一齐哄笑了起来。

却听杨靖在旁边慢悠悠地说："姜兄弟是在劝咱们慢着点儿，稳重点儿，也有理不是？十多天前，他们姜家老二要收扶风那儿好大的一个坞堡，那坞堡共有近百顷良田，先是在汉人手里，后来受雷弱儿保护。雷弱儿倒了，被独眼儿禁着，倒便宜了那些汉人，这两年什么都不用交了。好端端的一个拘柳堡，倒成了他们自家的产业。姜老二想要，可人家不干，你猜怎么着？一百六十口里，所有领头的一晚上都给杀了埋了，听说里面藏着几千石粮呢！事儿真是做得滴水不漏。到现在，只怕长安城里还没几个人听到风声。姜九哥，你叫我们闲着，你们自己下手倒很麻利嘛。"

姜世怀一时涨红了脸。

却听仇余在旁骂了一声："干！"

说着扭脸望向姜世怀："兄弟，我不是骂你。苻生手底下禁着，当年连强家也吃不下的东西多了去了！你们打点儿主意也是应该的。要我说，别仗着你们跟苟融结了亲，只想偷偷吃几嘴就好。你甭拦着我们，由着大家的性子干去，把朝廷的规矩给它破了，你们拘柳堡那点儿事儿不也就不算个事儿了么？你帮苟家撑个什么台？真正有事儿，他们也未见得肯罩着你们。我这都是实话，要是樊六在这儿，听到你今天这些话与你们背地里干的勾当，保不准跟你白刀子进去红刀出来的。"

说到这儿，他扭头望了望："话说，樊六到底哪儿去了？"

杨靖在旁边安安静静地笑："他？人家早干正经营生去了！这儿在座的只剩大哥这样心软的，还有在下这样胆小的。樊六早追到蓝关那边去了。"

"他去蓝关做什么？"

"咱们这关中宝地不是有东南西北四道天然关口吗？东有函谷关，西有大散关，北是萧关，南是武关。东边现在是邓羌那猛人守着，提防燕国；北边今上刚命了梁平老，防备凉州张氏；西边则是苟柳苟大将军的老根儿，那儿他跟晋国的桓温争个不停呢；至于南边的蓝关、武关、牧护关这一条线，说起来可是最肥的，一直都是樊家嘴里的肉。前几日那诏令下来，樊六听说，从武关到蓝关，他们家手底下的人都不敢对流民动手了，当时就大怒，老早就亲自率人赶过去了。樊家家大业大，人口也多，有一小半儿指着那边儿的肥羊呢，怎么容得失了这条财路？"

仇余怔了怔："是这样？小杨，你果然耳目灵通，什么都知道。"

说着，他失了下神，忽然一拍大腿："也好！有樊家当这个出头橡子，以后大家伙儿不愁了，也都好混！樊家什么根基，跟宫里的又是什么渊源！咱们只等樊六做了这一票，看朝廷怎么说，以后大家就都省事儿了！"

旁边有个年轻的突然插言："仇大哥，你小声点儿，先别信口乱说。刚才我出去小解的空儿，看见那边院子底下，王侍郎来了，在那儿树荫底下吃饼呢。您声儿这么大，怕不给他全听了去？他现在，可是大王手底下的红人呢。"

"王侍郎？"

仇余愣了愣。

杨靖掰了块胡饼浸到油茶里，笑眯眯地说："他说的是王猛王景略王大人！官儿升得可快，大王继位以来，先领了侍郎，兼了始平令这样的小官职，他去了立马就砍人，当地豪强，顶尖儿的那个陈素可是被他当街砍了。人家联手告状，愣是没告赢他。现在，既当着侍郎，又兼着京兆尹，风光着呢。"

"就那汉人傻羊？"

仇余一语未完，满屋里哄堂大笑起来。

忽然有个少年子弟冲了进来，口齿不清地在那儿喊："打、打、打起来了！"

仇余眉毛一竖："说清楚点儿，谁跟谁打起来了？"

"今儿蓝田那儿不是有我们的人回来吗？说是前儿吕家的吕光跟樊六哥他们两拨人马打起来了！姓吕的好张狂，仗着他爹的拥立之功，硬说樊六哥违反朝廷旨意，劫掠流民，两边人马当然谈不拢，接着就打起来了。樊六哥这次抢来了百十个汉民，却被吕光那厮夺走了一半。这事儿估计没完，樊六哥好像吃了一些小亏，以他的性子，怎么可能就完了！两个人一路走一路打，快打回长安了！"

＊　　　　＊　　　　＊

院儿里有棵大树。

树荫如伞盖，覆盖了大半个院子。树干上还有当日长安变乱时经火的痕迹，半边树身被烧得乌秋秋的，正对着坐在树下的王猛。

王猛那么高大的身子坐在一个小杌子上，两条腿略微向前张开，几枚树叶落在他腿间的袍子上，他也不拂开，自顾自看那小院儿内的建构。

院中的房子颇为低矮，房两侧都是土砌的山墙，中间用木板为壁，隔开隔间。木板的年头久了，又补过，深棕浅褐的斑驳不一。院四周是一溜光溜溜的新筑的土墙，映照着房子前伸得很宽的檐。东首墙下一盘大磨，旁边橛子上系了头驴。院里最有色彩的要数门上那几条殊缕布做的帘子了，彩条的，在太阳底下很是亮眼。

"我没去过略阳，但感觉，这布置算是略阳范式了吧？"

姜老人闻言，满眼含情地看了眼他一手改造出来的这个院儿，一边点头，一边送上一大碗浆水，笑说："可不是，老略阳的样法儿了，土，可土得踏实。"

正说着，只听屋内一片喧嚷，六七个少年一掀帘子，乱哄哄地跑了出来，口里边忿忿着："姓吕的仗了谁的势？敢这么欺负人！"

那仇余看都没看姜老人一眼，吩咐了声："老头儿，都给我记在账上。"就自顾自牵缰上马。

他旁边有人斜睨了王猛一眼，似被刚听说的吕光的事所刺激，冲王猛做了个抹脖子的手势，旁边人见了，嘴里就发出阵哄笑。然后拢着他们的马，乱哄哄地走了。

眼见他们走了，姜老人方松了口气，转过身，冲王猛抱歉道："都是后生子，也都是野性子，说话做事没个轻重，王大人休见怪。"

王猛摇了摇头，望着他们的背影，喃喃问："那姜世怀算是姜家的人了吧？姜家在略阳城里时，可算得上大户？"

"可不是？当年，认真说起来，苟家在略阳城里仅算得上中等人家。苟家、姜家、吕家，那才是一等一的大户。以我们这些老氏看来，当时苟家在略阳城才真的是有声势，田产多，牲口多，人口也多，产业甲于一方。姜家在曹魏时就出过护羌校尉，自不用说。吕家是迁入略阳城的，可他们祖上很有名，是汉朝时就迁过来的，略阳城中的氏人，差不多只有他们家人读书，跟别人都不太一样。此外，还有杨家、樊家、仇家、梁家，这几姓在略阳府也不算差。而前太后强家，现在的丞相长史席家，当年在略阳倒还算不上什么大姓。不过现如今有不少人依军功起家，又有的是靠姻戚跋扈，很不一样了。"

王猛点点头。

——他心里一时念起书上写的略阳城名称的来历：用武之地名为略，象山之南谓为阳，故得名略阳。那地儿藏在秦岭之东，算是边远之地了，正是当今氏人朝廷的龙兴之所。

现如今，长安城中，声势赫赫的这批氏人大半都出自略阳，也偶有武都氏、仇池氏混杂其中。他望着姜老人的脸，心里不由悬想起当年略阳城中的状况。说起来，五胡之中，匈奴、鲜卑、羯、氏、羌，倒是只有氏人跟汉人最近。他们很早就迁入略阳一带，与汉人杂居，学得了农艺。此后耕种即识，语言亦通，好多礼仪彼此倒也讲得通的。这也是当年石赵如此强横，王猛却没有出仕去依附那帮羯人，其后桓温北伐，他也不愿为其延揽，而选择静守关中的原因。

姜老人脸上沟壑纵横，如不是那身氐人衣服，长相倒也跟汉人差别不大。

王猛笑了笑："刚才他们说，吕光跟樊六打起来了？这两家当年在略阳城中就有些积怨吧？"

姜老人叹了口气："当年在略阳就是这样，只不过吕家家世强些，樊家还一直忍着。"

说着，他又叹了口气："唉！说起来，好时候是什么时候？不过是大家都藏着掖着还不好意思直接开打的时候。而现如今，大家装都不用装，有点事儿就直接动手了。"

说着，他望着王猛，语气忽变得谨慎起来："小老儿今年六十有二了，这些纷争，确是也见识得多了。"

"那是，以姜老这样的年纪，现如今在长安城中也算高寿了。"

姜老人瘪着嘴笑了笑："徒增马齿，不过糟蹋粮食罢了！说起来，小老儿能活到今天，一是托着当年老帅的福，有他老人家恩威罩着，多少落下些体面。二也是小老儿虽说笨，好歹从小生在略阳，无论当年从军在枋头，还是现如今在长安，这些望族大姓的根底多少也知道些。觉出哪儿不对劲儿，咱就不往哪儿去。对于我们这样的小民来说，他们就是一头头巨兽，而我们不过蝼蚁。他们哪个大户一旦发起狂来，总是可怕的。小老儿能活到今天，也是仗着自知蠢笨，不敢掺和他们之间的事儿。"

他慢慢地叨咕着，却没有看向王猛一眼。

王猛静静地看着姜老人，知道他语气间已有警告之意。他也明白，那是对自己的一番好意。

从自己出山以来，那是少有的承接到的一番好意了。满朝文武，自己现在领了中书侍郎的职，可说到底，也不过是一个汉人。

他默默地看了一眼门外。整个长安城的大街都还如旧式，横直方正。可他在长安城已待了三年，知道那笔直的道上有多少猛兽横行。

他笑了笑，领了姜老人的善意，却向姜老人问道："您老说的王某明白。算起来，您老也算得上是苻姓的四朝元老。依您看，大王刚刚登基，要想让这朝廷立起来，兴旺地撑下去，最要紧的是什么？"

姜老人愣了愣，他没想到王猛会问他这个。

他一向谨言慎行。虽只是个厨子，却因为老帅的关系，上上下下这些达官显贵他也算见的多了，倒从来没有人问过自己这么正经的大事。现在他也不想答，可不知为什么，一大片颜色就涌到自己的眼睛里，还有前日秦岭脚下，在那大片麦黄中，被绑在马尾后面拖行着的流民。

两个字直接涌到他的嘴边，想也没想地就冒了出来：

"麦子。"

吐出这两字后，他的脸上猛地露出些怅惘，可那怅惘之下掩饰不住他心底的憧憬：他曾是一个农人，他知道新熟的小麦粒儿还没干时，丢到锅里做"粘粘转"时的那股香气，还沾一点儿青的麦粒子就在开水里打着旋儿……虽说后来当了厨子，早抛掉了农人的活计，可他打交道的，总不外还是那些麦子、黍子。

他没想到自己会迸出那两个字。可那画面简直挥之不去，随着这两字扑面而来的——他想象中，这坚挺的长安城四周，长满了金黄的麦子……城是青的，青得像铁，那才刚硬坚实。但光刚硬有什么用？再好的铁总是要用来耕田的。

可接着，他忍不住摇了摇头。

不像回答王猛的话，反像自说自话似的。

"但是，没用的。"

他头向外摆了摆。

"他们那些主事儿的，都是……吃肉的。"

*　　　　*　　　　*

王猛看着姜老人，一时没再说话。

他知道这老人的谨慎，再问也问不出什么了。一时呷完了自己那碗浆水，自顾自站起身，抖落袍子上的落叶，走了出去。

浆水的酸味儿还在喉咙里回荡，这东西，发过酵，是平民百姓的酒，喝多了也有点儿微醺的感觉。

姜老人的食肆在东市最东首。东市外面就是横门大街。再往北走是横门，往南则是未央宫宫城。往宫城去的路上，道路两边分别是桂宫与北阙甲第。桂宫现在早已荒废，北阙甲第却自汉以来就极为兴盛，是历朝达官显贵们的居所。从这里朝南望去，看得到甲第那一片层层叠叠的屋瓦檐翘。

王猛走后，姜老人却还在自己的食肆里呆呆地坐着。

这位王大人居然会问自己时政。可说起现如今的长安，自己又能说出些什么？他唯一能想起来的一个字就是：穷。

相比晋时，长安城的人口是少得太多了。先帝苻健从枋头回迁，带回来的人口有个小十万户，可刚进长安时，长安城内人口已逃的逃、死的死，剩下的不过六七千户。长安城附近，四野无人烟，带回来的氐人就重新在这儿开始生息。建国六年，大家勉强算是吃饱了肚子，可仍旧逃不开一个字：穷！

刚刚仇余这一帮人到他这儿聚会，还自带了一只羊，据说，是在洛城门外抢过来的。羊也有两三岁了，他亲手杀下来，一共不过刮得十余斤肉，就这，旁边的刘恨儿还在那儿眼巴巴地盯着，生怕自己克扣了……如今这伙儿年轻人大都早已不事田亩。那仇余，说起来最得意的事，无过于进长安之日，他掠了杜洪亲家的几十斤干肉，全绑在马屁股上，自己穿着抢来的绣花袍子，醉了酒在洛城门东边的大街上疾驰……

姜老人叹了口气，他知道，那都是因为穷的。

他一时不想想这么多，便朝门外望去。

这东、西两市在先王苻健在时，也曾一度热闹过。那时，苻健颁令允许四海商贾来长安贸易，东、西两市随即繁盛起来。可自从苻生继位，他不再理这些闲事，城中豪门趁机对这里争夺鱼肉，东、西两市就又凋敝了下来。

如今，姜老人的铺子外，四周都是一片凋零的门户。

姜老人坐在那儿沉思，连王猛走都没发觉，甚至没按他的老礼儿迎送。

他有些后悔，不该跟一个汉人多嘴，胡说那些怪话的。

可偏偏，他心头又觉得有些畅快——应该没事儿吧？不管怎么说，不是换了年号吗？现如今，天王许的愿是"永兴"。

那之前，是寿光、是皇始……这是之前的两位大秦皇帝苻生与苻健的年号了，可说的好像都是他们俩自己个儿的事，许的也是他们自己个儿的愿。而再往前，他们氐人还从没有过自己的年号。他记得，在那之前，他们整个氏族是依托在石赵门下的，跟着别人的年号，都是些什么：永宁、青龙、太宁、建武、延熙……

再往前，就是他作为氐人跟着苻家投降刘赵时候的事儿了，年号叫光初还是什么……他摇摇头，自己老了，脑子不够用，记不清那么多了。

可偏偏，为什么去想这些杂七杂八的？

突然，他的眼里就有些酸涩。

……他们这些老氐不易啊！

如今，好容易有了自己的朝廷，为什么就不能有一个自己的年号，叫作：

麦子？

第二章
宫 城

　　权力是什么……洛娥忍不住扬了扬脖子，感觉到自己脖子上那条细细的青筋隐隐迸了出来。没错，权力就是血，它从出生起就依着血脉相连。一般，它最初都顺着血脉在人与人之间爬，利用血缘织出一张最基本的网，然后，姻戚、部曲、家奴等等才附着在上面。每个在长安城中说得上话的人都有很多的父叔、兄弟、子侄、部曲……从一开始它的连结就靠血，所以它崩塌时也总会看得到血。

"我情愿单单生存在这些年号里，永不出来。"

洛娥看着那些字纸，笑笑地想。

此时，她只穿着件寝衣。

这里是昭阳殿，单薄的齐纨衫子罩体，衣衫上的褶子陡峭地垂拂到脚面上来，显得她最近越发清减了。

室内堆叠着一条条光的路，那些光线里漂浮着尘埃。

这一刻，尘埃也是静的。

她在教小鸠儿识字。

教一个十四五岁的氐女识字可不是一件容易的事。好在，宫中的日子是如此漫长。现在，除了处理宫中事务，洛娥所有的时间，几乎都花在教小鸠儿识字与完成父亲留下的木模上了。

她的身后，悬着一条条长绳，绳上粘满了字纸，每一片上都是两个字，上面写着：永安、建武、永兴、光熙、永嘉、建兴、太兴、永昌、太宁、咸和、咸康、建元、永和之类的字样。

这都是些晋室的年号，也是她父亲活过的年号。

她记得，自己三四岁时，父亲就是这么教自己识字的。短短数十年间，年号堆叠得何其多啊！这都还只是晋室的，后来并存的还有汉的，赵的，石赵的，成汉的，冉魏的，凉的、燕的、代的……这些年号在她的记忆里堆叠挤压，互不相让。可她记得父亲跟自己说过的话：不论帝王有多少，但是"范儿"只有一个……想到这儿，她唇边挂起了若有若无的笑。

她望向小鸠儿，自从先帝苻生死后，这丫头简直跟疯了似的。

要在宫里照应这么个疯丫头可不是件容易的事。

好在，教她识字能让她平静下来。

这一天宫里都没什么事儿。将近中午了，洛娥还没出殿。

阳光齐刷刷地从窗棂间照进这殿里来，那些光照在纸上，映得纸都半透明了，让洛娥有一种渺茫的虚浮感。

恰在这时，一个内监急匆匆地走过来，停在门口恭声禀报着："洛女史，京中的步兵校尉樊六，不知怎么，突然间就凶死了。"

洛娥怔了怔。

却听那内监接着说："您赶快准备准备，恐怕太后就要召见您了。"

小鸠儿正坐在地上一边念着字，一边盘弄着地上那一堆木模。那是洛娥父亲过世前给她留下来的长安城的木模，还没有完工，洛娥一直小心地收着。直到最近，她才把它们重又翻了出来，每天得空就慢慢地做。

直到内监退下，小鸠儿见洛娥怔怔地，忍不住轻薄了句："步兵校尉？有什么大不了的，值得姐姐这么大惊小怪！话说，步兵校尉是几品？"

她的声音薄脆脆的，映着这厚重的宫墙，越发显得尖利。

也是，这么深的内宫，一重重的宫墙隔着，外面无论什么消息传进来，被这宫墙一隔，听起来总变得稀薄了。

洛娥看着小鸠儿，动了动嘴唇，却没有说话，只是慢慢蹍到小鸠儿身边，从她搭的亭子模子上看似不经心地抽下不起眼的一小块，然后用脚跺了跺地面，那亭子就猛地倒了。

接着，洛娥似才猛地从那些字纸里醒过神来。刚才她还感觉到虚浮，现在才明白，让她感到虚浮的，是这半天都没有闻到血的味道了。

她轻声一叹，回过神来，知道自己正身在长安。

＊　　　　＊　　　　＊

"大王，樊六死了。"

宫中的凉殿就坐落在苍池旁边，好借那一点水声风色。可现在，一丝风都没有，挂在苻坚额角的汗看似都凝固了。

这一年的夏天格外漫长，已经是八月，天上的骄阳还没有稍减其威势，打得未央宫顶黑色的瓦一片泛白。巨大的蝉声包裹住了整个宫城，古木苍槐被那叫声噪久了，没颜落色地凝结在那里。

侍卫杨青踩着很轻，但足以让主上苻坚听到的脚步声从后面走进来，一进门就这么低声禀告着。

苻坚愣了愣，从书案上抬起头。

案上的奏章卷牍成堆，他刚才把头埋在这堆卷牍里面，看着永和二年燕王慕容儁上给东晋朝廷的《讨平中原表》，才看了一半，又收到北军催饷的奏文，一时算起北军与南军的军粮来。北军这边的兵马当初于苻法在时，已统计得明明白白，对外号称十万，实数六万四千七百有余，加上马匹三千，该没有什么滥支冒领之嫌了。可南军那边，从前朝起，就一直控制在苻柳手下，实难知道他到底有多少兵马，又报了多少空额。他一时又查看起太仓储粟的数字，看得正眉头紧锁，这时听到侍卫回禀，脑子一时转不回来。

"就是樊世家的六儿子，京中的步兵校尉樊六。他家的女人们已经闹起来了。现在洛门里面，哭声一片。尸身刚从城外面抬回来，樊家的女人就扑到大门口，扯自己的头发，撕自己的衣裳，在那儿没命地号哭。

刀子是从后面捅的，上面好像还沾着毒。如今洛门里面，堵了一整条街。据说……樊家怀疑是吕小将军干的，正在纠集人马，要去吕小将军家里拼命呢。"

"胡闹！"苻坚忍不住脸上作色。

他当然知道樊六是谁——樊六的父亲樊世，说起来跟自己的祖父苻洪还是同一辈人物，当年也是略阳的一个小帅。苻氏之所以能够兴起，当年老帅那帮拼死的哥们儿可是出了大力的。

这年是公元 357 年，夏末，也是苻坚登基的头一年。

许是因为过去的那个冬天太过寒冷，今年的夏天来得也格外猛烈，连殿外的蝉声噪得都格外刺耳。整个长安城陷入了无穷的绿，那绿色把长安城淹没了起来，向所有的砖石挤压。苻坚头一次觉得，原来树也可以长得这么横蛮。

——乱，实在是太乱了！

这就是他登基以来最真实的感受。

——短短三四个月间，究竟出了多少事情？

自从苻生一死，长安城中，各股势力都变得有如脱缰的野马：先是强怀家里的豪奴在长安城中纵马疾奔，撞死了两个羌人；接着是苻柳手下的军士鼓噪索饷，差点儿抢劫了太仓；而刚与自己弟弟苻融结亲的姜家也不省事，为了抢夺扶风一带的良田，屠杀了整个坞堡的近百口汉民；紧接着少府监那边又出了事，原先强太后一脉的少府令跟苟太后派去的子侄打了起来……现在又轮到樊世和吕光了？

他知道，有些事，他必须装着不知道。

但有些事，他必须马上表示出知道。

　　苻坚估算了下，这两家的人马，打起来足以掀翻小半个长安城吧！

　　他忍不住叹了口气，自己登的这叫个什么基！老帅苻洪一辈留下来的诸多酋豪、氐帅；先帝苻健提拔过的前朝大臣；前太后强氏家族死而未僵；更别提苻生虽死，却还有十个亲兄弟在，首当其冲的就是车骑大将军苻柳；更别提还有那些汉人、羌人、羯人、铁勒人、匈奴人……人人都不省事，个个都不安生。

　　而他这个"大秦天王"是凭着诛杀暴君苻生才得以继位的。之所以能够登基，一半还是仗着母亲苟太后的幕后经营，才让他被氐中各路豪酋接受。现如今，朝中几乎个个都觉得自己欠他们的人情，说是"天王"，不过是个笑话罢了，简直寸步难行。

　　他揉了揉自己的太阳穴。

　　"怎么死的？"

　　"死的也很蹊跷，一大早，在洛门外面那片土棚子里，樊六被发现脸朝下扑着，背心口插着一把短刀。洛门外的百姓不敢招惹这命案，直到快中午了，樊家人找去，才闹了开来。"

　　——刀？

　　苻坚想了想那情景，一时觉得，那把刀，不是插在樊六的背心口，而是直插在这个长安城的背心口，也正插在自己的背心口上！

　　他摇了摇头说道："传我令下去，叫……阳平公带些人马，把尸身给我带回来，就说我要看看，叫他们一个个都别给我瞎闹！"

　　杨青一挥手，外面已有人领命下去传令。

　　苻坚又想了想，沉着脸问："景略呢？"

　　侍卫回道："王侍郎下朝后就回去了。"

苻坚冷声说："把他给我找回来！"

"尸身拖回来后，叫他给我先去看看！"

他心里有一句话忍住没说：当初，可是他王猛劝自己诛暴登基、逐鹿天下——也活活把自己架到这火上烤的！

现如今，少了他怎么成！

*   *   *

樊世的手紧紧地攥着，面色铁青。

他站在大门内，望着门外的哭号，知道门口那车上躺的就是自己的儿子。

尸身拖回来后，他只出门看了一眼，转身就往回走。身后的女人们蜂拥地奔了出去，先只是试探地哭了一两声，见自己没吭声，就开始放着喉咙嚎了起来。人人都知道，这个儿子，并不算自己喜欢的。可不喜欢又如何？儿子总归是儿子。就像刀总是刀，马总是马，甭管它是钝刀还是驽马……儿子，终归还是自己的儿子。

"大人……请节哀顺变。"旁边贴身的族人轻声劝慰着。

这劝慰也是一种试探。

樊世只默默地看着自己的拳头。他年纪有五十许，生得极为粗壮，两手虎口上满是老茧。跟死去的儿子一样，下颚处非常宽大。这些年的刀马兵戈下来，他需要嚼得碎摊到自身上的那些难。一时，他缓缓地说："我有十七个儿子。照说少了这么一个，也算不上什么。但是时候给朝廷立立规矩了。"

樊世的眼望向门外。当年，他在略阳起事时，何尝想过今日这个局面？当年略阳城中，樊家算不上什么名门，也上不了什么大台面。他们在氐人中也未见得尊贵，可他们樊家人多，光他这一辈的，叔伯兄弟就不下十数个。那以后，他起了事，到了枋头，再到长安，家门中年年都有人死，可生下来的更多。他跟苻家打交道已有多年，从当年的老帅苻洪，到给大秦开国的皇上苻健，再到后来的暴君苻生，现在又换了新王苻坚。

他的脚跟儿一直站得很稳。就算苻生在位、举朝惶恐时，他也没有怕过。甚至，他跟苻生还多少有那么点儿惺惺相惜。

他把眼望向门外，像越过高墙环堵，一直望向宫中，看到了那胡子刚刚硬起来的苻坚的眼……不过是他看着长大的罢了。

他倒不担心新上位的这位皇上，苻坚毕竟还是个纯粹的氐人，那双眼，跟他祖父有些像，坦坦荡荡，可还是还有点儿嫩。不过，他身边的那些人……樊世的眼睛眯了起来……吕婆楼、权翼、强汪、梁平老、薛赞，对了，还有那个新冒出来的什么汉人王猛，他们躲在苻坚的身影后边，让他看不清楚。

看不清楚自然就不免让他有些恼火。

他们中其实只王猛一个汉人，可这些人……似乎都带着一股汉人的味儿。

他描述不清楚那股味儿，只记得打败杜洪后，自己头一次进了长安，冲进宫里时，他看到了那幢石青色的建筑，后来才知道那叫"石渠阁"，是汉人朝廷藏书的地方。他一头扎进去，本想去找些金银财宝，可真晦气，到处都有一股怪怪的竹帛味儿与陈年的霉味儿。珍宝没找着，那味道他却记住了。

没错，无论是吕婆楼，还是权翼，他们虽一个氐人，一个羌人，却好端端地身上也都带着那一股书简味儿。

当年，吕家在略阳城中就赫赫有名，他们家世在氐人中说起来算是长的，怕也是略阳城中不多的读汉书的人家了。樊世对吕婆楼一家素无好感：他打过什么像样的仗！却从略阳城中出来起，仗着别人的勇武，护住了自己从略阳城里带出来的好几百户家奴部曲，在老帅面前还占着重要的位置。凭什么他那双眼睛里看自己时，多少都藏着轻蔑？他只怕忘了在苻生手底下时，他整个吕家过得如何战战兢兢……鱼遵倒了，雷弱儿倒了，八位顾命大臣差不多都满门倒了，他吕家过得也朝不保夕……怎么，一熬过来，捧了个新王上位，借着这点能耐，就想动姓樊的了？

他当然知道现在有多危险：长安城中，肉就那几口，狼多着呢！吕家图什么？图他樊家子弟在南北两军中的那些位子？还是东、西市里的那些买卖？还是……更大的？南边武关、蓝关、牧护关那一整条线！

樊世重重地朝地上吐了口痰。

他也配！

哪怕相貌粗鲁，他心里却在飞快地计算着。姓吕的人不算多，绝没有自己家里人多。这世道，终归拼的是人。两边闹起来，自己是绝不会吃亏。但就怕，这不只是自己跟吕家的事，要看苻坚站哪边了。

想到这儿，他问了声："樊用呢？"

"还在营里当职没回来。"

樊世吭了一声表示知道了：哪怕苻坚护短，祖护吕婆楼，他家里几个弟子可是都在苻柳南军里受到重用的。北军那边，连同羽林军里面，他也都有人。更别提南边关上的那些子弟，真的要掀的话，大家一起掀好了，他姓樊的从没怕过谁！

他愚钝的脸上爆出点儿光彩来，这些年的乱世，让他认清了一件事，那就是：不能退，绝对不能退！

退一步，他就会被埋在那些他看到过的尸堆里面，再也爬不回来。

他耳中不断地听到门口大街上传来的马蹄声响，那是他家门的弟兄子侄们听到出了事儿，在一个个地往回赶。

庭院中，已聚集了百十余人。

他扫了一眼院子里密匝匝地站着的百十号人物。身边族人问："要不要喊樊小将军回来？"

他摇摇头："还不用烧那么旺的火。"

"但你说的没错，是时候给这朝廷立立规矩了！我等朝廷到未时，他自己要是不敢立规矩，只好我帮他立了！"

那族人一愣，老爷自己叨咕的话，什么时候变成他这个族中人说的了？

樊世的双眼望着门外，当年，他们樊家起事时，三十多个姓樊的捣毁了半个略阳城。如今他家里最少三百个姓樊的，还怕捣不碎这个长安？

正这么想着，忽听手下来报："爷，阳平公来了。"

＊　　　　＊　　　　＊

那报信儿的其实有些迟了。

回报的空儿，苻融已来到当街樊府大门口，冲着乱哄哄的一群人吐出了几个字：

"大王口谕！"

那几个字从苻融口里吐出，像块春冰敲打在他两排牙齿间。声音不大，却清晰响丽。街上的哭声、嚎叫、谩骂、诅咒本正铺天盖地，可他这一声，让所有在场的人都听到了。灵醒的先回过脸，盯了眼苻融，望着马上的这位阳平公，只见阳光正打在他的脸上，映得他的脸庞如冰似玉，有妇女忍不住就呆了一呆。

那是一片哭嚎声中突然的一寂，这寂静带着强大的感染力，把所有的目光都吸引到这边来了。

他是上一任皇帝最宠爱的堂弟，也是这一任皇帝最疼爱的弱弟。这世上，总有些人似乎可以邀天之好，得到几乎整族人的喜爱。氐族中，要数这个阳平公，也即当年的"小安乐"最适合这个位置了。

门口的女人目光一时齐刷刷盯到苻融脸上。只见他的人、他的马、他的剑、他的冠子、他的发式，与他身上所有的配饰，都恰到好处地合为一体，跟身边这乱糟糟的环境全然相反，也格格不入。

阳光太强，照得那少年身上发光似的。有的女人突然觉得脸被太阳烤久了，有些辣辣的。樊、苟两家素有通家之谊，苻家这位小爷，樊府的内眷们大都见过，可谁也没想到大王派来的会是他。

苻融的身后，只疏疏落落地跟了三个人。

也是，他这样的身份，跟班的不用多，只这么两三个，反而更显出他的清贵。

苻融不带任何表情，口中陈述着：

"大王有命，叫我把樊六的尸首先带回去看一看。以大王明鉴，届时自有公断。等大王看完了，葬殓礼仪，也定樊兄生前功绩。"

就是这短短几句的传旨，被他用冷静的语气道出来，一时冰冻住了所有人的情绪。

还没等他们回过神来，只见苻融已翻身下马，轻身靠近拖着樊六尸身的车子，快步向前，一躬腰，单腿微屈，端正地施了一礼。

这一礼，就是他个人的私礼了。

正如当日苻生所说，整个氏族，最爱看的，怕就是"小安乐"的施礼了。那礼行得，干脆爽利，却又风姿难掩。无论什么场合，什么人看到，都让人觉得，自己整个人，整个氏族，都被这礼连带得有范儿了。

直到苻融施完了礼，车边的人这才反应过来，纷纷急着还礼。可此时，苻融已转身上马，挥了挥手，拨转马头，自顾自当先行去。

他身后跟从的两人早已上前，一推一挽，拖起那车就走，另有一人，手里拿着片葵叶，伸到车上，给尸身的头部挡着荫凉。

这架势，这作派，自是苻融独有的一套套路。

旁边人等一时都被他带得成了被动的观众，被迫当起了苦主的角色，一时纷纷闪开，好尽自己的礼数。

四周一时鸦雀无声。

苻融渐行渐远，门里的樊世忽然"呸"了一声。

他眼看着苻融到来，眼看着他宣了旨，眼看着他就这么稍留即走。一切进行得太快，却偏又显得不疾不徐，就这么轻易被他拖走了尸身，连自己都来不及赶出大门，怕乱了人家的礼数似的，这时只能望着门外的那些娘们儿，口里恨恨地啐了口：

"没用的玩意儿！"

他千算万算，就没算到苻坚会派出苻融来。

除了这个阳平公，换谁来，门外的那些娘们儿肯定会先嚷得他个心烦意乱，管他什么圣旨不圣旨，等把水搅浑了，情绪到了点儿时，自己出不出面都好办了。

怎么会就这么让人把尸身拉了去？樊六虽死了，可他躺在那儿，就是他这一家一门的武器。而苻融，凭什么就这么缴了他的械？

有子弟这时才醒过味儿来，鼓噪一声，打算往外面追。

樊世的手却抬起来，直截地往下一斩。

"停！"

现在再追，怎么也显得自家没理了。

他望着苻融的背影，心里想着：不管怎么说，尸身是到了苻坚的手上了，就看他怎么还自己一个公道。

只听他冷喝了一声："人都死了，留个尸体有什么用？拖就叫他们拖吧！不管怎么说，朝廷的这个面子咱们还是得给。"

"可是，从蓝关到长安，听说这几日小六儿跟那个姓吕的小子一共打了三场。每场都是光明正大地当面对垒。论起打仗，咱姓樊的可从来没怕过谁。谁承想，最后，小六儿居然死在一把刀底下，还是从背后捅进来的！"

他的目光冷冷地扫过庭院中一众子弟的脸。

"咱们姓樊的不是他们姓吕的，当面丢掉的只敢背后找回来。咱们是要把背后丢掉的，从当面拿过来！"

"有谁知道，现在，姓吕的那个小子在哪儿？"

底下人互顾一眼，乱哄哄地回禀着："城西小校场！他们姓吕的也没多少兵，吕光白担着个将军的名号，不过仗着他的爹罢了。嘿嘿，他那儿一共才多少人，不过就那两百多人驻守在那城西小校场。"

樊世冷冷一笑："那你们多带些人，把那儿给我围了！城里面，我看着天王的面子，今日暂不去甲第那边姓吕的家门口闹。但天知道！朝廷要是不给我们做这个主，我们就没本事给自己做主了？"

"围下来后，先都别给我乱动！朝廷要是给我们礼数，我们就先还他们一个礼数。咱姓樊的不是不讲理的人不是？"

庭院中，那些樊姓子弟已群情骚动，齐声吼道："是！"

樊世铁青的脸，从始至终都没变过颜色。

可他嘴里虽说得豪壮，心里却划过一丝阴翳：城西小校场？那儿离北军大营也不过十余里。自己一向疏忽，没太在意姓吕的这个小儿。北军自从苻法死后，现在是李威主管了。李威可以算太后嫡系，扶苻坚上位更是有功。他应该还算不上吕婆楼的死党。但吕光驻军在那儿，分明仰的也就是北军的威势。这一场，搞不好真会闹大！

想到这儿，他冲身边门客低声吩咐了句："用儿现在南军管的是辎重，问问他，南军的军饷最近是不是一直比北军发得迟啊？"

*　　　　*　　　　*

那个碧眼胡僧跷着脚高踞在一张胡床之上。

胡床背倚着一座高楼。这楼在甲第一带也算高的。

那胡僧踞坐胡床，纵眼朝西北方向望去，一盯就盯了很久。

天边的云彩不多，也不知他在看些什么。

旁边给他打着蝇帚子的小僮睏得已快睡过去了。

这里是吕婆楼家。

吕婆楼素爱养士，天南海北各路异人无所不招。他家里的筵席每日自旦及暮就没停过。要说安静，吕婆楼家的家风在整个甲第，乃至整个长安都说不出的安静。可要论热闹，整个长安城怕也没哪家能热闹过他家。常有人奇怪，凭什么他们家就撑得起这么大的场面？

这事儿旁人不知，樊世心头可跟明镜似的。当年，整个氏族从枋头回了长安，却仍旧人心惶惶。也是，老帅苻洪刚被麻秋一盏毒酒毒死，中原大乱，冉魏从都城邺城开杀，天下不知死了多少人。姚襄又要从东边过来，桓温也打算进兵关中，天知道他们在这儿呆得安不安稳。那时还没人真把长安当个安身立命的所在。可那时起，吕婆楼就在扶风一带，结交豪杰，图谋地产了。

吕家香火不旺，真正姓吕的人也不多，但吕婆楼收了不少义子。通过姻戚，不知怎么，扶风一带的坞堡豪杰，就有十数家跟他攀上了说不清道不明的亲。吕光娶的是扶风一带郭氏的女儿，就凭这个，扶风一带的田主多依吕婆楼以自保，数千顷的田地农户就落在了吕婆楼的手里。吕婆楼不贪，取佣不多，可一年算下来，怕也有万余石的粮食收成。"顶五个二千石"，樊世私下里曾恨恨地提过。他不愿意承认吕婆楼目光长远。结果，当这朝廷真的立名"大秦"，就这么在这关中之地立起来时，自己樊家，除了依附军中粮饷，加上蓝关、牧户关一带的劫掠，真没什么稳定收成。倒是吕婆楼家变得撑得起这么大的场面，养得活这么多的门客，且依附的人有越来越多之势。

吕婆楼门下之客常年在府的就有数百人之多。这胡僧也是其中之一。可这胡僧从不合群，日常只是自行起坐，吕婆楼甚至专门辟了个小院儿供养他，还专拨了个小僮服侍，在门客中算是绝无仅有的待遇了。

为何如此，旁人只怕不知道。只胡僧记得，自己当初相过吕光之面，跟吕婆楼提过："此子有帝王之相。"

他只提过一次，以后就当不知道，再没跟人提起。吕婆楼就从此将他供养得极为风光。

这胡僧在吕婆楼家待得年头既久——至今已有六年。他本是从西域来，精诵各种佛经，又最善望气。这时，他忽冲着身边小僮说："去请吕大人。"

那小僮服侍他服侍得正没好气儿，闻言，磨蹭了一会儿，才懒洋洋地回说："上师，大人近日忙得很，小的就算去也未见得说得上话。您老要是想吃什么，跟我说了，我去吩咐厨房给您做。"

那胡僧也不着恼，他日常与这小僮对话不外是这样，只是闭了眼，淡淡地说："我适才望天辨气，惊觉吕小将军有难。你要不去，却也随你。要是去的话，只跟大人说：前日我望气所见的祸难，只怕到了。"

小僮愣了愣，脸都黄了，扔下蝇帚子就急跑了出去。

厅堂里有几只苍蝇嗡嗡在飞，一群仆役拿着蝇帚子在那里不停地驱赶。吕婆楼此时正坐在厅堂主座上宴客。

他家的筵席在现今这氐人长安赫赫有名。前日，朝廷的旨意颁了下来，升吕婆楼做司隶校尉。接连几日，吕府门前都是贺客盈门。司隶校尉一职，历来都是朝中显职，有督察上下一众官员的职责，吕婆楼升任此职，怎会不人人趋奉？

今日确也是他最忙的时候，哪怕他揖让从容，吕府也素以宾至如归见称，此时也闹得个手忙脚乱。

吕婆楼一向眼观四路，这边应酬着，眼角里已扫见一个小僮飞奔过来，那小僮上堂后，溜着墙沿站着，怯缩得不敢靠前。

吕婆楼心内微微奇怪，转了下脑子，才想起这小僮是他派去服侍那胡僧鸩上人的，不知此时怎会跑来？

左右官员正在与他把酒言欢，一个宾客问道："大人，吕小将军呢？"

吕婆楼笑道："他那野性子，家里哪拘得住他？我也不知道现在野到哪儿去了。这么多大人到来，也不知帮我招呼一下，顺便领诸位的教，真是孺子无知，胡闹胡闹。"

他口里虽谦让，可人人知道，吕家数代一向人丁不旺，这个长子吕光，可谓是吕婆楼身上唯一的软肋了。

却听那宾客笑说："吕大人刚才履新，小将军就不惶解甲，下官听说他前日奔赴蓝关，督察流民遇袭之事，既与大人分忧，又为朝廷效力，何来无识之说？"

吕婆楼哈哈一笑。

这几日忙，他一向又放心吕光，确实不知他干什么去了。一时稍得空闲，他眼睛扫了下厅堂中济济在座的众人。他门下的众多门客，上得了台面的此时都在帮他应酬揖让。哪怕是他，这时也不由得心头一畅。

却听那宾客继续道："听说这几日，为了樊六劫掠流民的事儿，吕小将军早已义愤填膺，不惜亲率士从，从蓝田到长安，与樊六打了三场。大人可曾知晓？"

吕婆楼心头一怔，面上却只哈哈一笑："小孩儿家家，都是野性子，他跟樊家人从小这么闹来闹去、打打杀杀地过来的，真的不改小孩儿脾气。怪不得今天樊大人没来，该不是为小孩子们的事儿挑我的理了？回头还劳兄台说和说和。"

正说着，一个近身侍从悄然走上，掩到吕婆楼身边，借着与他倒酒，贴着吕婆楼的耳朵低声回报了句。

沉稳如吕婆楼，闻报之下杯中的酒面也略微晃了晃。只听他哈哈一笑："诸位暂坐，老夫暂且告退，去把窖里藏的当年收的杜洪的好酒拿出来。这酒我可一向是背着小儿藏的，要不早叫他给我喝光了。"

说着，他退座宽衣。

直走到屏风后面，他脸才绷了起来。

那侍从回报的只有四个字：樊六死了！

这时那小僮才得空儿凑上来，回报道："大人，上师今日望气，说，应了他前日的话，小将军怕是有难，让我从速回报。"

吕婆楼还不及反应，紧跟着，外面又有人冲进来，禀报道："大人，小将军城西的那个小校场，突然就被樊世家人给重重围住了，不许人进去，也不许人出来，小将军也被困在里面。咱们现在是不是赶快前去解救？再迟一些，怕就来不及了！"

＊　　　　＊　　　　＊

厚重的宫门吱呀地打开，一辆宫车辘辘地从未央宫北门驶了出来。

那宫车装饰得甚为华丽，漆成了朱红色，辕架精巧，随车的只跟了四名侍卫。

这宫车，还是洛娥依着父亲留下的图样，给前太后强氏参谋制作的。如今，它当然已归了当今的苟太后。

车内正坐着洛娥与小鸠儿。

洛娥身上穿着汉装，小鸠儿却是半汉式半氐式的装扮。洛娥坐在车厢后面的座上，小鸠儿却跪坐在车厢前面的地板上，贪着眼从车帘缝里往外看。

自从进宫以来，这还是她头一次出宫，脸上满是兴奋之色。虽着意掩饰，可她这个年纪，终究是遮掩不住的。只听她嘴里喃喃着："这儿……就是北阙甲第？姐姐，我在你那个木头模子上见过，简直一模一样。"

洛娥温和地点点头。

这小姑娘，终于开始恢复平静了。想当初，云龙门之变后，小鸠儿被自己藏在昭阳殿里，简直跟疯了似的。她开始一句话也不说，但她紧抿的嘴里，分明藏着一句话："你杀了他！是你杀了他！"直到那晚，苻法死了，自己僵直地跪坐在空无一人的寝殿里，四周的夜慢慢积压下来，那一刻，她觉得时间仿佛都停止了……她把自己关在寝殿里三天，直到最后，小鸠儿走了进来。她那头细黄的头发终于梳理干净了，整个人，整张脸都有着一种苻生死后，好久没有过的清爽。

她看着自己，脸上又似平静，又似带着点儿嘲笑，好半晌说："好了，你的阿法也死了。现在，咱俩终于扯平了。"

洛娥静静地看着她，看着她脸上的挖苦与释然，不知为什么却并不恨她。

可接着，小鸠儿脸上嘲讽的表情并没能保持多久，她眼见着那小姑娘脸上慢慢转入一片深深的恐惧。

"可接着，咱们怎么办？"

洛娥看着她没有说话。

那些男人都死了，她们在意的男人都死去了。这宫里，现在已属于另一个新的男人，也有了另一个新的太后，一切都不一样了。对于她与她来说，一切都得重新开始。她不能再耽误了，得赶紧去趋奉新的皇上、皇后，还有新的太后。错过了这几天，她们只怕在这宫中、在这长安、在这天下，都再无立足之地。

她们彼此已什么都不用多说，光是这一点体谅就足以让她们相互理解个三五月，甚至，继续撑下去，撑完这后半生。

迟了下，洛娥才听着自己平静地说："活下去。"

那三个字她说得如此平淡自然，说得自己似乎都信了，相信自己可以护着小鸠儿在这巨大的宫廷中天长地久地活下去。

——无论如何，这算是件好事。洛娥心里想。

今日这么大的事，太后派了自己，就说明这是件好事。可是，只怕自己一步走错，这好事就会变成坏事。

洛娥沉在自己的思绪里，耳中听到小鸠儿说：

"真像！"

洛娥知道，她正在贪眼看着那片北阙甲第。而所谓"像"，指的是父亲留给自己的那套木头雕刻的长安。那是父亲活着的时候最大的愿望，他想构建那个"范儿"。其实那套木模远没有完工，而以它为样法儿的这个长安城，更远未完工。洛娥也曾试着继续完成它，但宫里事多，入宫一年多后就放下了。直到苻生、苻法接连死后，她像突然从死者那里赢回了一些时间，又开始试着完成它了。

这之前的很多个漫漫长夜，她都是守着木模、拿着把小雕刀，席地而坐，在连接那些精致的榫卯中度过的。

这感觉让她心安。她甚至数得清从北阙甲第到洛城一带住着的所有人家。略阳出来的氐人大姓不过那几个，加上中等姓氏十来个；另有河西出来的，武都出来的；再加上些羌人的显贵，羯人的酋豪……新晋的司隶校尉吕婆楼家就在车窗外右首前方的那片宅子里；紧贴着他们家住的却是投降过来的羌帅姚芅，而再靠北边就是席宝家了……

她曾在那些漫长的夜里，就着木模，一一指给小鸠儿看，说与她听：哪家有多少兄弟，多少子侄，控制着酋部多少人马，出处在哪里，跟苻家什么关系，在军中、朝中都有什么位置……可毕竟是对着木模，总没有现在现场讲解来得详实。

她最开始在深夜里跟小鸠儿讲起这些时，小鸠儿还问过她为什么要跟自己说这么些废话。

她只简短地答了句：

"为了活下去！"

渐渐地，小鸠儿就开始听得乐在其中了。

这小姑娘开始时不明白，可渐渐地，她终于明白了：这就是权力！

——这就是整个长安城中的所有权力。

权力是什么……洛娥忍不住扬了扬脖子，感觉到自己脖子上那条细细的青筋隐隐迸了出来。没错，权力就是血，它从出生起就依着血脉相连。一般，它最初都顺着血脉在人与人之间爬，利用血缘织出一张最基本的网，然后，姻戚、部曲、家奴等等才附着在上面。每个在长安城中说得上话的人都有很多的父叔、兄弟、子侄、部曲……从一开始它的连结就靠血，所以它崩塌时也总会看得到血。

车帘前的小鸠儿突然咦了一声："那是谁？"

因为好奇，她把帘缝掀大了些。

洛娥只见，整个横门大街上空落落的。

——该是人人都知道了樊六出了事，知道樊家与吕家已经箭在弦上，一触即发，省事的都早不出来了。

而大街上，只有一个人骑着一匹马在那儿走着。阳光明晃晃地砸下来，砸在他长大的身子上。

整条街上都在下火，阳光照得他那匹黄马的马鬃都根根枯焦了。

洛娥一眼就认出那人是谁。

她今日出宫，不为别的，只为现如今她服侍的苟太后已知道了樊六被杀的事。

接着，樊家的人告状告到了她跟前。

再接着，苟太后还知道，吕家的人也已告到了苻坚跟前，说是吕光已被樊家围困在城西小校场，生死旦夕。

苟太后当然知道这些事意味着什么，樊家现在正恨着的吕婆楼正是她儿子苻坚的得力手下。而樊家，当初是她出面邀约，才力挺苻坚继位的。

她要试着灭火，可又不能做得太过明显，不能给她儿子添乱，所以她才叫洛娥出宫，去住在甲第一带的杨阿姆家，接杨家的阿姆、也就是她的姑表姐进宫。

她得跟她聊聊。

——她这姑表姐妹与樊世正是亲家。

洛娥静静地盯着王猛的身影。

心里想：这件事，她必须跟小鸠儿解释清楚——现如今长安城中所谓的天王苻坚，看似得继大统，其实根基并不牢固。他夺位成功，不过靠着侥幸罢了。当时，他身边笃定的、肯支持他的人不过那几个：吕婆楼、权翼、薛赞、强汪、梁平老……还有，就是车外的那个骑马的汉人王猛。

其中，只有吕婆楼算是氐人中的大姓望族。其余，权翼、薛赞都出自投降的羌帅姚苌门下；强汪是强太后一族的叛逆，在强家并不合群；梁平老虽也出身氐族，却来自河西四郡，并不是略阳出身的正门正派。所有这些人，在长安城巨大的权力拼图中，不过是小小的几块而已。

怎么？今天要摆平樊、吕两家的冲突，这等关系长安城存亡的大事，那些有根有脉的都不肯出手，苻坚能召来的就只一个汉人而已？

她有些疑惑地想：这样一个在长安城中既无根基，也无家业的汉人，别说搅进这样的大倾轧，就是躲在一边默不作声，他能在这冲刷碰撞的权力格局中存活下来吗？

她看着王猛的马从自己车边错过，她也在帘缝里头一次清楚地看到了这个男人的脸……只觉耳边的蝉噪声一瞬间似都寂了。

有两个久远的、已很隔膜的字在她耳边回响。

那是自己早已嘲笑过、而今正跃然在那男人身上的两个字——范式。

第三章
板　荡

　　符坚觉得脑子里渐渐开朗起来。

　　此时王猛的身影已消失在凉殿之外。

　　但符坚久久地望着他离去的方向，只觉得，王猛经行过处，似留下了一条汉人动乱千载中，沥尽血汗，涂尽肝脑，才总结出来的"道"。这"道"落在尘间，也即世人所谓的"范儿"。

　　它总领欲望，俯视贪婪，在万姓兆民各有其好的深沟巨壑般的欲壑之上，凌空架出来一个规范。而那就是：

　　——名器！

那一阵云来得快而凶狠。

大风起处，一转眼间，它就从东南方翻滚而来，铁青乌深地堆满了城西小校场上方的天空，横陈焉、翻滚焉，披坚执锐地耸列成阵。

它的下面，是那个久已逝去的汉王朝在长安城西边儿留下来的巨大尸骸。

长安城定名于公元前 201 年的西汉，它是在阿房宫的灰烬里倔强地长出来的。

它绝不仅只限于城墙内的未央宫、长乐宫、东西市、北阙甲第……在它的城外，还有着浩大的附属工程。

隔着粼粼的沈水，巨大的昆明池与同样浩大的建章宫废墟就横陈在那里。建章宫中的梁栋早已不在，可那些高达丈五的土台还一簇簇地耸立在那里。回廊的廊柱也早已焚毁了，可那些巨大的基石还在，排布成阵，延伸如巨蟒。在那些基台的北侧，就是占地达两百余亩的太液池，池中筑的还有岛，拟蓬莱、方丈、瀛洲等仙山而建。太液池侧，更是筑起了一座高达二十余丈的渐台，如一个怪兽巨大而衰朽的颅骨，死犹高耸。

不仅如此，这里是长安城西，还留存着整个汉代留下来的巨大的供水工程。太液池本已阔大，可为保证其供水，在其南方十余里处挖掘了更大的揭水陂，而在其更南边还连通着滈池，再往南，还有覆压三十余顷，周遭四十余里，夹岸遍布榆柳的昆明池。为给昆明池积水，当时的人还曾令滈水改道，与潏水同灌，方得此池。昆明池水向北引了三条渠，其中一条通沈水注入城西南的揭水陂与更北边的太液池，再分流借飞渠入章城门，注入苍池，贯穿未央宫与长乐宫后于城东流出而入灞水；更有一分支分流北上，绕石渠阁，泛为荷池、藕池，再出城北而入渭水。

那是四五百年前汉人的杰作。

只是筑城的人再也想不到，五百多年后，汉已崩塌，子民离乱星散，却有两个异族少年会提马高坡，静静地看着这具文明的尸体，兴亡之慨，尽在无言。

＊　　　　＊　　　　＊

刘恨儿与杨靖提马登上城西小校场隔水处的高坡时，就见那阵云覆压过来。

风吹得马鬃一阵飘荡，坡上的草也随之飘荡，鼓动得两人直有凌风欲举之意。

"不出城，简直不知道这长安城究竟有多大。"刘恨儿喃喃地说。

与刘恨儿同行的杨靖要比他知道的更多，他纵目望向前方左首的太液池，从那里举目南望，遥遥似可见到昆明池虚影。杨靖到长安之前从没想到会有人如此治理水系，这巨大的工程遗迹总会反衬出一个人的孤单细弱，这不是他们氐人曾有过的功业。

只听刘恨儿继续说着："汉人，我杀过的也算多了。但看着这城、这池、这宫殿，真想不出，他们竟然是我杀得动的。我曾经问过族中的老人，我们匈奴人的龙城究竟有多大，他跟我说，怕还不到这长安城的十分之一。"

杨靖一双细眼中不经意带上丝讥诮。

"他们现在是杀不过你，但你不觉得，他们这城总有一天会吞了你？恐怕只有天王会真的以为，他得了这长安就可以驾驭得住它了，以为自己骑过马，就驭使得了一条龙。"

"算了，别说闲话，还是盯着点儿吕光吧！"

这处草坡距小校场不过数百米，一条沆水把它跟小校场隔开。

今日，是刘恨儿约杨靖一起出城的。

刘恨儿骑着那匹瘦马，马背上的鞍鞯磨得已经敝旧了，左侧悬挂马镫的皮带早已经朽烂欲折。他不敢实踏，一只脚虚虚地挂着，有点凄惶地悬在那里，让杨靖看着他有一种吊着口气的感觉。

刘恨儿的长相与寻常氐人大是不同。身长腿短，腿还有些罗圈儿，一双胳膊更显得格外的长。他的脸很宽，眉骨又高，脖子也粗，长得跟这长安城格格不入。

杨靖知道他本来出身匈奴，是在匈奴人的朝廷汉赵王朝败落后，随其母同为苻生帐下的都尉高林所获，然后就随着母亲跟随了氐人的。

刘恨儿本算是高林的养子。他们这一拨的匈奴儿归拢高林膝下的共有二十几个。云龙门之变日，高林被杀，他们这帮匈奴儿就此无依无靠了。好在刘恨儿之前于高林在世时，跟樊六、仇余几个走得很近，所以现在还算得上是他们这帮氐族青年小团体中外围的一员。在长安城中哪怕身为异族，还多少有几个说得上话的人。

却见河对面小校场内扎有二十余座营帐，布置谨严。坡上草地也切割得齐整，那二十余座营帐俱是上好毛毡所制，近于白色，坐落在那片绿草上，远看去很是规矩。

刘恨儿忍不住感慨了声："他们这帐蓬，比我住的房子都好。"

"那是，吕婆楼本朝豪富，且又单疼他这宝贝儿子，什么不给他用好的？"

说着，杨靖望向刘恨儿："跟兄弟们还住在那段儿废墙下面呢？"

刘恨儿点点头，似乎羞于提及此事。

　　他侍从高林，虽名为父子，但因为出身匈奴，高林本意是以奴畜之。但这刘恨儿作战实在凶猛，曾在与桓温战中救过高林。高林就许他为一小校，统领一众匈奴儿，只是心中仍旧以奴视之，待他甚为简薄。而在长安城中，贫苦的氐人尚无住处，他们这帮匈奴儿只能依着明光宫的破墙砌了个烂棚子混乱住着。

　　两人这时纵目小校场，见那些营帐建在小校场北边一处不太高的草坡上，那草坡前缓后陡，营帐背后就靠着一处断垣，高达三四丈，可谓依险而立，只有前面才有一条出路通往小校场内。

　　那片齐整的营帐前方，坡脚稍缓处，凡是人马可通行的地方，都围了一圈鹿角砦。那鹿角砦布置得很是精心，都是些大树粗根，垒得有一人多高。鹿角砦外面还挖了丈许宽的壕沟，深达数尺，引得有水，人马难过。

　　刘恨儿与杨靖都是懂行的人。只听杨靖喃喃道："难为了吕婆楼这么疼他的儿，吕光这小队兵马，陈设得竟比南军还要森严。"

　　他看向坡顶，只见那边坡顶上还设有一杆，杆高处挂着刁斗，以为警戒之用。

　　刁斗上正站着两个士兵，一人引弓，一人执旗，紧张地对着坡下——因为坡脚下，樊世家的数百人早已围住了外面，正自喧嚷怒骂，可惜为沟壕所拒，不得近前，只在壕沟外数十步站着跳闹。

　　鹿角砦内，更有百十余吕光麾下的兵士，借着那鹿砦掩体，持弓以待。

　　——两边的人，果然早已经对峙上了。

　　杨靖忽然笑道："咱们这时要是悄悄潜近，绕到那西边的密林子里，只要掩到百步之内，无论往哪边偷射一箭，只怕就能看到一场好战。"

他说得唇角含笑，可因为心下嫉妒，那笑意里就似带着钩子。他知道吕光这营中阵势，以自己才力，是无论如何布不出来的。只能如此说笑泄愤。

刘恨儿却盯着那边态势，说道："此时风大，又是从南边来。那坡又坐北朝南，是我的话，如熬到深夜风犹未止，就当以火攻之，再借游骑骚扰，应该可以拿下。可是那鹿角砦外面就是沟壕，后面又是空地，只怕火烧不进去。他们营中有马，要是趁夜凭高冲下来，反倒难以阻挡……这吕家小儿倒是能干！"

杨靖披唇冷笑："还不是仗着他爹有钱！"

刘恨儿一时回过眼来，满眼信任地望向杨靖："兄弟，我今天听到消息后特意约你前来，就是想看看樊家人跟吕家人是不是真的对上了。要是这么对上阵，你说，我说过的那票生意，到底能不能趁着机会干上一干？"

"就是你之前盯上的那个西域胡商？叫什么婆苏提，带了好多香料、玉器、干果，在长安城交易得一批绢缣回去的那个？"

"没错，他们前儿已做完了生意，今日出的城，我叫人跟上了，晚上估计就歇在洪堡铺。我那二十几个兄弟已借好了马，备好了弓箭。能干的话，我们今晚就去，要么趁夜偷袭，要么明早伏在路上，干他一票！朝廷现在有樊、吕两家的事儿这么闹着，估计也注意不到这等小事儿，只要得了手，不管怎样，好歹下半年的吃食就赚回来了。"

杨靖面上不改亲切，心里却不免鄙视了下刘恨儿，微笑道："你这算计倒也不错，按说不妨事儿。只是，为什么这么着急？且再等等岂不更好？"

刘恨儿脸上惭色渐深，整张脸都涨红起来，别过头去，不好回答，又不好不答，闷了会儿，才吐出了两个字："饿……啊！"

这高坡地势既高，本就招风，两人在马上只觉得长风如布。那百丈长风卷过，刘恨儿口中的这一个"饿"字，就像印在那百丈长布上面，振振地抖动。

只见刘恨儿抿着唇，腼颜回过脸来，望着杨靖说："不瞒兄弟你说，还是前日在姜老食肆陪着你们吃了那顿羊后，到现在我才只吃过一餐。"

话音里，他的神色似又重回到明光宫废墟里，那个他们依着残墙搭的，住了他们二十几个匈奴儿的破屋子里，那干硬的裂着缝的地面，饿得都开了口子。靠门口处胡乱砌着个火塘，火塘四周破破烂烂的瓦缶，还有二十几张年轻汉子饥饿的脸。

"错就错在我。高林死那天，苻柳大将军帐下的余才想收了我们，我当时脑子轴得厉害，想着他那里军饷克扣得也厉害，去了也是被盘剥，还有，我居然有些痛心高林的死，以为丧期未过，不忍即叛，就让我给拒了。结果得罪了余才，现在想找别人家依傍，谁都不敢收。但兄弟们真的是饿啊！本来之前还好支撑，但上月大王下了那不许劫杀四方流民商贾之令后，这一整月，兄弟们恨不得把刀都拿去押了，就怕没人肯要。"

杨靖边听边面带同情地微微颔首。

他一向消息灵通，樊六死讯传出后，尸身还没到家，他就已经知道了。其后，樊家就有子弟樊真容来找过他，说樊世老爷子现在大怒，要给朝廷立立规矩，但除了围小校场外，一时还想看看朝廷做什么反应，自己出手不便，所以找人问问，有没有人愿意传个话出去，知会各处不太安生的兄弟，这些日子且别消停！把劫杀流民之事在四境之内多干上几起，趁着樊六的死，樊老爷子的势，正好把朝廷的规矩给破了！否则，若容新上位的那些汉臣、羌人们随意颁令，以后，我氐人还怎么混得下去！

杨靖一向有操纵此等事情的能力，所以樊真容才会来找他。怕他不答应，临了还对他说：你打起精神。事儿办好了，亏不了你！樊老爷说了，只要办成了，樊六留下来的那些马，随你去挑上几匹！

所以，杨靖应刘恨儿之约出城之前，已把消息给东南西北的兄弟们发了出去。他做事向来细密，无论什么凶恶之事他无不参与，却从不曾把自己卷进去。这时看着身边的这个匈奴儿，不由地想：也好，由他来试试水深岂不正好？

这么想着，他脸上更添了分真挚。

一时，他如纠结难言般，喉结动了几动，感慨道："你为照应你那些兄弟处，真是……我也没什么可说的了。依我看，朝廷现在正火烧眉毛，樊、吕两家的事儿还弄不利索，哪有心思再管别的？"

刘恨儿一时面带喜色："杨兄弟，你觉得真的不妨事？"

杨靖大笑道："这世道，谁都妨谁的事儿，可又有什么好怕！总比饿死强吧？"

刘恨儿听完，双腿一夹，猛地纵马跃了出去，扭回头，风中传来句话："我这就去！杨兄弟，多谢你帮我决断。得手后，少不了你的那一份儿！"

杨靖眼见着刘恨儿纵马远去——这刘恨儿果然不愧是个匈奴儿，那马骑得双手空缰，脚镫都很少带，却仍飞奔如电。

他重又转眼望向小校场方向，脑中不由冷冷地想：大丈夫当善处世，你说长安城里饿着？饱的你怎么没看见？还不是你笨！……所谓厕中鼠食不洁，仓廪鼠自饱卧……居然还会去为高林伤心，确实傻得都不值得自己费心了。

而今日，到底要不要放个冷箭，直接挑动得樊家、吕家打上一仗为好呢？

*   *   *

一张地图摊在苻坚面前的案上。

他在细察三辅一带，冯翊、扶风地段的耕种田亩与人口户数。

这地图来得不易，还是权翼暗地里叫人去测量的，可谓费心费力。旁边堆的则满是大司农各部属如太仓、平准、均输上报的数据，还有少府令报上来的近年来的度支数额。

苻坚已这么细究了足有大半个时辰。对于一个十九岁的少年皇帝来说确实相当考验耐性了。登基之前，他曾以为只要把苻生推翻，整个朝廷就会迅速地好转起来，然而登基之后他才渐渐明白，原来要弄好一个朝廷竟然是如此之难。这时，他越看脸上怒气越甚——这里除了权翼、强汪的奏议，其余的简直都是一笔乱账，主管之官怕是连数都数不清楚！

他夺位之前也曾细想过夺位后首先要做的事是什么，还曾为此与幕僚们一次次推演。

所有人都跟他说，即位之后，首要之务当然是稳定军队。南北两军号称各拥十万之兵，加上边关将士，大秦号称拥兵三十万，虽然实数远不及此，但这就是大秦立国之本。

唯独王猛只回答了他一个字——粮！

苻坚当时愣了愣，然后就明白过来了。

——没错，大秦真是饿的太久了！

王猛这一字简直戳中他心肺。稳定军队凭什么？最重要的不外乎军饷！单说驻扎京辅的南、北两军，还不算上边境诸关的人马，自己这里一年最少就需要粟米二三百万石，这粮却该从何处筹措？

今日，樊六与吕光之事说白了，还不是因为，整个长安，整个关中，乃至整个大秦，都实在饿得太久了？只有在这么饥馁的时势下，饱足者才会更加贪婪，而饥寒者也会更加贫弱。

猛然他听到案前有人唤道：

"大王。"

苻坚闻声抬头，看见案前的王猛，不由得一愣。

"你怎么来了？"

"不是叫你去处理樊六的事吗？"

"臣只觉得那并非当下之所急。"

苻坚心情本就烦躁，再没料到王猛会此时出现在凉殿——他本以为王猛已去料理樊六之事。这时见王猛不紧不慢地站在那里，心里一股火直涌上来，冷笑道：

"那你说什么才是当务之所急？"

"臣是想提醒大王，前日臣启奏过的郊祀之事，也是时候开始准备了。"

苻坚愣了愣："郊祀？"

这事儿王猛日前确曾提过，说自己即位以来，未曾祭天，该吩咐钦天监择个良辰吉日，成此朝廷大典。

他拿眼看着王猛，一时觉得，不是这个王景略疯了，就是自己个儿疯了。

眼见那个汉人还在案前点头，他一时气得都笑了出来："你是说，要我现在去祭天、祭祖、祭社稷，连同祭那些鬼神？"

　　他望着王猛，只见那汉人一脸郑重，不像在开玩笑。他的脸色就不由沉了下来："还要像个小儿似的，弄张精雕细刻、华而不实的犁，去扶犁耕种，演你们汉人家那一出把戏？"

　　"正是。"

　　苻坚气得手一抖，随手把案头的一本卷牍抓起来摔过去，正摔在王猛脚前，自己跳起身，指天画地地吼道："可外面，姓樊的跟姓吕的就快打起来了！以樊世那个性子，他们打起来能给我掀翻天！姓樊的现在已围住了城西小校场，吕光就被困在里面。你想想我该叫谁去弹压？他们正在火头上，我无论叫谁去，都当我偏帮了。但我能眼看着吕光被他们杀了不管？那道旨意可是我下的！现在出了事，却该如何收场？他们两家打起来，怕不给我掀翻小半个长安城？你现在还让我去关心穿什么衣服，戴什么冕旒，排个什么仪仗，吃五喝六地去演戏？"

　　骂到此处，他犹觉不够解气，只觉体内的躁动的脾气眼看都要爆炸开来，一回眼，正看到案上太仓令奉上的清单，一时随手抓起那张清单。

　　"你再给我看看这个。常平仓里一共还剩多少粟米？北军、南军一个月需要多少军饷？关中之地，整个三秦之境，都已饥火烧肠了，你却叫我这时拿着多少牛羊，浪掷多少酒糟，去弄什么初献、亚献、三献！你说这都不是当务之所急？"

　　他气得嘴唇都哆嗦起来。

　　"好，好，好！这就是你劝我登的基！"

　　他此刻恼火已极，一连串的回报已让他无比不安：先是樊六死了；再就是母亲苟太后叫人传话，说召他长乐宫一见；接着吕婆楼已遣人上告，说樊家人围了城西小校场，分明想就此要挟，要了吕光的命；而这个王猛，吩咐他的事儿不干，自己却还切切指望着他，结果他连看都没去看，却来跟自己谈什么郊祀的事儿！

王猛看着他发作的样子，神色纹丝不动，恭声禀道：

"大王，樊六不过一步兵校尉，就算非其罪而死，也不过是一桩凶案。单单为了一桩凶案，就要闹得举朝不安？他们不过是想让大王觉得这是个事儿，这就是朝廷该关注的事儿，让满朝文武也觉得这是天大的事儿，大王可是必定要被他们牵着走？恕臣直言，如今，朝中各姓酋豪势力已固，他们彼此倾轧，终归会出事。熬过今日，还有明日。若明日又有姜六、杨六死了，大王该如何处置？"

苻坚本正怒火填胸，被他这一问，突然冷静了下来。

只听王猛说道："没错，大秦是在饿着。可当今之要务，究竟是那些饿着的人在闹事儿，还是那些饱着的、却毫无餍足的人为逞一己之贪欲，在与大王生乱？樊世一介莽夫，大王何必担心他一个？至于常平仓中，存粟已不足三十万石，而朝中欲求此粟者多矣！而其间为首的，怕不正是那些衮衮诸公？哪怕他们个个已饱餍于粱肉，却偏偏显得个个饥肠不已！樊六不去劫掠流民就真的会饿死？至于满朝诸公，大王又当以何饲之？"

"大王所言不错，郊祀、祭天、亲耕之类，从来就不是什么大事。但天子为何务虚而事天，垂拱而治天下？就是因为，天子也实在管不尽那么多张家长、李家短的杂事。但天子能做什么，什么就是大事！天子说什么是大事，什么才是大事！"

苻坚愣了片刻，忽然坐了下来。

他有一点好处，只要觉得对方说得哪怕有一丝在理，他都会按下心头焦躁，试着听下去。

"照你所说，那樊六的事该如何办？"

王猛一脸恭谨地回道："樊六劫掠流民，本违大王旨意。现横死于洛城门外，自有法度和流程。朝廷外有京兆尹，内有廷尉，大王已不惜亲自垂问，对于樊家，难道还不够吗？"

苻坚不可思议地看着王猛："那是书上说的，道理固然如此。可现今……"

王猛双目灼灼地回禀道："现今如只是樊、吕家两家相斗，大王何至于忧心如此？"

这一句话更说到了苻坚的心坎里。

自从他登基以来，只觉这长安城闷得密不透风，像堆满了干柴，而朝廷上，正烧着一大盆炭火。那么多炽热的炭叠在一起，不知哪根会爆。只要有一根爆了，怕就会引燃满屋子，接着是满长安的大火。

他的心忽然静了下来。

他当然知道自己为什么焦躁：樊世围困小校场，表面是跟吕婆楼叫板，但其实就是在跟自己叫板。此关不过，日后政令要如何推行？自己现在该如何应接？放任自流的话，不免被人说还不能庇护一个维护自己旨意的吕光；若真派兵弹压，那要流多少的血？这长安，这大秦，还流得起这么多的血吗？

关键还在于派谁去弹压？梁平老已赴萧关，邓羌远在潼关……又要去求李威吗？那就要动用北军了。动了北军，太后那关如何过？何况还有那樊家多名子弟任职的南军，以及那个虎视眈眈、执掌南军帅印的苻柳又该如何处理？这刚刚成形的朝廷，经得住这么大的动乱吗？

却见王猛仍旧直望着他："这月余来，长安城真是晴得太久了，晴得一丝风都没有。满城的人怕都在等着听那一声雷响。这时只要有一个雷打过来，自然满长安的人都抬头去找那块云。可要是雷从四面八方一齐打过来，人都只有一双眼，两只耳，只怕那时就不够他们听的、看的了……"

正说着，殿外忽有大风涌起，整个苍池上，陡然波澜兴起。

接着，一大阵云从东南方向涌了过来，密密实实，乌青森然地推挤满天，连殿中的光线都立时一暗。侍卫杨青悄无声息地走了上来，点着了一盏灯。而空中，忽然响起了一个闷雷。

王猛忽然伸手向袖子里一掏，朗声禀道："臣有一本，要参当朝的侍中权翼！"

权翼是苻坚还在当东海王时的幕僚，扳倒苻生，诛杀暴君，扶苻坚即位实有大功，与王猛一向关系不错，听王猛这么一说，苻坚一时怔在那里。

却听王猛低声说："雷总是要爆的，天这么闷。但爆得多了，人们就不知到底哪棵树会被劈了。"

接着又朗声道："前日臣向大王启奏，请大王筹划祭天之事，大王已吩咐权翼办理。可直至今日，权侍中仍拖延不动，故臣要参侍中权翼！"

苻坚闻言，忽然向后面一坐，在榻上空出些位子来，伸手在榻上拍着："来来来，景略，你且上榻，与我详说。"

王猛倒不推辞，依言上榻，长身跽坐，坐得依旧恭谨端正。

"大王，今日之事，倒让臣想起一段汉高祖的故事。"

"汉高祖？"苻坚愣了愣。

——彼时，虽已距汉高祖刘邦有五百余年，但大汉创下的赫赫皇威却深刻地留在了普天下人的脑海里，更留在了所有匈奴、鲜卑、羯、氐、羌族的记忆里。他们这些民族本与中原相远，是自汉代以来，才纳入这汉天子麾下的天下版图的。西晋破亡之后，五胡中首个当皇帝立国的是前赵的刘渊，他本是匈奴人，却自谓是与汉家和亲的后代，因而有权继承汉家的衣钵，一开始自称就是"汉皇帝"。而其后，距今不过二十余年的后赵皇帝石勒，虽身为羯人，不识字，却最喜欢听人念书，讲高祖故事。

石氏几乎曾一统长江以北，苻坚的爷爷苻洪都曾依附其帐下。所以苻坚虽身为氐人，却跟石勒一样，同样仰慕那位曾一统天下的大汉高祖皇帝。

苻坚的身子一时略往前倾，等着王猛开口。

却听王猛端坐开讲：

"当年高祖皇帝初得天下，位尊九五之日，却常见宫门口有将军三五成群，坐在沙地里闲话。他一时问起张良：知道他们都在说什么吗？张良答道：他们是在商量谋反。"

苻坚立时听入了神。

只听王猛继续讲道："高祖一时大惊，说：天下初定，为什么还会有人商量谋反？张良答道：秦失其道，天下逐鹿；陛下奋起一麾，得为天子，实赖众将拥戴之功。但众人跟随陛下，不惜犬马之劳，图的是什么？不过是为了贪欲。陛下现如今富有四海，权倾天下。但这天下毕竟土地有限，而人的贪欲无限，就算陛下把全天下都分封出去，只怕也不够满足诸将之欲。何况，他们这些人，虽都有功，但有的为陛下所爱，有的却又为陛下所恨。那些与陛下无怨的，会怕陛下虽有分封，却不及于己，不及陛下之所爱；而那些与陛下有怨的，更怕陛下借天子的威势，对他们报复，怎么能不聚在一起商量谋反？就算与陛下亲爱的，因为分封总有偏差，可能还会由此生怨。普天之下，何人不反？"

符坚定定地看着王猛："那高祖是怎么办的？"

说着，他忽然望着王猛："这些话，夺位之前你可没跟我说啊。还是，你本就是要将我推到这火炉上烤的？"

王猛淡然答道："大王不被烤，难道要普天下黎民被烤？"

一语罢，他就又转回正题。

"高祖问张良该怎么办？张良说：与陛下仇怨最大的是谁？高祖答道：当然是雍齿！满朝都知道，我最恨的就是雍齿。张良因此进言：陛下既然封赏暂时难定，不如先封一个自己最恨的人，明日就封雍齿为列侯好了。到时群臣们会想：连陛下最恨的都得了封赏，我肯定也有份，就安分了。而与陛下有怨的人会想：连陛下最恨的都得了封赏，我肯定也没事，自然也不会谋反了。"

符坚怔了怔，望着王猛，一时不明白他到底想说什么。

只见王猛顿了顿："大王觉得，自己得揽大统，与高祖之得揽大统，有何不同？"

符坚身子忍不住向后一倒，皱眉道："我如何能与高祖比？"

"大王果然明哲。高祖为一统天下，不惜亲冒矢石，屡败屡战，朝中文武，均是自己一手提拔，与大王拨乱反正之得位不可同日而语。但高祖为安抚众心，还如此踌躇艰难。陛下今日之艰难又算得了什么？高祖当时手里有军队，有土地，有权，有天下财赋，还有逼项王乌江自刎之威势。如此恩威相交，才勉强令诸将心安。不知大王此时有些什么？"

符坚怔了怔，他心中也曾思及于此，再没想到王猛会当面问到自己脸上。

只听王猛冷然道："大王正当青壮，诸将功名本不是得自大王手中，故大王现在无法以威凌之。而本朝初立，所有规矩都未及完善，下等朝官或许还依赖微薄的朝俸，可朝中大佬，家家各有钱粮由来，根本不必仰仗朝廷，大王也无法以利许之，令其自安。"

符坚叹了口气，两手交缠："早知你今日之言，当初为何还劝我夺位？"

"因为，不夺位的话，大王就真的一无所有了。"

"夺了位又如何？"

王猛望了符坚一眼。

"大王既已得位，虽仍无军权、财权，但起码还得了一件东西。"

符坚直望向王猛："那是什么？"

"名器。"

符坚愣了愣：名器？

——那算什么？

这两字他自己听起来都觉得很虚。

却见王猛脸上微带笑意："大王可是觉得虚吗？"

符坚点点头。

王猛淡淡道："天亦虚，道亦虚，所谓名器，自然更虚。但天下之人较之更虚！要假名器以自固、借名器以自安的，举朝之中，不知凡几，大王岂可虚视之！"

正说着，只见杨青进来回报："大王，阳平公已在羽林卫职房久候，在等王大人去看樊六的尸首，想问王大人何时得空。"

王猛闻言，即刻行礼离席。

苻坚只觉得被他适才一席话说得心里飘飘悠悠，没着没落，却又似豁然开朗，大感舒畅。见王猛这时起身，一时不舍地问道："你现在就去？"

只听王猛答道："臣领命之后，未急于赴命，是想来提醒下大王当前所急之务。而樊六之事，大王前日即已命臣兼领京兆尹之职，自是臣分内之事。此事为臣之所急，却非大王之所急。郊祀之事，还望大王深思，早做谋划。臣且告退。"

苻坚望着王猛的背影，脑子里还在回味着王猛说的话。

这汉人说得果然不错——我大秦今日，病在饥馁。但饥馁之祸，可能并不起于饥民，而恰恰起于那些饱餍着的朝臣。

苻坚是知道板荡以来，趁势上位的这些酋豪氏帅们都是些什么样的猛兽。氏族中人固然不乏良实，但板荡之中，良实多沉于下贱，趁势而起的，不是豪杰，即为猛兽。

为何这些饱餍之酋还如此饥渴？这可能才是他该自问的。纵将整个太仓赏给他们，只怕仍不能填平他们那饥渴之欲。所以王猛才会跟自己提起那两个字：名器。

苻坚觉得脑子里渐渐开朗起来。

此时王猛的身影已消失在凉殿之外。

但苻坚久久地望着他离去的方向，只觉得，王猛经行过处，似留下了一条汉人动乱千载中，沥尽血汗，涂尽肝脑，才总结出来的"道"。这"道"落在尘间，也即世人所谓的"范儿"。

它总领欲望，俯视贪婪，在万姓兆民各有其好的深沟巨壑般的欲壑之上，凌空架出来一个规范。而那就是：

——名器！

*   *   *

羽林卫的职房就在宫城的西北角。

自苻坚登基以来，苻融就一直兼领着羽林卫与期门军的统领之责。这两支人马都负责拱卫宫城，可谓重中之重。听到雷响时，苻融出门看了会儿天。

只见得，一阵乌云已把整个长安的上空铺满，累累垂垂的，低得都快压到西北角楼的檐翅上了。那檐翅被逼得姿态飞翘，直欲振势而起，似乎不逃即不免殛于罡风雷暴。

苻融打小就出入未央宫，以前，逢到这罡风雷暴，他总觉得宫里有他那独眼巨神般的堂哥在那儿顶着，无论怎么，终归都顶得住。可如今，堂哥苻生没了。

这一年，他向来所亲所爱的，如鱼欢、奢奢；向来能疼他顾他的，如苻生、苻法，都已辞人世。这些风刀霜剑没有侵袭到苻融十七岁的脸颊上，却在他皮肤底下，在更深处，刻下了疤痕。他只能用一点淡定的神态把它强行压服住。因为他看得到哥哥苻坚登基以来眉宇间越来越藏不住的颓丧之意。举朝之内，像是只有王猛还一直神态如常，他要学得跟王猛一样，否则哥哥就更没人可以依靠了。

这一时他仰面向天，望着天上那郁勃之云，感受到，仿佛这偌大的宫廷中只有他跟哥哥两个人，普天之下，却只有他们苻姓之人的那种感觉。以前，他也能感到身居皇位的堂哥的那份孤独，可没有眼下这种亲身承受的感觉来得这么深。那时，他只觉得大秦朝廷再不能这么下去了，出于一种少年人勇于任事的豪情，他几乎完全地参与了整个夺宫之变。可真当大秦王朝的整个国运全压在他与兄长苻坚身上时，他才真的感受到了那份切实的重量，也像此时才回想起来，兄长苻坚如今也只不过十九岁，而自己，才刚满十七岁。

一声响雷过后，风忽然就静了，引得人白等着接下来的雷动，却偏偏再没消息。

整个宫城像被扣在了一个阴灰的铁镬里。

苻融身后，职房东首，停着樊六的尸首。这一刻，苻融忽然很希望有个人来，因为他觉得这阴灰的铁镬间，充满了樊六的尸味儿。只有新鲜的生人之气，才刺得破这仿佛无所不在的尸味儿。

正在这时，王猛走了过来。才到门口，他就见到了苻融。

苻融指了指东首的耳房，耳房前面有棵大树，树下停着车子，樊六就躺在那车子上面。适才大风刮落的阔叶零乱地散落在车上，有的盖在樊六的尸身上。那尸身还光着一只脚，脚上青紫斑驳，粗硬的趾甲里结着泥垢，几只苍蝇围着那脚趾在飞。

尸身的背心朝上，樊六的脖子怪异地拧着，露出左半边脸，也露出了粗大的眉骨与樊家人特有的宽硬的下颚，脸上似带着某种不可置信的怒意，不甘心他这才二十多岁就突然中止的生命。

苻融也不多做寒暄，只跟王猛简短地说了个字：

"刀。"

王猛的目光就聚拢在樊六背心的那把刀上面。

然后，他眼中露出些嘉许之意，冲苻融点点头，走上前，一把将那刀拔了下来。

刀入手时，王猛的表情立时变得凝重了。

他小心地伸出手指，在刀刃与刀身上分别弹了弹。

那两声低微的"嗡"声传出来，细微处似有一些区别——刃口和刀身的钢貌似不一样。王猛一时出了神。他盯着刃口，耸耳向空中仔细听那回声，接着把那短刀举到眼前，迎着光细细地看那刀身近把手处。

那里镌着四个很小的字：

　　惨如蜂虿

——宛钜铁钝，惨如蜂虿。

王猛的脸上忽有些释然。

接着，他望着苻融，脸上微微露出点笑意，再低头看了眼刀，确认了下，才郑重地说："以此刀来看，人不是吕光杀的。"

苻融一愣，接着，整个人都放松了下来。

"如何能够断定？"

"就是这刀。"

说着，王猛把那刀递到苻融手中。

"这是一把宛铁，也是一把柔铤。现在，长安城中造不出这把刀，汉人造不出，氐人更造不出。此前无论石羯，还是刘赵，甚或当今晋军，谁都造不出这把刀来。而且此刀新铸，吕光更是无从得来。以我看来，除了宛中孔氏，当世只怕再无人能铸此刀。阳平公可试着看看它这别出新意的刃口。"

苻融举起那把刀来细瞧，看罢后，一时满脸释然。

他望向王猛："果然与寻常铁器不同，大人所料应该不错。此前我已派人查过，樊六与吕光争执之因，就是因为樊六于蓝关一带劫杀南阳孔氏。吕小将军恼他不服大王律令，才与樊六争杀。那我现在就去禀报天王，说人不是吕光杀的，叫樊家赶紧撤围放人！"

王猛摇摇头："没用的。"

苻融疑惑地看向他。

王猛叹了口气。

"事情的关键从来不是人到底是谁杀的，而是在于樊家希望是谁杀的，普天下人又觉得是谁杀的，朝中朋党又觉得应该是谁杀的——樊世现在就希望樊六是吕光杀的。而举朝官员，满长安的百姓，连看热闹的在内，怕都巴望着樊六就是吕光杀的。就算大王亲口裁定，也架不住旁人不信，吕光依旧是百口莫辩。"

苻融近来所经之事也多，已能理解王猛言下之意。

只见王猛望着他，微微笑着："阳平公觉得，樊世真的那么在意樊六的死吗？还是不过想借此搏取些什么？火已经着起来了，咱们光想抽出第一根点燃的柴是没用的。"

苻融忍不住叹了口气摇摇头。

"那此事又该如何了局？"

只见王猛定睛望向苻融："阳平公，下官有一事请教：不知此时期门军中，能即时派上用场的，共有几何？"

苻融怔了怔，忍不住伸手往腰间按了按剑柄——王猛一个文官，本不该问及此事——可既然问及，难道在他心中，事情已有如此严重了？

可他信任王猛，想了想，转身肃手，引王猛向职房内走去。

职房内的陈设甚是简陋，墙上未涂椒泥，露着惨黄的本壁，四周全无装饰，更显得空落落的。只地上铺着一领粗席，席上摆放一几，旁置数枚蒲垫而已。

因为苻融近来常于此盘桓，唯一加设的私人物件就是在席侧安放了架缇素屏风。屏上之缇质地粗厚，并无彩绘，只或隶或草地写了几个字：鱼之欢矣，其近奢矣，奈其生矣，落其罾矣……

这几字未见出处，像是出于他自己的感慨，看字迹也是苻融自提的。

苻融肃手请王猛入座。

他自己身后就是屏风。王猛的目光一时忍不住盯在苻融的脸上。在整个氏族中，苻融的长相真是少有的精致。王猛当然看到了屏风上的字，也知道那字句里喟叹着些什么。他知道那于东市口被满门斩首的鱼欢是苻融最亲近的总角之交，也知道奢奢最后是如何在凌汛的渭水河中殒没的。从那以后，苻融的衣着是越加素淡了。王猛有些好奇地盯着苻融的脸，连他也想象不到，在氏人中，还有这样一个少年，怀抱着那样精细的、不可为外人道的、纯个人性的情感。这不像这个乱世中该生长出来的。

可自己还是有话要对他说。

——适才他面见苻坚，他的话其实只说了一半。

剩下的一半，他没法直接面对苻坚说。他知道，那一半话，他只能留着说给比苻坚更小的苻融了。

可一瞬间，被那素缇屏风映衬着的那么少年精致的苻融的脸，让王猛都感觉到一阵恍惚。他一向觉得，自己终有一天会面对着整个天下说话，可再没想到，这天下的责任竟会系于一个十九岁的少年天子与他十七岁的弱弟身上。

"听闻，光樊世就有十七个儿子。"

苻融不由摇摇头，哑笑了下。

"那这长安城中，正门正派的樊姓子弟，怕不近于三百？"

苻融轻轻叹了口气。

"没错，他们是人多。"

说着，他将目光落在几案上。

这几案上倒有个稀罕物事，那是个方方正正，边长不过两尺的长安城木模，精工细作，惟妙惟肖。

这木模摆在沙盘之上，凡内外城、宫墙之走势，皆如现制。

王猛一时不由把目光聚在那木模上。

只听苻融说道："大人可是也觉得这木模精巧？这是宫中洛女使赠予我的。她先父出身大匠，也正是他监督的长安城翻建。她将这模子送给我，说可以就着它排布下长安城的戍卫。我就借着它给大人盘点下吧。大人所料不错，期门军一向名额不实，虽号称三千有六，真算起来的话，其实不过两千三百余人。我受天王之命辖管之后，裁汰病弱，补用精壮，现今真实可用的，也不过一千五百余众。"

说着，他手指了指城西与城北两处的城墙。

"如今，我将大半兵力都布置于此。"

——城西门外就是被围的吕光小校场，而城北边的洛门内，现正住着樊世一家。

"我听闻消息后，去樊家提尸之前，先把人马戍卫的命令颁下去了。如今，我只希望能拖到申时。到了申时，就可以关城门了。只是，以如今局势，期门军只怕终归还是不够用。防备城墙西、北两向，或许勉强堪用，可太仓、武库，都需专人把守。我已传令，令期门军上下，连同羽林卫所有实员，所有休假一律取消。外城北边的洛城门，西边的雍门、直城门乃至章城门，都由期门军戍卫。可宫城，单靠羽林卫的话，只怕是远远不够的。"

王猛边听边点头。

他早预料到，无论苻融再怎么少年老成，布置妥当，今日之局也是捉襟见肘。

他想了想，看似平淡地问道："我偶然思及，大王继位以来，忙于朝务，似少有暇顾及宗室。何不趁今日，宴请下太尉，以叙宗室之好？"

苻融一时愣了愣。

所谓太尉，指的就是苻安，也即苻融的叔祖，老帅苻洪的亲兄弟。苻坚登基后尊其为太尉。王猛为何猛然会提起这个？

——这王猛是在提醒自己，就算姓樊的人多，可这长安城中，姓苻的更是不少。祖父苻洪的胞弟现就有苻安、苻侯健在，光他们那两支的宗脉就有不少；加上伯父苻健还有十个儿子，孙辈更是早已开枝散叶……王猛此时想说的就是这个吗？

只听王猛淡淡地说道："现如今，宗室之内，太尉苻安、唐公苻洛，宅中部曲怕也各有五百之数。若能劳太尉辛苦，于近日镇守宫城；另督请唐公苻洛镇守云龙门，虽事未至有如此紧急，但可保万无一失了。"

"云龙门"三字一出，苻融的眉毛忍不住一跳。

当日，夺宫之变，他的哥哥苻坚、苻法就是从云龙门杀入，夺下这个大秦朝廷的。

"大人觉得，今日必然有事？"

王猛摇摇头，笑了笑："那也未必。我只想着，自大王登基以来，宗室之内，诸公多谨慎观望。苻姓自老帅起兵以来，仗的就是一姓同心，满门忠勇。可惜自先帝之后,以苻生之暴,宗室之间平白增添了不少隔阂。若借今日之事重聚宗室之力,以后又有何事需要担忧。阳平公以为呢?"

苻融一时没有开口说话。

他明白王猛话中的深意。没错,当年老帅能够从略阳一直撑到枋头,独树一帜;伯父苻健能够杀回长安立国,从来都是得到了宗室之内的强大支持。当日,云龙门之变,也不过是他苻家的宗室内乱。诛杀苻生,包括苻生的那十个亲兄弟在内,只怕也很少会有人为此反感。那时,本是重整宗族,让苻姓上下团结一心之机。可是接着,自己的母亲苟太后却杀了自己那个庶出的长兄苻法。苻法在苻氏家族中极得人心。杀苻法一事造成的直接后果就是,苻姓宗族们已瞬间跟宫城拉开了距离,而母亲家族的苟姓、母亲为自己选择的妻族姜姓,从那以后都已一层层围绕在宫城之侧。连樊姓也通过杨家阿姆,一直与母后保持着较为亲密的联系。

王猛此时跟自己说这个,可能就是为了,自己年纪虽小,却在苻氏一族中,几乎跟人人都说得上话。无论是苻安、苻侯这一众祖辈,还是苻连、苻远这一辈的堂叔伯们,包括苻洛、苻柳这些堂兄弟们,多少都会看自己几分薄面。

可是……那是与自己的母后苟太后所有的筹划相悖的。

只听王猛缓声道:"下官听闻,太尉以宗室之尊,向来少受请命。非共患难者,皆难入其法眼。至于唐公苻洛,于宗室之内更是唯一可与废帝苻生争勇者。生性刚猛耿介,非沥肝胆者难与其交接。若是镇日无事,反倒惜其才调,难与共谋。今当朝廷危难,正是板荡见臣节之时。阳平公稍后如参见大王,不知可否请大王设夜宴宴请太尉,共商宗室之务?"

苻融一时更不开口。

沉吟了好一晌，他才喃喃道："疏外戚以固宗室，振名器以驭群臣？"

他的语意间，颇有疑问之意。

王猛闻言略感愕然。

苻融坦然道："您来之前，杨青来过，所以大人与大王所谈之事，我也有所听闻。"

说着，他忽然双手据案，并不抬头，目光盯着案边的棱角，低声问道："王大人，你是个妖魔吗？"

苻融静静地盯着案边的木棱。没错，这个王猛是个妖魔吗？他这样一个人似乎全身心地等待着这样一个乱世。"东海大鱼化为龙，男便为王女为公，问在何所洛门东。"当日，这首他编造的童谣传唱长安，直接将自己哥哥苻坚逼入险境，在本已与群臣构隙的苻生心中，更加深了嫌隙，最终造成的结果就是，鱼氏满门，包括自己的总角之交鱼欢被满门抄斩……此后，这道缝隙越裂越大，所有人都似站在凌汛的河冰之上，直到逼着自己的哥哥苻坚发起云龙门之变，杀了自己的堂哥苻生……再然后，他只知道母后与自己的庶出长兄苻法之间本有些嫌隙，是在母后召见王猛与其一席长谈后，决然地下令杀掉了苻法，也造成了如今姜、苟两族争相近幸，苻氏宗族疏远宫廷的局面……今日，他看似语意谆谆、温厚方正，然而不正是他在挑动着这世上最可怕的母子相争、两宫互忌吗？

……他是个，妖魔吗？

苻融不想抬头去看王猛，他静静地看着案面与案侧那交锋的棱角：当日，自己真是少不更事，欲以天下为己任，试想匡扶社稷，不负此生，才引这个汉人为师为友同行。但一路下来，阿欢死了，生哥死了，法哥死了……奢奢也死了。这些血，每一缕都没少了他自己亲身的参与，每一缕他都该为之负责。如今，这汉人又将矛头，如此含蓄地指向了自己的母后？

王猛却全无不安。

他只是静静地跽坐着，然后回了一句：

"臣只恐自己妖魔之力不够，不足以压服这普天之下的恶鬼凶煞，不足以纵横捭阖，以补苍生。"

正说着，忽然有人走进来，向苻融禀报，说是太后有请阳平公稍后入见。

苻融点头应是。

来报的人退下后，王猛闲闲地说了一句："下官适才入宫时，正碰见苟特进也正入宫觐见，因事情匆忙，未及详谈。阳平公此去，请代下官给苟特进问好。"

所谓苟特进苟林，即太后出身的苟姓一族的族长，也算是外戚之首。

说罢，王猛恭谨起身告辞。

苻融也起身送王猛出门。

出得门来，见王猛走远了，苻融一时重又抬头看天。

只见天上的云越加浓密了。树荫下樊六的尸身还静静地趴伏在车上。他背后的刀已经取下，那伤口裸露出来，引来了一些苍蝇正围着那伤口在飞。

苻融叹了口气，竟然头一次期望，这个让他也生厌的樊六如果能活过来就好了。

活，顶多令人厌恶；而死，总要逼人抉择。

可一瞬间，他似在那满天乌云里，看到了那个一脸狂暴、却满眼善意地看着自己的独眼的生哥；似看到了那个从小衣着寒窘，得了顶云石冠却拿来给了自己的法哥；似看到畏缩在姜老食肆里，眼神中总透着怯弱的阿欢；又似看到，那个什么都不怕，现在也终于不必怕任何事的奢奢在冰封的渭河上，在冰洞里点燃一支支牛烛，铺排好了最柔暖的毛裘，等待着自己……那些他曾经拥有过的所有的快乐。

*　　　*　　　*

被乌云覆压的不只长安城。城西太液池的上空，也正风云变幻。

太液池离城西小校场不过二里许。池畔草木丰盛，时有禽鸟啾鸣。

吕光营中兵士每不当值，常来这里狩猎。若有幸猎得一鹿，回去后就不免举营欢腾。

这几日因为天热，营中本来无事，偷闲的小校许尘就引着三五个同伴，一早来到这边游水嬉戏。

太液池的东岸，藏得有汉代留下的巨大的石鱼，许尘常带着同伴兵士潜水进去，摸那鱼藏在水底的鳍以为戏乐。岸旁又多老榆古槐，他们在树下垒石生火，且游且吃，自视人间之乐，无过于此。

这个许尘本是吕光贴身小校，所以一向无人督察。手下人等也乐意跟他出来。他们也不空手，常牵上营中的马，就在那水边洗马。

这时，许尘几个人正泡在水中，谈笑无忌。

其中一人笑着说："兄弟们，想起来我就高兴。认真算起来，现在举大秦之境，能快活如我们的怕是没有几个了。"

旁边一人问："勾子，碰到什么事儿了会这么高兴？"

只听先前那人笑道："你们也知道，我打小跟蒲家的小儿蒲华不和。

他曾打过我，把我按在地上往嘴里喂土，还骂我破落子，说以后我肯定饿死。可我现在小将军帐下，每日给米五升，温饱无虞，还常省得米粮接济家里；可他却在南军，每日不过给粟四升，除掉砂子，春成米的话怕还不到一半儿，还要被领头的克扣，我前日见了，他真是满脸菜色。现在要再打的话，他可不见得打得过我。你说，叫我如何不快活？"

旁边人笑道："就为这个？瞧你这点儿出息。认真说起来，别说他们南军，就算北军，从来不克扣军饷的，也不过给粟五升，哪比得上咱们这儿！北军南军不说，哪怕常出去抢掠的樊家那拨兵士，听说也时常断炊呢。"

先说话的人笑道："我就想着，小将军今晚怕不是又要去打猎。他箭法精准，若猎得什么麋鹿、黄羊回来，从来都肯分食给大家的，到时可不是又有口福？"

旁边人道："喂！兴头过了，小心雷劈啊！"

"刚还大晴天儿的，不过刮来点儿云，哪又来的雷。"

正说着，只觉南边大风忽起，池中水一时就跳荡起来。接着，更大一片乌云自天边卷过，铁青乌深，覆压天地。

众人哄笑声中，彼此还赖着不肯起身。

不一时，只听得一道雷直轰下来，众人在水中慌忙起身。还未及上岸，就听得岸上树丛后面，一片窸窸窣窣声传来。然后，一个人突然冒了出来，在那儿大叫："在这里！逮着了！还想给我跑？"

紧跟着，树林里面，黑着脸、凶神恶煞地冒出十几个人来。

池中几人还未及开口，就听来人喝问道："吕光帐下是吧？"

小校许尘方才答了声"是"，还未来得及问对方什么来路。就听对方吼道："贼兔儿们，窝垒得可够结实啊！既然窝结实，就该老老实实在你们兔子窝里趴着，还出来玩儿水！不是给我们逮着了。在这儿，我看你们还有什么壕沟鹿砦护着吗？"

这边几人还未及回应，就见那拨人明晃晃地拔出刀来。

许尘刚要呵叱，已被兜头一刀砍来。

他脑袋一歪，没躲利索，那刀正砍在臂膊上，砍得整个臂上肌腱开裂，血立时喷了出来，染红了身边那方清水。

吕光帐下惊叫连连，刚爬上岸就连忙往后退。

有人见不是事儿，就泅水往深处游去。可还是有两三个被人给截在岸上。想要夺路而逃，却已被围在中间。那樊世家找来的十余个人挥刀舞剑的，冲上来就是乱砍乱踹。

其中有人吼道："你们吕光杀我六叔时，可有想到此刻？"

第四章
谯 楼

他不是氐人，而是一个羌人。他知道这种以血缘、族属、私谊构成的小团体是什么样的。它可以瓦解一切军队、政体、宗亲、伦常的谨严。用无穷的分岔消解掉所有的宏图。直到洪水冲来，散沙星散。那时他们还会痛哭着责骂起体系的崩溃。可那就是人，他们建构，他们瓦解，他们分拆……他们存在！

"听说没？小校场那边儿打起来了！"

傍晚时分，这个消息在长安城中沸沸扬扬地传了开来。

传言中，吕光帐下的士兵申时许从太液池汲水回来，惊觉小校场被围，樊家的人不让他们进去，两边的人就打了起来……有的刚说到这儿就被人反驳，说是吕光帐下几个兵士在太液池洗澡，被樊家的人赶上，光着身子就给端了，小校场那边儿防守密实，樊家人一时还攻不进去……

无论是真是假，这些消息插了翅膀似地传遍了整个长安。

*　　　　*　　　　*

姜老食肆因为位置有利，往北走就是衡门，往东走是洛门大街，往南是北阙甲第以及宫城，加上还有个常平仓就建在隔壁，时常都有军粮从那里拨备。诸如香料、绸帛、衾帐、饰物，以及一干时兴的小玩意都有在西市售卖，而如打铁、鞣革、制鞭、马具等作坊又集中于东市。一众青年就更是爱来这儿。照他们说法，这里既是他们的粮饷来路，又是他们的铜钱去处。

此时姜老食肆早已为一帮氏族青年坐满。

今儿这么大的事儿，姜世怀、杨靖那一拨人自然等不及地要来。他们几个还是在赶走了几个低级军官之后，才占据了最大最好的一间屋子。

此时，屋内谈笑正欢。姜老人今晚做的饭食似乎都更可口些，寻常的盐豉、薤韭，吃起来都格外带味儿。

长安城久遭变乱，生活清苦，连他们这些贵族子弟，平素都不得不常用素食。今儿可能是那飘来的血腥味儿刺激了大家的食欲，人人只觉得桌上的吃食格外香甜。更何况，如今这城里每一场流血冲突，都是他们日后可能遭逢的凶事的一场预演，没一个人能够置身事外，所以聊得更加兴奋。

可他们谈笑虽烈，心里却总觉得缺了点儿什么，因为仇余不在。

仇余是他们这一伙人的头儿。今天不知怎么，直到现在还没来。

这拨人多数站在樊六一边，他们大多了无产业，年纪又轻，薪俸又不够用，就靠袭击劫掠生活。西边凉州屯垦的军户，北边匈奴刘卫辰的牛马，南边荆州过来的流民……都是他们平时打劫的好来路，也是彼此交换消息最多的话题。

一个氐人军官正指手画脚地笑着："我是眼看着吕家几个被打残的兵士是怎么惨哼着回城的！一个胳膊断了，整条右臂虚吊着，可比腿断了的那个还好点儿，那个一直在地上爬呢。要说，樊家这次可真的下力了，出手极狠，听说已取了五六个吕家人性命。这还只是小打小闹，给朝廷点儿颜色看看，真正打开来的话……"

正说着，只听外面有人高声道：

"什么五六个人的性命？是谁在那儿胡说八道！"

接着，门帘一掀，只见仇余走了进来。

他满面红光，得意洋洋，似乎摊上了什么大喜事儿。

屋里一时人人起身。

有人喊："老仇，怎么现在才来？"

另有人道："咦？喝过酒了？有酒不叫上兄弟一起，没义气。"

却听仇余笑道："我伯父大人今儿逮着了我，要我当差，我跑得开吗？可以说，从樊六死讯传出来开始，我整忙活了一下午。"

说着，扭过脸，问那个说他喝了酒的人："怎么，我伯父的酒，你也想跟着沾光？"

那边就有人咋舌："那可不敢！"

仇余的伯父是当今的尚书令仇腾。

自汉以来，尚书令可谓是当朝显职了。也难怪仇余今儿这么高兴。平素，仇腾本来不太正眼瞧他的，嫌他性子孟浪浮躁。今儿却正经当回事地把他差出去干事，还赐了酒，叫他怎能不高兴？

"尚书令怎么说？他也关心樊六这件事？"

知道有大人物也关注自己同样在关注着的事儿，满屋人都兴奋起来。

只听仇余道："等等！刚喝了酒，现在嗓子好痒，非得再来点酒解解不叮，你们叫我嗓子干着怎么说？"

旁边杨靖早注了一大碗酒递了过来。

仇余一口饮下，笑道："平时还觉得姜老儿的酒不错，可跟刚才喝的比，可不嫌淡？"

旁边众人哄笑道："他的酒要有令伯父的酒浓，我们就喊他尚书令了！"

仇余饮干酒后，拿袖子抹了抹嘴巴。

"其实晌午那会儿，樊六的尸首还没拉回到樊家时，我就知道他的死讯了。"

说着，他斜眼朝四周瞟了下："前儿咱们在这儿还提到过他的，哪想今儿就没了！你们这些没良心的，平日也没少喝樊六的酒，今晚就没人想过给他洒一碗？"

在座人一时"呀"了一声。

有人满脸讪笑，杨靖却斟满一碗酒，洒到地上，念了句："还是仇老大重情。樊六，这碗酒是仇余洒给你的。你在地底下别消停，多砍几个人，给兄弟们腾点儿空儿。这世道，说不定哪天就有人跟着你去了！"

旁边人等一声哄笑："咱们罢了，可得先把吕光的位子给留出来再说！"

只听仇余道："得了讯后，我立即叫人把话给伯父传了去，接着本打算来找你们，没承想一眨眼的工夫，杨管家就来了，当场给我派了个差，说伯父叫我打听这事儿，要事无巨细盯紧着点儿。"

说着他放低声音："说与你们知晓，你们都该知道今儿这事儿有多大吧？我伯父他们那辈子的人，晋、赵哪个没经过？从八王之乱起，那是怎么个打！其后，赵兴了、赵亡了，冉闵起来了，那死的人可真是填山填海。哪一次不是为君臣不和，互生嫌隙？这么说，你们应该明白今儿这样的事儿能捅出多大的娄子了吧？搞不好，那可是国破家亡的事！嘿嘿……到时，你我兄弟还真不知各自站在哪一边儿，最后又能剩几个出来喝酒呢。"

他声音忽然压低，又做了夸张的表情，本来颇逗人笑的，可在座的这时却都笑不出来。

这些人也不过二十多岁。其中年纪最长的仇余，也仅仅二十有七。但是，他们都经历过赵的晚期，以及随之而来的冉闵之乱。

那也就是七年多前的事——后赵暴君石虎死后，其子先后虽有数人继位，却无力压服朝中勋贵，其中势力最强者要数冉闵，造成上下猜疑，最终酿成大乱。

那一年，邺城之变，数日之内，无论胡汉，军民瞬间伏尸二十万。当时，在座的人最小的也有十五六岁了，他们虽身在枋头，却离邺城很近。对那时听闻的事记忆犹新。更别提其后邺城内外上百万人口各携老幼，争回原籍，途中彼此劫杀不已，死者又达数十万。

而当今朝廷，就是借着那场动乱起家，得以从石赵中分离出来，杀回长安，建成如今这个朝廷的。

所以仇余虽有调侃，在座的却无一笑得出来。

因见满座沉默，有人耐不住，岔开话问：

"老大，你刚才说谁胡说八道？"

仇余冷睨了在座的一眼："说雷落儿！胡说什么死了五六个！你们都是道听途说。我可是一直盯着的，就算不是亲眼所见，也是派出去的人眼见了回来禀报的——伯父亲自嘱托的事，你们以为我敢闹着玩儿？所以，今儿连杨靖都别跟我争，这消息只有我这儿的最确实。樊六是将近午时被发现死在城外的，背心口插着一把刀。家底下人不敢动，是连着刀一起拖回来的。要说姓吕的可够阴狠啊。樊六从蓝田起，一共跟他打了三场，吃了些小亏。回城后，不能大打了，樊六想找吕光单挑约架，本来约在龙首原，要见生死才罢。没想约架的话才发出去，就给吕光抢先下了手！"

"午时二刻，樊六的尸首才拖回樊府门口。那时我已得了令，亲自赶了去。朝廷得讯倒也快！没一刻工夫，苻融就赶来了。"

"苻融？真的是他？"

"可见朝廷没人了。"

旁边人七嘴八舌地插话。

却听仇余冷笑一声："你们知道什么！"

"也不知道苻融那小子换衣服怎么换得那么快，我是穿着常服过去的，樊家的人不用说，听了信儿慌着赶来，也都是常服。我眼见着苻融到来，却已浑身着素，整个儿跟一个银人儿似的，把樊府那帮老娘们儿给看呆了。居然就这么给人家下了道旨，三五句话工夫就把尸身给拖走了。我本料着，樊家知道信儿后，必定会挟尸大闹。谁想朝廷反应这么快！还把苻融给派了来。你们几个是不在场，没见着，啧啧啧……苻融那礼行得！当时就算是我当事儿，只怕也被他给糊弄过去，磨不开脸立时跟他翻脸开闹。那小子别看年轻，在咱们族中位置可不轻，做事儿从来滴水不漏，连樊世老爷子都没反应过来，尸身就被他拖走了。要不咱们现在还有空在这儿闲话？洛门那儿现在肯定还撕扯不开呢。"

"就这么白白给他拉走了？那樊家人怎么办！"

仇余一撇嘴："哪有那么便宜的事儿！"

"苻融走后樊家人就回过味儿来了，樊世老爷子下令，一帮人马，好有六七百，都是他们的子弟家奴，跑去把吕光的小校场给团团围住了。不过，那樊世老爷子也留了点儿余地，只有家奴部曲上阵，一点儿也没动他家的军中兵士。也还没直接去甲第的吕府门口闹腾。可已发了话，现在全城吕家的人、吕家的产业，都有樊家的人盯着呢。"

"我就琢磨了会儿，这樊家吕家两头儿，城里城外的，我是盯哪头儿好呢？"

说着，仇余一拍大腿："好在我选对了，我去盯吕家！吩咐底下人出城帮我盯着小校场。果然押对了！知道为什么吗？"

旁边人问："为什么？仇大哥你就别卖关子了。"

仇余慢声道："这话你们不知，杨兄弟可能知道。当日，新上登基那天，百官朝仪结束后，我伯父下朝走到宫门口时曾跟杨兄弟的外祖，就是现今的丞相长史席大人说过一句话。那句话是：现今，朝中只剩两拨官员了……"

他有意地顿了顿。

性急的已问道："哪两拨？"

仇余笑道："当然是新上造反前，已铁了心跟他、拥立他的；还有就是新上诛暴登基后，才慢了一拍，跟着拥立他的。"

座中人有的脑子转得慢，一时没明白。

仇余缓缓道："我脑子笨，这话可琢磨了很久。最后才明白，可不是有理？"

"宫里这位……"

他朝南看了看。

"……在他登基前，是那个独眼儿在位。那时，朝臣里不管怎么说，都真的只有一拨：都是怕被独眼儿一不高兴就杀了满门的。如今这位登基了，大家免了这份担心，可人就分出了亲疏故旧。早就铁了心跟他的，和其后才拥立他的，可不是就分了两拨？而这人啊，总是要互相争杀的不是？独眼儿在时，大家是提防着被独眼儿杀。独眼儿倒了，可开了禁了，大家终于敢磨刀了，就等着杀别的势弱的朝臣，或被别的朝臣杀呢。"

他说着笑了起来。

"所以我想着，咱们既然是后一拨的，不如知趣点儿，要盯，只盯着前一拨的吧！老樊那儿我就不用亲自盯了。"

在座一时人人点头。

"这一盯，可给我盯出些消息来。"

有人急着问："什么消息？"

仇余冷笑道："我在吕家门口等啊等，等得自己都心焦了。好在，我也没白等，跟人闲扯，倒是打探出个消息。说来奇怪：吕光杀人这事儿，他竟是瞒着他爹的，枉他爹平素那么护着他！吕婆楼显然是宴客之时才突然得知这么个消息——要说人家养得有异人呢，据说，这消息最初还是他家那碧眼胡僧，叫什么鸠上师的那和尚望气望出来的。也不知他们在屋里商量了什么，我是从午时等到了快申时，吕家还没消息，城外却有消息来了。果然，樊家的人终于忍不住了！为了要逼一逼宫里！突然在太液池打了起来。"

"所以我刚才说你们胡说八道！打是打了，确是打残了几个，但既没有你们说的死人，也没有小校场内吕家人的反应。是在太液池开打的。姓吕的真能忍，小校场内两百骑兵，居然一个都没出动，只是严防死守，由着外面自己的人挨打。"

"樊家的人把人打惨了，却没扣人，只是不叫他们回小校场去。那些人就哭嚎着回城报信了。这一招可是高明，我伯父听到这儿，还哂笑了一句：杀了扣了的话，谁回来闹得满城风雨呢？所以我现在知道的就是：第一，苻融那小子还是真有两下子，今儿这提尸之举干得漂亮，人家东海王家里还是有人；第二，别看樊世那老头子那么傲，那么倔！人家下手还是有分寸的。兄弟们学着点儿，大家伙儿以后谁不当家立业？可现在咱们年轻，凡事只管好勇斗狠，一切不服就干！但樊六下场怎么样？老头子还是老头子，好多地方咱得学着！"

桌底下，一时人人称是。

"直到这时，我才见到吕婆楼动了。他亲验了那几个兵的伤，选了伤得最重的两个，带人直扣宫门去了！不管怎么说，人家好歹是第一拨人里排名第一的，当年，拥大王登基，谋划那么久，出的力最大。现如今，打着这个名号，怎么说他儿子也是为了维护当今旨意惹下的事儿，这是逼宫里的那位出面认账。"

顿了顿，他接着问：

"可你们猜，后来怎么着？"

已有人听得情急，急问道："你就直说吧，宫里究竟怎么说？"

仇余呵呵笑道："怎么说我哪知道，我也没跟着进宫。"

旁边人啐了一口："老大，这你可就不地道了。"

仇余叹道："怎么才能地道？不只我不知道，吕婆楼估计也懵了，他也不知道。守门的官兵愣是没放他进宫！"

这句话一出，底下登时炸开来了。

仇余等着他们七嘴八舌地说话，随他们胡猜乱测，有骂有赞地发表完了意见，听到有人问："咱们说什么都没用。得问问仇哥，那尚书令大人怎么看？"

"我伯父听我回到这儿，还特意问了句：你确定？大王没让吕婆楼进宫？只说这命案交给京兆尹处理？"

"我确认了后，他老人家忽然面露微笑，沉吟不语。"

他把话又顿在了这，有性急的忍不住，追问道："大哥你还没说，尚书令大人是怎么看的呢？咱们这些人，接下来又该怎么做？"

仇余冷笑了一声："所以我说你扶不上墙！我伯父没说话，那就是没事让咱们做！那咱们就待着！你想想，这朝中的官既分了两拨儿，要是宫里纵着前一拨的官儿生事，凡事力挺，比如见到吕婆楼来，就紧急召见了吕婆楼全偏向着他，嘿嘿……那时就两说道了，只怕我伯父他也不会沉吟不语，早有事儿叫咱们去做了。满朝的官儿谁不是官儿？满朝的人谁没家小？让宫里纵着一拨欺负另一拨的话，大家以后还怎么活？那可不是得有话说？不管怎么，先得帮樊家烧旺这把火！可现在，大王把宫门对吕家关了，大家伙儿心里该有点儿数了吧？那至少表明了当今的态度。若是这样，宫里既不慌着偏袒前一拨的，对后一拨的多少还有顾忌，那咱们这些旁人也不必忙着替樊家人出这个头，把火烧得更大。

火烧太大了有什么好？前面的事儿不远，无论是石赵，还是冉魏，最后国破家亡，谁有好日子过了？"

底下人一时嗟呀称是。

可仇余一拍大腿，吓了众人一跳。

只听他嗟叹道："可我毕竟还是嫩啊！看到这儿时，我本以为宫里是示弱了，在割舍吕家平这灾祸。可伯父听到这儿时，却意犹未尽，只问我，接下来怎么着了。"

众人又被吊起胃口："怎么着？还有事？依我说，宫里那位虽得了位，但现在也心虚着呢，好好应对樊家，了了这事儿就好。舍一个吕光没什么大不了的。"

"想得美！你们只怕不知。现在，城里人不知不觉间，北大营那块，李威已令麾下李全带了两千人马，隔绝了小校场到长安城之间的路！"

这句话一落地，众人一时大惊。

只听仇余冷冷道："宫里不动，是在等时候呢！等着城门关了，内外禁绝，人家这时下手，不管三七二十一把樊家、吕家两边的人全镇在那边再说，你们城里还能有什么反应？真的去攻打城门不成？不信你们现在出去看看，陈平威今晚本该在西边的雍门当班吧？他今儿不用去了，去问问西边那三个门，雍门、直城门、章城门今晚都是谁当值？你们别以为苻融那小子光生得好看，人家在暗地里提领禁军，悄没声息间，禁军落在他手里也有个七七八八了。你真当人家活到今日，位尊身贵地封了阳平公就单凭那张脸？"

却听杨靖冷冷说了一句："我不信！北军动了？这么大的事儿，城里没一丝动静？李威可不算是苻坚的人，苻坚还调他不动。说句犯上的话，李威要不是跟太后有一腿，当初会参加云龙门之变，为苻坚登基出这么大的力？更何况，你当南军不存在？苻大将军也不是吃素的，樊用可正在苻大将军手底下当着差呢……"

仇余不由笑了笑，望着杨靖，目光中露出赞赏："说半天，杨兄弟到底是明白人。咱们这草头大王虽说即了位，但别说整个大秦地界，就算长安城中，他能调得动的人其实也有限得很。他手下那几个，咱一只手都数得过来吧——打头的一个吕婆楼，虽人缘不错，但这回他是事主，怕不敢太闹腾。况且，吕家在军中又有多大实力？只是有那么群略阳老氐们敬着他罢了。接下来，权翼、薛赞，那两个小羌，都不过是跟着姚苌投过来的。你看姚苌这羌帅在咱们这氐人地面敢生什么事儿不？更何况他们俩了！梁平老虽强，不过是个武都氐，跟略阳正门正派的隔着一层呢，现在又远在萧关。强汪在少府内管点财赋还成，正经大场面不堪大用。这就是他紧贴身的五个人。再算他兄弟，顶用的苻法已被苟太后杀了，剩下的苻融虽然不错，他才几岁？苻双、苻忠年纪又更小些了。接着讲外围，可能不得不提李威和邓羌那两个猛人了。可这两人虽说厉害，但李威，那是太后的人，太后跟咱这草头大王也不见得总意见相合，真算下来，樊家人比起吕家人来可跟她亲近得多了。再说那个邓羌，虽镇守着潼关，备受信任，但我伯父曾细细跟他掰扯过当初苻黄眉是怎么死的，虽说明面上是死在独眼儿手里，可苻坚那拨人也脱不了干系。兔死狐悲，邓羌现在虽然不说不动，暗地里怕也会防备他们一手……细算下来，他虽顶着个大秦天王的名头，却又镇得住谁？樊家又凭什么服他？"

一席话说得在座诸人连连点头。有人叫道："仇老大，你这账盘算得可够清楚！但咱们看得到的，樊老爷子肯定也看得到。你给大家伙儿算算，北军的李威既然出了面，断了城西小校场到长安的路，那接下来，樊家会怎么走？你是咱们老大，得先跟咱们这帮没脑子的兄弟说清楚，别让大家伙儿啥都不知道，出了这门不带眼睛，回头丢了脑袋的话只能做鬼来找仇老大，怪你没预先提醒，让大家伙儿不知道个规避。"

仇余冷笑了声："樊家人会怎么整？他们姓樊的哪一个是不敢赌肉的？他们会怕个李威？实话告诉你，城门没关之前，我埋伏的人就有回报，樊癞子早出了城门去了，你们猜他要去找谁？现在在哪儿？"

"老大，你别卖关子了，又不是不知道兄弟们笨，直说，樊癞子去哪儿了？"

"我不能跟你说他去了哪儿，毕竟也没派人手跟下去，只跟你说他出的哪个门吧——是南边安门！"

众人一声哄笑："安门？那是去南军找樊用去了吧？可樊用在南军哪怕过得再得意，得苟柳大将军的宠，可他不过一个管辎重兵粮的，调得动几个兵？干嘛去找他！"

仇余冷笑道："那你可看低了樊用了。"

"怎么说？"

仇余的声音重又放低了些："你们该知道，一向以来，南军发饷的日子，从来都比北军来得迟是吧？知道为什么？那可是樊用给苟柳大将军献的计，从寿光三年起，他们就在养着南军营中的怒气呢。别问我为什么要养南军营中怒气，秃子头上的虱子——怒兵才更好用！更别提樊用代苟大将军在外面借着迟发军饷这点日子差头放出去的那些债。你们几个都别跟我装，先不说别人，以雷落儿为首，你们就都借过！可是，这事儿的底细咱们兄弟几个心里头清楚，南军营中那些苦哈哈的兵士哪里明白？营中散布的一向都是从樊用那儿放出去的口风，说军饷迟误都

怪朝廷少府监内不清白，偏重北军，所以发粮发饷才变得越来越迟。南
军那儿他们早就备好了柴，就看樊用想不想引燃它了！"

众人都知道仇余所说的这段话事关紧要，个个屏息静气地听着。

只听仇余继续道："樊用那小子跟樊六可不一样，咱们跟他打的交
道少，但人家聪明着呢。苻柳借重他的，可不单是放债生利这点小事儿。
苻大将军现在手里有通往蜀中的散关，而樊家手里则有通往荆襄的武关。
这两面，都跟晋的地界相交不是？本朝所有与晋相关的门户都在他们手
里了。暗地里，你们想，会不会有些书信来往？所以人家现在是进可攻，
退可跑——白降过去也不是不可能的。"

说着，仇余身子往后一靠。

"所以，城门再怎么关，也没隔断樊癫子出城。你们还道找樊用没
用……真要逼急了，他们就算打不赢北军，一股脑儿开了门户，晋军要
是再度北上，无论从梁、益二州来，还是从荆、襄二州来，却又如何抵
挡？现在，就看大王到底护不护着吕光了！"

一时间，食肆里静得出奇。

哪怕在座的都是阵前冲杀决荡过的氐人子弟，平日里在这姜老食肆
中也胡侃乱骂惯了的，人人自负豪勇，可一丝苍凉还是顺着仇余那席话
慢慢地浸入了众人的心底。

那苍凉大家久已经惯——从小到大，哪怕在劫掠颇丰、战后庆功的
日子，这苍凉都会慢慢地浸过来。因为无论怎样热闹，四野尽是腐尸白骨，
入了眼就忘不了的。直到最近这六七年，大秦好容易得了这长安，好容
易算是在这关中之地立住了，不管怎么乱，好歹多少有了点秩序，也有
了秩序中的那一点沸沸腾腾，这点苍凉感才渐渐从氐人心头淡去。可此

时，随着仇余的话，那可预见的长安倾破、两宫颠覆的前景简直就近在眼前。

足有五十来年了……这五十余年来，数十万氐人颠沛流离，从略阳走入长安，从长安迁入枋头，在枋头与羌族大战，对羯族低头，再迁回长安……于关左、关右那数千里的路途中辗转难定，不知所往，那不可预测的时运仿佛又被召唤了回来，本沉潜于那时运底子里的苍凉也被唤了出来。

只听一人抱怨道："干！仇老大，大家伙儿本正说得开心，不过是看热闹罢了，被你这一番话说得，倒把大家伙儿全都给兜了进去，还让不让人好好喝酒了？"

姜世怀突然问了句："仇大哥说了这么多，却没说尚书令有没有预测过，樊家这事儿最终会是怎么个走向？"

仇余冷笑了声："所以说咱们嫩，一听到死了人了，就杀人报仇、满城放火地瞎想。你以为樊六是樊用，樊世很疼他吗？我也问了句同样的话，难得伯父他今儿心情好，还肯跟我掰扯两句。他笑着跟我说：你以为樊世那老儿混到今天凭的是什么？他虽说是笨，可从来吃过亏没有？他笨人自有笨人的计较，那就是要犟！凡是他算计不过来的事儿，就拿出一把刀来架在那儿，只管张牙舞爪犟给你看！可从头到尾他闭着嘴，绝不开价。他是等着别人来开价呢，不开到他满意他不会放下刀来……且看太后怎么跟樊家的人讨价还价吧。"

"怎么，樊家人去找太后了？"

旁人讶异地问。

仇余冷笑道："刚说了，别一说事儿，你们就满脑门子冲啊杀啊的。你以为樊世这当口磨着刀、架着火，就真的想杀人了？还不是为了接下来好要价的？否则，怎么解释今儿这事一出，苟太后不忙活别的，先派了宫里的洛娥去接杨阿姆进宫闲话？又怎么解释樊家人今儿明明碰着了丧事，却叫自己老婆去杨阿姆那儿给她送东西，还叽咕了半下午？软硬两手人家都备好了呢。"

在座人等一时目瞪口呆。

仇余却呵呵笑了出来。

"所以，今后大家伙儿也别白愣愣的。什么事儿都跟家里面交心过血。其实你我，在外不过是朝廷的棋子，在家也不过是长辈们的棋子。真以为你死了会有人替你搏命，为你复仇？屁！命可能会搏，却不是为你！不过是为了，死了还要把你用来谈判，当个兑子谋利的。"

说着，他转眼一望："咦？刘恨儿哪儿去了？这个小匈奴，今儿怎么不见他来蹭食呢？"

随即又大笑起来："这一顿说，可把我平时三天的话都说完了。接下来三天的酒，可得你们请喽！"

*　　　　*　　　　*

樊世的官衔挂的是特进。

这职衔自汉魏以来，一直位同三公，比开府仪同三司还要高一级。只是三公三师的名位有限，所以才有此散官之职。能做到特进这个位置也算是位极人臣了。

但特进大多时只是个加官，可以加在实职后面以彰显体面的，若无实职，只是显示被授者的品佚而已。

当然，以当前大秦的朝廷体制，所有职衔，官名，大多不过虚应故事。

说它是个朝廷，那朝廷也不过是个附着在军事体制上的装饰而已。

氐族青年其实大多对这些官位什么的也就听个热闹，熟悉其中底里者寥寥，要说了解朝廷中所有官位职缺的，杨靖可能算得上一个。

杨靖平时表现得颇为合群儿。不只在仇余的这个小圈子，其余如姜峰主导的另一个略阳老氐们的圈子，以及杨世平为首的高阶军官的那小圈子……他也无不参与，且在里面混得颇为自如，风生水起。

聚会时大家说说闹闹，使酒任性，他也跟着在一起说笑。可他心里却是格外冷静的。这冷静多半出于他的隐疾。小时他骑马摔过，断过左臂，所以以后骑马拉弓时他总不免打怵，左臂总有些用不上力。哪怕他性子本来好强，但拼骁勇搏军功那一条路，也算跟他绝缘了。此后，他花在打熬力气、盘弄弓马上的精力既少，花在别的事情上的精力就多些。这也养成了他冷眼看人的特有脾气。

自迁入长安以后，他发觉，同伴的有些氐人青年同辈，渐渐饱食安然之余，开始关心起身上的职衔名位了。仇余这个圈子倒还没有，其他如姜峰、杨世平、强卢、李朴之辈，本都是酋豪子弟，却慢慢开始看重这些了。

就杨靖而言，他每碰到这些人，心中都不免冷笑。觉得此辈算是忘本，去醉心那些汉人们用来驾驭臣民的规矩，醉心为奴而已。可看到那些仍旧以炫武逞勇为毕生之志的老式氐人同辈，他照样心中也有些看不起——"猎狗"而已。文武两途他既然都看不上，也就更加乐于搅事儿。樊六的事儿一出，他的兴致就被点燃了。

仇余高谈阔论之时，一言及其伯父，杨靖心中就忍不住冷笑。所谓的尚书令仇腾，别人不知，他有什么不知道？自从苻法死后，朝中丞相之位一直空缺，盯着这个位置的就以仇腾为首。而自己的外祖父席宝，却是想仇腾空出尚书令职缺后，来坐一坐。

苻生在位时，这些老家伙多半还没这些妄想。自从苻生死后，大秦现在整个换了天，慢慢各种热望执念、痴心妄想就在各家酋豪间蔓延开来，也不想想那些汉人们当时是怎么玩儿脱了后亡了国的。

冷眼看着自己姻亲圈子里的那些父执、祖辈，再冷眼看着自己同辈圈子里的这些新进小氐，杨靖觉得，怕是只有自己是冷静而又坚定地悲观着的。同侪之中，怕是只有他一个喜欢唱曲儿。时至今日，他还喜欢到那些会唱氐人老曲儿的婆婆们身边，安安静静地听她们唱曲儿。听她们曲中讲到那些扎根陇右前，氐人们放牧流离、颠沛求存的古老记忆。他总觉得目前这看起来煊煊赫赫的大秦、他们氐人建立的这好大的一个国，对整个族人来说，兆头并不算好，弄不好会把他们拖进一个族亡名灭的境地。可他的悲观并不会阻碍他的热情，让他消极，反促使他更加积极地搞一些事儿。

屋内仇余话未说完，只讲到"尚书令大人"的意思是：现在没必要帮樊家放火时，他就悄悄地退出屋外了。

——凭什么不能放火？

大好时机，谁也禁不住他去拆桥拨火！

樊世已经托过他了，要他帮着放几把火。

所以今晚他有件重要的事儿，就是要去会会苟遇文。

苟遇文是苟太后的侄孙，颇得太后欢喜。

其实，自从樊真容奉樊世之命来托他，叫他帮忙把火烧得更旺些时，他就打定主意要认真相助的。

他已传出了消息，估量好人选，告诉他们这正是纵兵劫掠、给朝廷立规矩的好时机。也帮刘恨儿那小匈奴下定了决心，劝去劫杀他盯了很久的胡商。但这些还远远不够，他杨靖做事岂会仅止于此？

今晚，他就去见苟遇文。他知道苟遇文最近心中正不舒坦，为了娶亲彩礼之事发着愁。他要告诉苟遇文一个天大的好消息，说卢水胡那儿有部人马，是沮渠布津家的人带的好大一群牛马，正放牧在长安北不远，三原地界的东段。正所谓——天予不取，岂有此理？与其坐在家里为聘礼发愁，为什么不去干一票大的？

＊　　　＊　　　＊

这个傍晚，姜老食肆中是这样，嘈杂得如群蜂涌动。

可姜老食肆外，何尝不是如此？

整个傍晚，长安城中都聚满了压抑着的兴奋。

如果有谁这时打马在长安城走一遭，就会把情况大致看上个全：到处的军营、衙署、官邸、民宅，乃至井畔坊头，都少则三五人，多则十数人，聚成一拨，悄悄谈论着小校场发生的事。

这些人，或因血缘，或出僚属，或缘私谊，或排同调，聚拢成堆，三五人，数十人，可大可小，暴露着整个长安城中活跃的关系。

此时若站在谯楼顶上放眼望去，会觉得整个长安城如同一盘散沙般——各怀贰意，首鼠两端。

权翼打马行走在街上时，心里就这么想着。此时，他正一路沿着上冠后街，拐上杜门道，再拐到上冠前街。

这么走本是绕路，可他就想看看今晚的长安城……趁它还在时看看，万一明日它就毁了呢?

其实这现如今的长安,存世也不过七年,未央宫与长乐宫的一部分算是重修了,可诸如北宫、桂宫、明光宫,这些在汉时曾煊煊赫赫的宫殿,如今却荒芜污秽。上冠后街南边的明光宫旧址,此时聚居的是一批搭着乱棚子的兵户。权翼心里叹了口气,他不知道明天会怎样,可毕竟,这还是他参与极深,努力构建过的一个朝廷。

他其实都不用停马,只是一路经行过处,就可以感觉到弥漫长安城的嗡嗡声。他说不上这是好事还是坏事,他竭力推倒的苻生还在位时,那时的长安,真可谓阒寂无声。

或许,有这嗡嗡声总比那无声时要好吧?那会儿就像冰封的河面,所有的水都在冰下面流;而现在河开了,冰排涌动,可没有人知道它会不会一夜之间,重又冻结,最后结成一场摧毁一切的凌汛。

他不是氐人,而是一个羌人。他知道这种以血缘、族属、私谊构成的小团体是什么样的。它可以瓦解一切军队、政体、宗亲、伦常的谨严。用无穷的分岔消解掉所有的宏图。直到洪水冲来,散沙星散。那时他们还会痛哭着责骂起体系的崩溃。可那就是人,他们建构,他们瓦解,他们分拆……他们存在!

正因为嗡嗡嗡的声音实在太多了,彼此抵消,反而显出此时整个长安城的冷肃。

长安洛门、北闱一带,本该是风暴的中心,此时却显得比别处更加寂静。

权翼此行倒不仅仅为听听街声,而是跟王猛有约。

王猛约了个特别的地方:雍门。

远远地,他就看到,浓暮中,雍门的谯楼上已挂上灯了。

想到那灯火后面隐藏着的那个汉人长大的身影，不知怎么，权翼忽有些兴奋。云龙门之变以前，他们这个小团体：他、薛赞、强汪、梁平老、吕婆楼，乃至王猛，彼此倒是合作无间的。可他们苦盼的革新更始终于完成后，彼此之间反而忽然变得有些疏远。

他登上谯楼时，就见王猛转过身来。

这汉人开口第一句话就是："权兄，今日我在陛下前参了你一本。"

权翼愣了愣，"参我什么？"

只听王猛淡淡道："当然是参权兄的怠惰拖延——本朝自景明帝（苻健）入主长安以后，即下令于龙首原设坛祭天，自皇始元年至皇始五年，连年拜祭不辍；及越厉王（苻生）即位，礼仪废弛、所行无道，凡寿光三年均未曾祭祀；大王除暴革新，正当与民更始。前日权兄奉大王之令筹划祭天之礼，却迟迟未能拟定，故而王某参了权兄一本。"

权翼眉毛一挑："就为了这个？"

可接着，他苦笑了下："如王兄所言，这祭天之礼可能当真得抓紧了。"

他探头往楼下的夜色中望去，双手扶着栏杆。

"照现在这样，说不好，以后就是想行此礼也没这个机会了。王兄参劾权某，就是为了时不我待吗？"

他目光缓缓地由近及远，划过了整个东西两市、北阙甲第，直到洛城门东。感觉那静默中传来了一股令人窒息的声音。它慢慢地侵袭过来，正啃噬着自己脚下的谯楼，甚或要啃烂整个长安。

耳中只听那汉人缓缓道："也是没办法，咱们现在玩不动实的，只能玩一些虚的了。权兄一路特意绕行而来，途中可有所见？"

权翼摇头一叹："有何所见？王兄当早已预知。这长安城有若泥淖，又有若沙海；街巷里坊，龟裂成块。大王若想整合，无论军中、族中，还是在朝中，只怕都掉阖不动。"

"以权兄看来，那军中有谁？朝中有谁？族中又有谁？"

这话寻常人不会问，即便问了听到的人也不会答。

可权翼看着王猛的眼，唤起了自己的信任，镇定地回道："军中当推苻柳，朝中自有仇腾、席宝，族中还以樊世为主……王兄会为这句话再参权某一本吗？"

王猛一时朗声大笑。

笑罢他又问道："那以权兄所见，举三秦之地，各路酋豪蜂涌，各自欲逞己志。可其间，究竟有多少人是真的心怀大略，自矜实力，意图谋取大位与大王争锋的？"

权翼怔了怔，不明王猛意思所在。

王猛笑道："怎么，权兄还是信不过王某，不肯直言吗？"

权翼一时叹道："满城之中，酋豪固然不少，虽都欲壑难填，但真论起想与大王争霸的，怕也实在少有。我朝开国之君景明帝一共十二个儿子，其中苻苌、苻生已死，其余十个中，怕总有些会怀此妄想吧？"

王猛点头。

"这是宗室之内。那宗室之外呢？无论氏族之豪，还是外族之酋，可还有谁心怀不轨的？"

权翼回望向王猛，仿佛被王猛逼急了似的，默然片刻，继而朗声应道："权某前主姚苌，本为羌族之首，部下族人数万户，禀乃父之恩泽，承亡兄之余烈，素有雄怀壮志。今虽雌伏，国若危难，或有二心。王兄可是想问我这个？"

他本是出于姚苌父亲姚弋仲帐下，是姚苌与大秦交战失败后的降将，所以答言虽然坦诚，却不免略带激奋之意。

王猛叹了一声："权兄果然朴直。以王某看来，尽关中之地，虽大小酋豪各自拥兵自重，朝中诸臣也各怀腹心。但真自视有资格与大王争锋的，族中无过苻柳，族外亦无过姚苌了。其余诸辈，蝇营狗苟，或求田问舍于京畿之地，或劫掠烧杀于四境之外，不过是些豺狼饿狗，鲜有雄图。"

说着，他面上忽然一笑："说点好笑的。权兄可听说过这段闲话？当日，大王登基罢，尚书令仇腾与丞相长史席宝归家之后，各自做了些什么？"

权翼不知他为何突然岔话，只能追问："做了什么？王兄还关心这等细事？"

王猛笑道："我听说，席宝归家之后，家人正要与他做新衣，所以要给他量身，他却抚弄着那些奉上的丝帛，披在身上对镜自顾了好久，才说了句：也不急在一时吧……"

权翼想起席宝的那副长相，想到他对镜顾影之态，脸上不由莞尔一笑。

却听王猛笑道："再说仇腾，据说他下朝之后，脱下冠儿，用袖抚拭了很久，然后弹着冠儿，喃喃自语：鼎故革新，也适时该换一顶了！"

权翼听到这里，才明白王猛的语意。

却听他喃喃道："王兄是说，所以要筹划这郊祀之礼？"

王猛重重地点了个头。

"没错。权兄试想，这郊祀之礼繁冗已极，届时，必定百官随侍，所需之人多矣。到时，何人司仪？何人赞诵？以谁迎神？又谁献玉帛，谁进俎食？以至初献、亚献、终献；此后，又谁人撤馔？谁人送神？谁

人望燎？文武两班，如何排列？服制冠带，以何分别？一旦开始拟议，
朝廷之中，那些名分之争，服器之秩，只怕就够满朝文武操心的了吧？”

权翼猛然看向王猛，原来说了半天，这王景略的意图却是在此！

——他这是在玩火！

以这架新火来烧樊世那堆蛮横的旧火，怪不得今日大王会传令给自
己，命自己加紧拟定祭天之礼，这只是口谕，另有一道手谕：一绢素白
上面只写了“名器”二字。

然后，权翼听到，头顶的钟声响了起来。

这谯楼是建在雍门之上，里面悬挂着晋时留下来的大钟。

每日晨昏，戍卒都会撞击——所谓“前击七，后击八，中间十八徐
徐发，更兼临后击三声，三通凑成一百八”。

这声音说起来许久未闻了，苻生登基后，有一日他兴致忽起，要自
己到谯楼上撞钟，又不依时辰，撞得满城混乱。过后又嫌这声音吵，再
不许人撞了。

自苻坚登基后，才又恢复此制。

权翼一时悬想起当年所谓的太平时节，汉人还在主理长安城的安定
日子。这钟声一下下敲起，怕是会把人心都敲得慢了。所谓“谯楼钟鼓
天下定”，那时，坊间之人日出而作，日落而息，钟声响罢，就是坊里
关闭之时。所谓物候节律，天子承之。普天之下，大半的人，都是需要
天子昭示的那些徐缓有致的规矩的吧？因为普天下人都喜争竞，但如无
秩序，又以何为标准来进行争竞？

汉人果然有汉人的门道。不是王猛提起，权翼都想不到如仇腾、席
宝辈，他们此时惦记的却是身上的衣裳冠冕，官职的高低品秩。

权翼在那一下下慢慢敲着的钟声中体会到了王猛的用意：

这个氐人朝廷草创至今，也不过刚刚七年的光景，关中百姓自丧乱以来，受尽流离涂炭。不说别人，只讲氐族，光是近五十余年间，就曾有过多少次仓皇狼狈的迁徙？动辄十余万户、数十万口，辗转于关左关右。争杀满路，饿殍遍野。如今朝廷虽草创七年了，民心犹然未定。财赋劳役，难以征办。氐中酋豪，既然军饷不够，就势随心劫掠。劫掠既多，京畿内外，各处居民更是纷纷结坞堡以自守，于是财赋就更加收不上来了。苻坚也是有感于此，才下令，许四方流民归附，且禁麾下兵马烧杀劫掠，所以才惹出今日樊六与吕光之祸的。

权翼不由感慨：而这天下政局，说来说去，不过还是"吃饭"二字。

现大王独振一麾，欲图整合关中，让普天下军民按规矩吃饭，如太平时节一样做到人人都有饭吃，所以禁了樊六那条打野食的歪路。可樊家起兵以来，野惯了的，听说你要按规矩吃饭，规矩本非他所擅长，本能地上来就要掀翻大王才排好的那张桌子。独他一家一门之力还不够，更要煽动起举朝的官吏酋豪，借众人之心，逼朝廷答应由他们各自便宜行事。

可王景略说得不错，就算酋豪、氐帅遍地，但真正有与大王争雄逐鹿之心的，数尽三秦之地，怕也不过数人。其余如仇腾、席宝、姜遇诚之辈，也不过是意图餍己贪欲，苟全自己一门一姓的安稳而已。

权翼心里细细思忖着：这王景略推算的应该不错。大王虽草草登基，但眼下苻生威压既解，满长安的人其实是人心思定的。可正因为个个内心思定，图自己的一个安稳，反而怀疑他人他部都在人心思乱，想要祸乱自己……于是，人同此心，心同此理，在这人心思定的大局中，反而掀起人人都觉得人心思乱的危局来。

可人心如何得定？

这郊祀之事，自己看来是得认真准备了。

王猛忽然走到权翼身边，与他并肩而立。

"权兄，前日，我在姜老食肆中吃汤，与姜老人闲聊。他也算历经战乱的人了。所谓国难当问耆老。所以我就问他：朝廷当今最要紧的急务是什么。权兄猜他怎么说？"

见权翼望向自己，王猛不疾不徐地说道：

"他只答了两个字：麦子。"

"可让人惊心的却是他底下那一句——我记得姜老人当时叹了口气，又加了句：但，怕是不成的，他们那些主事的，都是吃肉的。"

他忽然朗声笑了起来："这话，倒让人更加看得清这个长安。这楼下面都有些什么？多少生民？多少虎豹？其实人间永无新意！不外是一群人里面有那么一两个胆大的，周边跟着几个起哄的，再跟着几个不出声只想分赃的，再多上几十个自私观望的，而他们下面压着论百论千、恐惧得都不敢出声的。那一个个胆大的说起话来就觉得自己声音显得格外大，也格外有资格天生吃肉一般。"

"姜老人说得一点儿没错。"

"只是他讲错了一点——他可能因为生在乱世，生杀见得多了，却没见过，那种杀人却不吃肉，杀人也并不为餐尸的。"

说着，他定定地望向权翼。

"总有些杀人不为餐尸，而想要改下这餐尸规矩的人不是？"

权翼知道，王猛今日约他，自是看重他，想与他结盟。

那可能是为，自己出身败军降将，是丧师之后才归于大秦的。在一堆氐人中，他不过是个羌人。

——"小羌"，氐人经常是这么称呼羌人的。

正如王猛自己，在一群氐人中，也不过是个汉人。

可他们一个羌人，一个汉人，居然今日会站在长安城的谯楼之上，论及满是氐人的政局。

而他更没想到，这汉人如此厉害，居然用一句"杀人而不餐尸"，就唤起了自己的一腔热血。因为自己真的相信，这个长安，起码目前，有些人是如此的。无论是年轻的苻坚、苻融，还是吕光；无论是梁平老、薛赞，还是自己，内心都当如是。

而王猛竟一句话就把它总结了出来，并借之牢牢地套住了自己。

第五章
鬼 方

那少年不会知道，最西边那古老的大秦，与最东边古老的大汉，以及夹在中间的安息国曾如何强盛，谁会想到相隔两万余里，它们竟然几乎在同时沦落，像是天下间一场巨大的落幕，是所有盛大、光华、璀璨者的落幕。他望着案上胡椒绵延的线，回想起在那路途上看到过的一些巨大的遗骨。

那晚，长安城中无雨。

可三十里外的洪堡铺一带，入夜不久，即风雨峻急。

那雨下了已有大半个时辰，刘恨儿一队人马就这么在疾风暴雨中奋力奔走着。

他们走的是长安城西向的道路。

这条路可以通陇州而出萧关，在秦汉之际属于九条驰道中的西方道，本是国之经脉，可惜久乏维护，这么大的雨浇下来，早已泥泞难行。

这批人从长安出发，座下马匹大多都是借的，其中一半儿除却老马就是驽马。刘恨儿一边领队赶路，一边担心着这批马。他知道这条驰道失修已久，平时即坑洼不断，现在夜又黑，泥水又欺骗式地填平了整条路面，担心哪匹马万一踩到隐于泥浆下的深坑，就会折了蹄。那是他们现在根本承担不起的损失。

二十余匹马中，只他座下那匹马脖子上挂了盏明角灯。

那灯也老了，他一路要护着那灯，小心不让它被风雨浇熄。

雨势太大，这批人把斗篷从革囊里翻了出来，戴上兜帽，多少遮上点儿雨。这斗篷顶的尖角兜算是他们身上不多的匈奴标识了。

一时，刘恨儿奔行得只觉得浑身发热，腾出一只手，把那头兜翻下，顺手把头上的辫发也扯了开来。

他本是匈奴儿，却为氐人教养长大。这近三十年来，头发都从了氐人的辫发样式。可他们匈奴人本与汉人、氐羌不同，既不束发，也不辫发，从来都是散发迎风。

一连扯开了十几条发辫后，刘恨儿不知怎么，陡觉心中一快，一时兴起，仰首做了声狼嗥。

身后，那二十几个弟兄，黑暗中看到他的动作，也各自扯脱了头上辫发，同时向天呼啸。

这大雨恼人，可被雨水这么冲着，却似冲掉了身上的所有冗杂，让刘恨儿忽地精神了起来。

> 我本匈奴儿，
> 平生逐水草。
> 横沙与瀚宇，
> 剽悍不知老。

一首小时候听来的歌忽然就在刘恨儿心头响起，伴随响起的还有那长喉的号角。当年，他母亲跟从高林之后，没过两三年就思乡而死。留给刘恨儿唯一的遗物就是那柄号角。

他母亲是在刘赵残破后为高林掠走的。

而刘赵就是他们匈奴人的朝廷！

刘恨儿平时很少想起这些。可他知道，当年晋失其道，异族蜂起后，最先一批于乱世建国的就是他们匈奴人！五十三年前，刘渊筑坛称"汉王"，建的国即已灭亡的刘赵。

只是刘恨儿并不知道，刘渊称王那年，晋室的年号却与现今一样，也叫"永兴"。不知道他所处身的这个世界，在这短短几十年间，时空都已整个扭曲了："寿光""光寿"这样的年号相互纠缠，并存于同年；而刘赵之"永兴"与大秦之"永兴"，又前后相隔五十余年交映。而再往前追溯五百余年的话，他匈奴也曾盛极一时，却同样被一个叫作"秦"

的政权将他的祖辈逐出了河套一带。那个秦还曾并吞了分立的各国，如"赵"，如"魏"，如"燕"，如"代"……那个秦吞灭过的各国名号到现如今，却又以"刘赵""石赵""冉魏""慕容燕"……这样的名称诈尸般地复活过来。他不知道这块土地上的那些字块儿究竟有多强韧，更不知道这些古老的字块在这片土地上还要往往复复、纠缠不清地复现上几千年。

他只知道今晚脚下的路如此泥泞；知道他要去往洪堡铺；知道他这次要袭击的胡商是他们这批匈奴儿不多的机会；知道那胡商婆苏提并不只是一个人行商，他纠集起来的队伍好有一百余人，那一百余人都还各执兵器，甚至还请了大月氏人做为护卫……知道他手下这寥寥的二十三个匈奴儿骑的马有一半是借来的。

刘恨儿心里一直在盘算着：今晚如若得手，他必须得送杨靖一份重礼；看在这重礼的面子上，杨靖该会把自己引荐给他的哥哥杨世了；如果引荐成功，自己会献一半的劫掠所得给杨世；那时，杨世应该就会收下他们这批匈奴儿；而自己和兄弟依着剩下的财帛，该能找得到一个像样点儿的房屋，在长安城中安个家。此后，有军饷可依，或许可以相对稳定地就这么活下去。

一切似乎都已算计妥当，可那首歌儿偏偏又要这时在他心头响起：

　　　我本匈奴儿，
　　　平生逐水草。
　　　横沙与瀚宇，
　　　骠悍不知老。

刘恨儿的眼眶忽然红了。

他猛然又感受到那种强烈的羞耻。

这羞耻感一直在追随着他，无论当年在高林帐下，呵叱乞食般的感觉；还是这些年在仇余那帮氏族青年的聚会中，蹭吃蹭喝时的无奈；还有前日到处借马时……那羞耻感都会一浪一浪地袭来。

他的祖先可不是这样生存的！

可现在，匈奴散了，刘赵没了。

他也知道，自刘赵亡后，虽仍有别部迭起，但"匈奴"之名，只怕已成绝响。

"匈奴"之名号已亡，"左贤王""右贤王""单于"，这些名字都不在了。他们这率先立国的一族如今早已星散，他不过是还拖着"匈奴"之名的一条丧家之狗。

他的祖先曾披发左衽，于塞外的东西万里间，南至河套、北达瀚海地驱牛羊而逐水草。而他自己，连同他母亲却为高林所驱，挣扎于帐中阵外。现在高林死了，照说他们算是自由了，可现在他却想求长安城内的氏中酋豪一驱而不可得，惶惶如一条丧家之狗。

这不是他一个人的困境，而是他们这一整族人的困境。不过一年之前，他还碰到过一队匈奴别部的铁弗，可他们之间已不能用匈奴话相互交谈了。他如今只会说氏语、汉语，连自己的名字"刘恨儿"都再看不出什么匈奴的痕迹，而小时听来的沦为奴隶的故老们说起的那些先祖的往事，那些匈奴语的长歌，那些风俗名物，都已在他耳中随风飘散，甚或开始在自己同辈们的记忆中慢慢消失了。

他渐渐记不住很多匈奴语的称谓，就比如那些名字，如狼居胥山、如姑衍、如翰海、如燕然……这些早都变成了汉人起的名字。他们起名之后，还在那儿勒石刻字。可他们匈奴，却并无文字。

可笑的是自己今天要带队去拼死抢掠，竟是为了给自己和兄弟们找个主人！

刘恨儿忽然仰着头吼了一句：

> 失我焉支山，使我妇女无颜色！
> 失我祁连山，令我六畜不蕃息！

可这一句吼罢，他知道，他今晚能做的，不过吼吼而已。

接下来，他还是必须去奔袭洪堡铺。

他不确定以自己这二十余骑、驽马钝刀，就算趁那边的百余胡人猝不及防，就一定能劫掠成功。

他只知道：他们已经没路可走了。

　　　　　　*　　　　　*　　　　　*

一根戴着硕大绿松石戒指的手指，一粒一粒地、耐心地数着胡椒。

"六十九、七十……差不多了。"

这胡商婆苏提的口音相当奇怪，带着那么点儿姑臧一带的口音，却又夹杂着很多齿音。他手上不只戴着一枚戒指，十指都快被宝石占满了，有的手指上还戴着两只。

"另外，要再加上一两干姜。"

　　婆苏提耐心地把干姜与胡椒一同放进一个石臼里，拿了个小木头杵细心地捣着。一边演示一边微笑："把它们都捣成末儿，再混上我刚才用几枚安石榴榨的汁，再兑入五升春酒，这胡椒酒就算做成了。"

　　他边说边兑好酒，倒入杯中，再把杯子一推。

　　"尝尝吧。"

　　这胡商行止奢华，拿出来的杯子都是金的，上面还镶着碧玺。

　　他长得略有些胖，颏下是浓密的黄须，高鼻深目，双眼热忱。

　　只听他慢悠悠地说道："本来该是用荜拨的，只是在姑臧城时，我试着把荜拨换成了胡椒，凉王尝过后，极为称赞，所以就有了这种汉人喜好的胡椒酒了。"

　　这里是洪堡铺的一处逆旅。

　　洪堡铺现在也只剩下了不到三十户人家。这里位于长安城之西，自汉代以来就被过往胡商作为歇脚之处。遥想当年，朝廷的驿传制度还健全时，这里还曾受专管接待外宾的鸿胪寺管辖。但从汉末之乱起，亭侯、驿传之制渐渐废弛，各处逆旅主人经营的旅舍就开始冒了出来。

　　这家逆旅主人祖辈曾当过曹魏的译官，如今家道凋零，沦落到只能经营逆旅了。

　　案子并不干净。

　　案对面儿，坐着个昂藏少年。他年纪好有二十岁左右，身材高大，氐人装扮，头上发辫梳得齐楚，却不掩其悍野。双目不大，一条鼻子却又直又长，让他天然地就带着点儿与他年纪不相符的厚重威势。唇上胡须初茸，大有头角峥嵘之态。这时那少年端起酒杯尝了一口，双眼中露出了一抹笑意。

他眼中那抹笑意颇为招人喜爱——像那种最标准的少年，所有志向就是喝没尝过的酒，骑没驯过的马，要去寻找一把不世出的刀。

其时天下荒凉百五十年，所存人口大多营养不良，或身带残疾，或佝偻，或疝气，最少也是面带菜色，似他这般长得匀整端正的实不多见，想来自幼家景充实。

胡商看着他也觉神清气爽。

这胡商名叫婆苏提，刚在长安城贸易完毕，笑望那少年说："追我三十里，酬君一杯酒——你特意从长安追过来是为了什么？"

却听那少年笑道："因为我连日在外，没赶上你在长安的日子。我是昨日回来才听说鸠上师曾与个西来的胡商会面，就想知道，你打哪儿来，可真是从安息过来？安息距这里有多远？你是否是安息人？你这汉话说得还真不错。"

那胡商笑道："原来长安城中还有人知道安息之名。"

那少年双目一时都泛出光彩来。

"我打小儿就喜欢打听远方风物。那时我在枋头，只道长安很远；而比长安更远的，还有阳关；阳关之外，就是那时听说过的最远的地方，西域三十六国了。我听说三十六国中，光于阗距长安就足有九千六百七十里，我总想着，那它更西的更西，又是什么地方？那些传说是真的还是编着来骗人的？可从来找不到一个去过的人问问，所以我才来追过来特意要问问你，这世上真有安息吗？"

婆苏提不由笑了笑，没想到这破败长安中，竟然还有少年对这些感兴趣。

他正了正手上戒指，又给自己斟了一杯酒。

"我确是从安息来。以我所经历，长安之外，西出玉门，先到的是伊吾、鄯善;然后走且末、小宛、精绝之后,即可到达于阗;然后于阗更西边儿,就是罽宾了;罽宾算个大国,与西域诸国中间有昆仑山为阻,路途艰难;罽宾更往西,就是贵霜旧境。而贵霜更西向,便入安息之境。贵霜国为大月氏所踞,距安息差不多四十九日路程。这么算下来,安息距长安可能有一万一千六百里。至于安息国再往西,即是汉人所谓之条支,而条支更往西,则又是汉人所谓的大秦了。”

“大秦?”

少年愣了愣。

“我们就是大秦!”

胡商不由笑道:“不是你们现在这个大秦。那个大秦,已建国数百年了,距长安怕有两万五千里!那大秦非常强大,你们汉时称他们为大秦,他们则称呼你们为丝国。至于大秦再往西,我就不知道了。我听说,更往西边,那就是海吧?”

少年一时听得目眩神驰。

他也不算没走过路的,当年从枋头西迁长安,路经一千二百余里,其间也曾到过洛阳。他们携带辎重,足足走了四十几天。那从长安到安息,已是十倍行程!中间相传还有白沙厉鬼之怖,雪山咸海之奇,那要走多久?三年?

他双目灼灼地望着那个胡商。这少年一生酷爱行旅,前两年,还曾独自回过祖辈所居的略阳,此后,萧关、散关、漫天关、商洛、华亭、太白……把这关中之地走了个遍。可更远方的人,他只认得一个鸠上师了,鸠上师虽也是西边来的,但据他说,他所来自的犍陀罗却在罽宾之南。今日,他总算听说到比罽宾更往西的去处了。

婆苏提笑看着这个兴奋的少年,问了句:“怎么,你想去安息?”

少年点点头，脸上放出光来。

"从前，我只听说过车师、鄯善、焉耆、疏勒、龟兹……我有时想，如果一路西行，往太阳西沉处走，去看一看那边究竟有什么。安息是个什么样子，大吗？"

婆苏提却摇摇头。

"怕是你再也到不了安息了。"

少年一怔，脸上忽有些怂然。

"你到得，我如何到不得？"

"因为，安息已经被灭很久了。"

这逆旅本是在前朝都亭的基础上修补而成。这驿所规模不算小，如今只剩下最后的一进。这一进残存的房子也只有三间开阔，里面未设间隔，边上还搭了个侧室，共有数十席地的大小。

这建筑本是土木结合，如今，朝西向的墙倒了，被用芦席补上。顶棚上也不时漏雨。

店主的精力似乎并没太多花在修缮屋宇上，而是全放在了四周院子的院墙上。那院墙倒是夯土垒就，高过一人，这也是为防这乱世中的兵匪而设。

胡商婆苏提这一行的人马不少，共有一百余人。他们也是傍晚时分到达的，光卸牲口驮的货，就忙活了小半个时辰。现在东厨内正有十余人在造饭。剩下又有乱哄哄的二三十人在备料喂马。马匹太多，院内几乎装不下，有些就拴在院前留下的土基上。院门一时关不上，整个院内乱哄哄的。

胡商婆苏提与那少年此时坐在东首墙上附搭的一个凹室内，这小凹室与屋内互通，就算是贵宾休止的去处了，室内也只一席一案。有个帘儿，但并未拉合。到了晚上，这一队百十余人就都要在这屋中席地而卧。

逆旅中，还不只他们一班人马，另有些散客行商被挤到靠芦席那头安置了行囊。

此时窗外的雨更甚了。

凹室之外，目光所及，到处都是拥挤的人。那雨把人身上的酸馊味儿逼了出来，堆积室内，挤得这屋里更是喘不上气。

可这里两人对案，却神思万里，述及辽阔。

那少年不由愣了愣。

"安息……已经覆灭了？"

"没错，我来自木鹿城。木鹿城当年正是安息国的王城。我们把内城叫作埃尔克卡拉。这内城是个圆形，共有十二顷。中央有堡，城垣是土坯建的。我家族从祖上起就是行商，全盛时车马队有数十支，每队都有百余驮牲口。我家族是波斯人与月氏人联姻而成的。所以，三百年来，在安息、贵霜往来无忌。如今，安息国已覆灭一百多年了。我小时候听族中老人提起，说起当年家族全盛之日，那是何等风光。那时，你们这边儿的大汉还在，而最西边的大秦也正在全盛之时。这一东一西两大强国，交通贸易，就要通过中间的两个大国：安息与贵霜。那时，天下四国之名在我们城妇孺皆知。"

说着，婆苏提笑了笑："而我们要做的，就是竭力阻断汉与大秦之间的直接交通。因为货物往来，我们转手获利最丰。你们这边儿，因为昆仑山与葱岭的阻隔，往返艰难。但其实，昆仑以西，安息与贵霜、安息与大秦之间，征战不断，路也并不好走。老人们说，许是这几个大国贪欲太盛，天降处罚，一百余年前，无论是大秦，还是安息，或是贵霜，都突然间衰落了；大秦内乱不止，安息为萨珊所灭，贵霜现在也被侵袭得苟延残喘，摇摇欲坠。道路往来更加艰难，我们行商这生意也是越来越难做了。”

“直到前些年，我家中只剩下了一队驮队。其时，灭了安息国的萨珊也忽生内乱。霍尔米兹德二世为闪族人所杀，为了夺得继位权，他的长子被贵族杀害，次子又中毒失明，三子被囚，后逃到大秦。王位继承落在他的遗腹子身上。你见过没出生的人就登基即位的吗？他就是！当时，是他母亲坐朝，贵族们把一顶王冠放在她隆起的肚皮上，沙普尔二世就这么即位了。”

那少年在旁边听得心动神驰。

这与他从小听来的故事都不一样。天下会有这样一个国？那里的行商势力如此强大，还有没出生即加冕的王？这胡商是不是在骗他？

少年一时插嘴问道：“安息有多大？”

婆苏提想了想：“论全盛之时，估计也不比中国小多少，怕是比整个西域还要大。”

“直到七年前，我看着家里剩下的仅有的一队驮马，看着萨珊与大秦在条支地界争杀不断，西向的商道越来越难了，就想着要来中国。我们家族当时因为跟错了人，已为沙普尔二世所忌，木鹿城是没有什么可留恋的了。所以，我带着所有的货物走了两个月，先到了贵霜，在贵霜停留了八个月。其后，萨珊的兵马已又迫近富楼沙。富楼沙之地花果繁茂，可惜也待不得了。正好我就想一直远去，就再度向东前往罽宾。有十三个僧侣跟着我一直从富楼沙到了罽宾。罽宾的国都叫循鲜城，这里距中国就很近了。我们在那儿停留了不到四个月，然后才赶在夏天越昆仑山，真奔于阗。这段路我们过得很艰苦，随行僧侣，十三人一共死了七个，而我的商队也损失近半。可那时想着，或许过了这里，就远离了动乱，可以到达大汉西域都护府所辖的西域了。可是到了皮山国，我们想着这里该归西域都护府所辖制了，那时才发现，西域都护府已经没了。休整之后，半月之间，我们又到了于阗，然后才得到消息，不只西域都护府没了，连整个大汉都已没了。"

婆苏提的眼中虽还努力笑着，可那笑意也变得沧桑。

"细问之下，才知道，大汉一百多年前就已经没了。我细细算计之下才发现，当年的天下四国，一百多年前，竟同时沦落：大秦内乱，安息被灭，贵霜惨遭侵凌，就连大汉也都没了。"

"据于阗人说，好久没见过我们这么大型的商队了。我在他们眼中看到了凶意，所以，只待了三晚不到，就连忙偷偷溜走了。其间，在精绝、且末，各有交易。然后，到了鄯善。"

"到了鄯善后才发现，这里中国影响犹在。凉王自张轨起，到后来的张重华，势力都达鄯善。所以我们又一路东行，来到了姑臧，终于到了我从儿时就热切想象过的中国。而姑臧此时在张重华治下，他们重铸汉时的五铢钱，通行凉国境外，西可远达西域，东可以流通关中，所以我们就在那儿歇了下来，一歇就歇了五年，坐地交易，获利颇丰。这期间，我把汉话都学会了。"

"与我伴行的僧侣，很大程度上保了我们一路的平安。此时，他们不肯逗留凉州，都各自启程东行。今年，我也是听说关中大秦天王即位，要重开商旅，保一路平安，所以专门自己押运贩卖，来到长安，想一了平生心愿。"

"只是我没想到，东、西两市已衰败至此了。"

窗外的雨势疲了，下到这会儿，声势略缓。

婆苏提适才一边说，一边还解开了个装胡椒的袋子，用胡椒在案上拼出他一路的行程。把那些高山大河都标注出来。

那一粒粒胡椒在案上铺排开，蜿蜒如路。说起一个重要的城池，他就摘下一枚戒指，放在胡椒连成的线上，以为标识。

他似乎也知道，那少年听到自己讲述的这些天方奇谈时内心会有多么惊骇。

在凉州五年，他已对中国了解颇深，也认得出那少年身上的氐人装扮。据他所知，这些氐人，数十年前还不过居于深山之内。这少年往上一辈，从生下来起，只怕就被丛山所围，那时他们只怕都不知道中国之大，更何况去知晓天下之大。

可他心中的那种感慨无法说与这少年人知道。

那少年不会知道，最西边那古老的大秦，与最东边古老的大汉，以及夹在中间的安息国曾如何强盛，谁会想到相隔两万余里，它们竟然几乎在同时沦落，像是天下间一场巨大的落幕，是所有盛大、光华、璀璨者的落幕。他望着案上胡椒绵延的线，回想起在那路途上看到过的一些巨大的遗骨。

只听他微微笑道："我是因为国破家残，才不得不出来奔走在东行的路上。你为什么向我打听这些？照我看，你应该是个贵人子弟吧？关中安宁不久，你们氐人也还是第一次立国，为什么会想问极西之地是什么地方？"

那少年被他适才那一席话说得心旌摇曳，整个脑子一时都迷迷糊糊的，如饮醇醪。

这时他仍旧恍然失神，喃喃道："我有时只觉得，这长安城里实在太憋闷了。"

他从来不曾跟人说过这句话，连父亲都不曾说过。

父亲是从略阳走出来的，如今官至司隶校尉，不只不堕乃祖威势，而是达到了他家族所能达到的最高点了。但父亲从略阳山中一路走来，走到枋头，走到长安，于长安城中踞一高位，对于父亲来说，这亲手打下来的天地之开阔已如其所愿。但对于自己来讲，不知怎么，总觉得这还是太小了。

他从小长于军中，自负勇悍，也深得下属爱戴，可他心中却并不爱战斗。他去过略阳，他只觉得氐人祖辈千余载，窝居深山，实在太憋屈自己。既然走出了略阳，那就应走到更远、更远，才不负此脱轭出笼的机会。

长安相比略阳，虽大，且繁华，又怎么样呢？大王依王猛之见，正在那一城密集的建构中试图填充文法，文法越多，人生越挤。可人生来，是该享用这天地浩阔，不该为那一宫一殿所束缚的。

只听他说道："这一辈子听过的人物中，我最喜欢的是班超。真想有一日，可以如他一般，纵我一骑横绝西域，那才是我平生之所望。"

婆苏提笑笑，看着这个氐人少年，轻轻说了一声："我不信。"

那少年抬头怒看向他，已露出压抑不住的怒气。

"你这样的年纪，再怎么说天地辽阔，我都不信。我想，其中还是关联着一个女人。"

少年猛然哑口无言。

他的脸，适才为愤怒而红，这时却像是在为羞涩而红。

只听那胡商继续说着："也说不定的，世事会如你所愿。想当年，西域三十六国俱在匈奴辖制下，而今匈奴安在？其后，又入汉辖制，而今大汉安在？瀚海横沙、牧野长川，此皆恒在，但人事会不停地改。说不定有一天，你确实不得不远走西域呢。"

远远地，有人听到"匈奴"二字，忽然一回脸，朝这边望过来。

*　　　　*　　　　*

院子里忙活的人终于喂好了马开始吃饭。

商旅行途，马比人还重要。

可院中还在下雨，一百多号人就挤在这数十席大小的旅舍里，人影幢幢。相互间，摩肩擦背者有之。出门在外，原也讲究不了那许多。

夜已深，店主人舍不得那么多脂油用来点灯，除了婆苏提与少年对坐的案上点了盏青瓷釭，舐着一点点火舌细小如豆，就是在房中间竖了两根庭燎，风一卷入，庭燎上火光就扑扑缩缩的，映得默默蹲坐的众人脸上光影变幻。

回望的人是刘恨儿。

他混进来已有一小会儿了——他们一路暗夜疾奔，在距洪堡铺还有里许路时，他就叫兄弟们止住了马，然后盘点兵器。

盘点之下，三十里路，只一匹马崴了蹄，伤得不重，他心里略松了口气。吩咐兄弟们隐入雨中，自己走向逆旅，先与他之前派来的两个手下接头。

走近时，见这旅舍已好久没接待过这么大队人马的胡商了，里面一片混乱。

刘恨儿扮作脚夫，轻松混入屋内，遥遥见到两个属下正不时地在人群中张望，想来正等着自己。

刘恨儿并不急于上前，先瞄到了凹室里坐着的那个胡商，见他正与一个少年说话，自己就找了个靠近他们的柱子坐了下来，背靠着那柱子歇息，耳中正好能听到胡商与那少年的对话。

只见无人注意，他才暗里使了个手势，先埋伏的一个兄弟就靠近前来。刘恨儿示意他同样倚柱坐下，口里只简短地问道："护卫？"

"月氏人。"

刘恨儿进来时就已望到那三十几个月氏人。凹室旁边，原有个储货的密所，有二十来个身材健壮的月氏护卫，围坐在那里歇息，并不参与喂马、造饭之类的杂务。院门口警戒盘查的还有十来个。其余则散布四周，警务观望。

可耳中不时还飘来婆苏提与那少年的对话。里面不停地提及疏勒、于阗之类的名字。刘恨儿也被岔了下神。失神喟叹了句："是咱们世仇了。"

属下愣了愣，没听明白。

其实刘恨儿也不清楚，只在长歌里听到过——去今五百年前，月氏还一度盘桓在祁连山一带。他们兴盛时代比匈奴还早，却为其后崛起的匈奴所败，被赶得西迁到伊犁河去，听说后来又败于乌孙，被迫更往西迁，去袭击大夏，由此占领了妫水地域，在那里建了国。

这是匈奴史上的大胜仗，刘恨儿小时就听故老唱着长歌描述，多少有些印象。

他回过神，也不多做解释，继续问："院墙可有办法？"

院子大门处，有十余个乌孙人一直在那儿守卫，戒备森严。四周墙垣又高，所以他必须问这一句。

只听属下轻声答道："东边的那块儿，墙上有新土补垒的痕迹，我看过，补得有些马虎。刘锸已悄悄找到了两个铧犁，暗中把它们搭在了那边新补的墙上，拴了绳索，绳索已丢到墙外边去了。用马拉的话，那新补的墙应该拉得倒。"

刘恨儿点了点头。

"就怕会有声响。"

属下用手指悄悄上指，"这么大雨，这顶上屋瓦不全，之前我看了，补的有一大块芦席，上面用茅草盖着，要是有人动手捅了，定会漏雨进来，屋内就会大乱"。

刘恨儿一时赞赏地点了点头，不再多话，轻轻打了个手势，那属下就悄悄退了出去。

刘恨儿筹划已定，一时心中安静下来。

他静静地看着屋内的人。看着那些掰着干粮的散客；看着那些乌孙人掏出刀来，切一大块干牛肉，那干牛肉的做法却与匈奴相似，取百十斤鲜牛肉腌透煮熟，风干上一年，只得二十斤，再塞入牛膀胱内，饥则割食；看着这商队中，衣着各异的龟兹人、鄯善人、车师人，掏出各色果脯就着青麦吃；也扫眼间看到逆旅主人，那个汉人正到处操持着，然而他有时会呆呆地望着舍内诸人，似一愣神间忘了自己祖承的译官的身份，不明白为什么这曾专属汉人的关中，怎么一夕间冒出了这么多各色各样的胡人。

身后婆苏提与那少年的对话还不时地传来。刘恨儿听到那少年问："所以，你这次回去，是回姑臧，还是想返回木鹿城呢？"

婆苏提摇了摇头。

木鹿城……是回不去了。

只见他顿了顿，说道："不回了，我已在姑臧安下家来。娃儿都已有五个了。我只担心张天锡继位后，凉国不稳。我想着，要不要回去安顿下家小，不管他们，就带着商队再一直往东走，可以寻访那些已分别五年的僧人，或者，一直走到东海……"

刘恨儿却已站起身。

——那胡商想走到东海！

——那氐族少年想横绝西域！

他实在听不下去了。

他们明明可以安身于木鹿城或长安，为什么偏偏只想远行？而自己这条挂着最后的匈奴之名的丧家狗，却只想找个地儿安生下来。

这么想着，他已牵马走出院门。直走到黑暗处，他才回头定睛细望。只见预布在那里的两个兄弟已悄悄地爬上了旅舍的屋顶，轻轻地扒开那些茅草，准备在屋顶掀席子了。

而他现在就要去找到自己的兄弟们，悄悄掩到那院东墙边。

然后——等雨大作！

*　　　*　　　*

眼见得青瓷釭里的焰苗又低了些，婆苏提伸出指甲拨了下。

他轻声说："我小时听老人们说，当年，他们第一次摸到中国运来的丝绸时，那感觉简直像梦一样。像凝结了的水，揉软了的冰。我第一次到达姑臧后，第一件做的就是件素纱襌衣，真的轻如无物。这些年，旁人总道我越来越胖，我却想着，如果我再往东走，一直走到海边，是不是就能看到那海其实不过是顺滑之丝，是一整片丝的海，那些绸缎，就是用海水凝结出来的。我这生是没机会再去大秦了，你却可能。你若能去大秦，可以去看看他们用石头盖的高楼与他们那些坚脆的玻璃。"

正说着，只听得外面的雨声突然暴急起来。

那少年说了声："这雨又大了！"

说话间，忽见屋内人人暴起、闪躲。

有人大叫："主人，屋顶席子被吹跑了！"

少年一扭脸，只觉水雾扑面，屋顶果然已破了个大洞，如注般的雨水就从那破洞里直灌进来，好多本已蜷卧睡下的人疾起闪避，各自急着去照顾贵重的行李。

百十人在屋内乱了起来，然后听得外面东首传来轰的一声，院中又有人叫道："院墙被雨泡塌了！"

接着就听见院门前传来几声惨号。

众人还不知怎么回事儿，又听得前院儿有人叫道："箭，月氏人中箭了！"

屋内的月氏人疾起身，点起火炬朝院门口儿赶去，才赶到院门，月氏护卫中领头的就喝道："灭炬！"

话音未落，身边又有一人中箭倒地。

众人急忙灭了手里火炬。

屋内，那几根庭燎早被如瀑倾入的雨水浇熄，屋内屋外同时陷入一片黑暗。

可在东墙一侧，突然有几匹战马鱼贯跃入。马上人都已着甲，手里拿着弯刀，从背后直卷入那批月氏护卫中，于马上狂劈。

黑暗中，众人呼号奔走，相互践踏。

那批骑兵一顿砍杀后，在月氏人还没回过神来前，已从前院门奔出。然后，一排箭又射过来，月氏护卫转眼间已折损大半。

整个屋内，只有婆苏提身前的案上，还有一灯如豆。

他惊得已耸身立起，伸手抓起案上散布的戒指，刚想提醒那少年，才发现那少年转眼间已经不见了。

随即，也不知有多少匹马，又开始第二轮从东首院墙那儿冲了进来，黑夜中，影影绰绰的什么都看不清。然后，屋内西墙那儿以芦席封挡的半壁就已被撕破，有两骑直冲进来，来不及躲的人被撞翻在马下，发出哀号。

却有一骑直冲向婆苏提。

婆苏提只来得及惊叫一声，借着如豆的灯光，看到马上之人的那张脸，似是刚才屋内回望自己的那张脸。然后，由肩及胁，婆苏提被那人一刀劈中，立时倒地。他在地上抽搐着，挣扎了半天，不停地大口呼吸。

旅舍中的那些商旅行人已乱成一片，再顾不得什么了，有的赤脚奔出，夺马而逃；有的光着脚，行李也不顾，就这么奔入黑夜；还有的顾念细软，回身想拿，却又被冲撞倒地。

也不过一碗茶工夫，整个院中，几乎再无人直立。

间或还有人声，都是倒地呻吟着的。

刘恨儿砍倒婆苏提，此时才终于得空，奔出院中，一刀劈倒了最后一个大月氏护卫，接着勒马立在院中，看着兄弟们继续四处搜寻孑余。

不一时，院中已清理完毕。

四周，他的兄弟们也下了马，听到呻吟，就上前补刀。

——今晚之战，竟然解决得这么快！

连刘恨儿自己都没想到。

他突然觉得浑身疲惫，像是在马上都坐不稳了。

吸了口气，镇定了心神，他喝了句："从刘镪起，报号！"

婆苏提在案前席子上，倒着最后的几口气。

方才还讲到万里河山，无尽逆旅，这一刻，竟然什么都破了。

他只觉得一袭凉滑的，轻如无物的丝袍从空中飘落，朝自己脸上罩下，朝自己身上罩下。

那丝袍，薄如蝉翼，细透如霞；其纹如绵，而其丽如绮……它轻滑得透过自己鼻孔，直朝自己心胸深处浸去。

纵九万里艰行，一腔血沥尽，这一生，如是而已。

第六章
宗　室

符坚看后，脸上突然变色。

他放下名单后，神色毅然地对符融说了句："你代我去请叔祖宫中夜宴吧。"

符融已知道了，王景略的建议从来不是什么建议，他轻易不做建议，凡建议都在事已危急，仅余一条路，且教人无从选择时才会提出。

符融心里一声长叹。他与坚哥对视了一眼，那一眼，山遥海远，似同感这天下断非早前彼此所曾预计。

这一夜，长安城中无雨。

下午时，城中还一度阴云密布。不过申时许，那云就向西边飞卷而去。

入夜后，更只见天抹微云，月明如许。

因为有大风刮过，这晚，城中倒不似之前的那般燠热了。

"姐姐，唱首歌吧？"

昭阳殿的后院里，井床边儿的空地上，铺着一席龙须细簟。

为嫌地上硬，簟下还垫着床茵褥。茵褥的云纹在竹丝细簟四周漫出来，托得那竹簟隔绝地气。

竹簟的色泽青深，织纹细密，小鸠儿就躺在下首边角处，赤着脚，双手托在颈下，一双袖儿褪落下来，露出孤拐的臂肘。

这床竹簟，还是当初苻生赏给她的。洛娥告诉过她，这物件应是出自蜀地。竹簟包边的蜀锦上缀着朱凤的纹样。

小鸠儿用脚蹬着井床，感受着这份清宁富贵，脑中想起"后园凿井银作床，金瓶素绠汲寒浆"这样的句子，那还是洛娥之前从书中翻出来读给她听的。

这世上真有那样的太平年代？那时在家中打个水都是这般富贵的气象？小鸠儿今晚在殿中倒腾了很久，真找出了个双耳金瓶，还翻出了条很长的素绠，这时就把它们堆放在井栏边上。

小鸠儿一时歪着头在看洛娥。她知道此时外面的地界上只怕正风云激变，可不妨碍她这里的小小安泰。眼前的情景，不过是她借着洛娥的庇护从那一片混乱中偷出来的。因为是偷来的，更有一丝窃喜在。

竹簟正中间，洛娥跽坐于上。

她的鬓梳得高而紧实，这时她挺直地坐着，整个后颈露了出来，感觉夜气从领子那儿慢慢渗入衣服，顺着脊骨往下流，浸得自己心都宁静下来。

月亮此时已挂得很高了，将近子夜，墙角那一株老桂像月中桂树投下来的影子，而这影子的影子又映在宫墙上，让人生起今夕何夕之感。

今日，洛娥本忙了一天：从太后那儿领命，带了小鸠儿出宫去给杨家阿姆送信儿，召她傍晚进宫；回来后代太后给李威写信，又召集了荀家子弟；然后再出宫，接杨家阿姆，中间夹杂着无穷的话术、恭维、假笑；回来后准备汤水甜食，留神地听太后与杨家阿姆说话，再受命送杨家阿姆回去，还帮杨家阿姆裁了件衣服；再回来作回禀……

她此时鼻孔里似还残存着杨阿姆那氏族老年妇女身上特有的体味儿，而身子似犹裹夹在那即将笼罩长安的血腥气里。她一度觉得，自己的车轮上都沾了樊六的血，随着车子的颠簸，把那一点血涂遍了宫内宫外的一整条大道。

她知道不只自己这一辆车，城中正有无数的车、马、人的足迹散布着樊六的血迹，把那血薄薄地涂抹开来，让那血腥气涂抹得都充盈长安了，只怕还会发散到蓝关、武关、牧护关，甚至直漫到天关上去。

没想，回殿后，小鸠儿竟在井床边布好了这样的茵簟，还备好了清水让自己梳洗。

洛娥一直觉得跟小鸠儿本难相处。但如今，荷生死了，阿法死了，再没有那些男人隔绝其间，她突然发现，原来女人和女人之间也可以如此相与。

洛娥的眼角微斜，看到了小鸠儿侧脸的轮廓。那轮廓还透着小女孩儿般的气息——年轻真好，不到半年，这丫头体内流失的那个胎儿，仿佛就消失得了无痕迹，那么痛哭过的脸也早已平复过来了，正在那里眼巴巴地看着自己。

洛娥一时享受起身边这难得的平静，感觉一日来经历的那些火气、血腥气、人多时的体味儿，终于可以在这月光下消散出去。

耳中只听小鸠儿再次软糯糯地央求着："姐姐，唱一段吧。"

井栏前，小鸠儿已预备好了一张秦筝放在那里。

洛娥闻言将那筝抱过来。其实她本没有唱的念头，然而当指尖拂在弦上时，弦声就流动了起来。她琤琤琮琮地拂拨了会儿，就觉得一抹歌意从腹间升起，冲到喉头：

> 林中有奇鸟，自言是凤凰。
> 清朝饮醴泉，日夕栖山岗。
> 高鸣彻九州，延颈望八荒。
> 适逢商风起，羽翼自摧藏。
> 一去昆仑西，何时复回翔？
> 但恨处非位，怆恨使心伤。

声音起时，她听到那声音在自己头腔内共鸣，只觉得一曲歌罢，体内所有的浊气终于呼之尽出。

她推开筝，看向小鸠儿："憋了半天，想问什么就问吧。是不是想知道太后那儿究竟说了什么？这一天我又都忙活了些什么？还有，咱们还能不能消消停停地在这宫里活下去？"

　　小鸠儿脸上一时兴奋起来。

　　与洛娥相处既久，她慢慢也娴熟于跟洛娥打交道了。平日里常会看到姐姐一脸疲色地从宫外回来，两片嘴唇好像胶住了似的，外面那些繁冗世事已整个塞住了她的喉咙。之前，小鸠儿对此一直束手无策。她现在又长大了些，知道殿外的那些地儿能不去就别去；知道自己的名字已上了荀太后的簿子，洛娥姐姐全力维护自己也十分辛苦；知道自己为符生赐居的昭阳殿本身就会给自己带来大麻烦，还不知道哪天会被收回去，可此时却又不能搬出去，回到洛娥姐姐的增成舍。可这一整天闷下来，就盼着能跟人说句话。

　　之前想当皇后的痴想早从她脑子里淡了下去，也知道了汉人的四个字，叫什么"德不配位"。可毕竟有过那么个机会，她是再也回不去了，没法再跟同辈宫女们聊上些什么，跟她们怎么聊都填充不了她心内的焦渴。

　　好在她慢慢发现，原来那些汉人是有着他们特有的抒解方法的。就比如洛娥常用来消磨的那套复现整个长安城建构的木模，那木模子比真正的宫城、外城都要谨严有序得多。她慢慢摸清了这些汉人家的门道。出了门，他们总要面对着无数让他们措手不及的事与那混乱嚣张的无序，那他们回来后，闭起门来，就摆弄这些木模啊什么的，建立起更强大的内在有序，保护自己再出门去对抗那无穷的混沌无序。

　　木模子并非洛娥对抗她处身之世的唯一办法。小鸠儿慢慢发现，为什么洛娥喜欢弹筝，有时还借筝放歌。

　　一旦这个姐姐抱筝于怀，放声歌起，小鸠儿就觉得，那不是那个她所认识的、体型偏瘦的、脸色时而蜡黄的洛娥姐姐了。只见她梗起脖颈，气息贯通，一个更强大、更有光彩的、概念上的洛娥就从她的顶门冒了出来，像把自己的魂儿放飞了，飞到高天上去，俯瞰这个世界；像把自己生生拔离，拔出一个直冲云霄的架势来看这个世界。那时，洛娥总能得到最大的抒解。

"姐姐，我待在这殿里一整天都快闷死了。你只头一次出去时带了我。回来后，樊六的事儿就老在我脑子里面晃。我把姐姐留的功课都做完了，还写了会儿字，心里头乱，就算计起樊世家里到底掌握着多少兵马，可算不清，还把我脑仁子弄得生疼。"

说着，她抬起头，望着洛娥。

"姐姐，你老是去见太后，太后如今进宫也有两三个月了吧……现如今的这个太后到底是个什么样的人？"

洛娥脑中一时浮起苟太后那矮胖的模样来——从前朝强太后手里活下来，对于自己来说已殊为不易，如今宫中换了这位苟太后，还有天王的正配苟氏，她知道自己作为一个汉人女子，能够继续活下来，唯一可倚仗的理由就是：她可以为她们带来体面。

本来，去接杨阿姆进宫这等小事随便谁去都可以，但交给她办，就代表苟太后给了杨阿姆一份体面。就如同废帝苻生有什么事儿要交给苻融去办一样，那是给对方体面。就像用金杯子喝水，水还是那口水，杯子不同，意味总是不一样的。

想了想，她慢悠悠答道："现今的太后是略阳人，她出身算是氐族名门。个子不高，比强太后矮得多。但她在氐族中的脉络关系，远非强太后所能比。氐人中的那些大姓、中姓、小姓，她无一不了如指掌。连仇池那边的杨家，武都那边的梁家……跟略阳没啥关系的，她都多有交情。说起来，大王能够登基，有一半还是出于她的扶持。她性子稳，跟强太后大是不同。手段也非常果决。如果你得罪了强太后，反正她时喜时怒，过后说不定还能兜转回来。但当今太后在位，你千万别落什么错处在她手里。她这样的性子，轻易不下判断，一旦有了定见，再怎么都不好挽回的……"

小鸠儿听她说着，怕她接着会想到被苟太后下令逼死的苻法，连忙插了句：

"姐姐，我又忘了杨阿姆跟太后是个什么关系了。"

"她们是表姐妹，认真算起来，应该是从表姐妹。当初在枋头时，她们俩就很交好。杨阿姆当年的丈夫，跟仇池的氏族杨家，有着亲戚关系。所以在本朝，不算正宗的略阳氏，却借着这点儿外来的优势，广结了亲眷，跟谁都说得上话。反正她不是略阳出来的，大家都不用太防着她，以前也没恩怨，只要她热情一点儿，哪怕讲话略有些过格儿，人们也不见怪。所以，她就得了人缘儿。以前，有谁家不方便直接跟对方提的亲、说的事儿，多半借由杨家阿姆去说。她来说事儿，能够绕过好多老略阳氏们心中的禁忌。她本与太后交好，现在太后进宫了，杨阿姆也不太再代人说事儿了，以前为稳固地位掺和的那些杂事儿也理得很少了。太后于是很满意。太后如今端居深宫，比从前寡居时更不方便。不便说、不便动的事儿更多了，也需要宫外多留几张代她传话的嘴。"

"那杨阿姆跟樊家又是怎么回事儿？"

"杨阿姆的侄女嫁给了樊世的四儿子。樊世全家脾气暴躁，她一直都暗地里帮着樊家抹平一些惹出的事儿，所以樊世一向给她些情面。"

"姐姐，你怎么知道得这么清楚？要是我，哪里记得住满朝这论千号人等相互间那曲里拐弯儿的关系。"

洛娥笑了笑："活下来的，都会记住的。哪有认吃不认打的？等你再活上十年，随便谁家的什么大事小情，你心里多少就都会有数了。"

小鸠儿忽然压低了嗓子："姐姐，我听说，樊世家的人围住了吕光的小校场，傍晚还打起来了，死了人！宫里纷纷传说，吕光是大王的人。他父亲吕婆楼是扶大王即位的恩人。可是当初，扶大王即位的事儿，樊世也是有功劳的。这下樊世死了儿子，暴躁起来，这宫里不会又乱起来吧？一整个下午，我都忍不住想起云龙门。上次不就是从那儿杀进来的？要像上次那样再来上一次，可真的不让人活了。姐姐，你说太后会找李威出面管这事儿吗？"

洛娥冲小鸠儿笑了笑。

——这小妮子，终于多少算明白些事理了，也多少知道些轻重利害。

"其实今晚，李威已派了两千人马隔绝了城西小校场进城的路了。"

——那信还是她写的。

她一时想起太后每逢与李威稍做联系，摆出的派头都会变得格外堂皇正大。自己代写批谕时也要格外费神，生怕神色间稍露出一丝的不端谨，触动了太后与李威之间那层说不得的关系。

而自己能得到太后信任，可能就是出于前次代太后与李威作书时，自己采用的那种委婉、端方而又不失关怀的口气吧？一度她还想过，自己只要能体面地帮着太后经营好她跟李威间的这层关系，这宫里，就总有自己跟小鸠儿落脚的地儿。

"啊？这么快？这太后果然是决断！那太后是在给李威去了信后再召见的杨阿姆？先稳住自己阵脚，再找她传话，去安抚樊世？这宫里的学问可真多！姐姐，杨阿姆来了后，她们怎么说起樊六的死？"

洛娥摇摇头。

"没提。"

小鸠儿愣了愣，"没提？"

洛娥叹了口气："从头到尾，根本就没提'樊六'这两个字。杨家阿姆来了，带了她家小辈新打来的黄羊。太后让汤官长祥收了，然后就感慨起从做了太后起，反而连吃口野味都要劳动老姐妹了，管宫中各项供奉的少府简直不中用。无奈她只有把汤官给换了，换成了宫里的长祥，才算马虎过得去。其余的如太官、果丞、导官令……简直就不让她省心。讲了好大一会儿宫里各项贡奉的麻烦事儿，感叹耗费既多，还没用在正经地方。"

说着，她转目认真地望向小鸠儿。

"鸠儿，你知道少府是作什么用的？"

见小鸠儿在那儿张口结舌，她直接解释道："一个朝廷，总要有财务，就是钱的事儿。于是，朝廷把管内外财政的分为了两处，外面有大司农负责管理国家运转、官员秩奉、兵力维持等等的费用，再立个少府就是管一切宫中用度的了。从前朝强太后起，少府内任职的渐渐都是些强家的人，他们权责日大，还夺了大司农不少权限。听说，现在连军饷都有一大部分从少府派发了。自打苟太后入宫以来，知道少府位置重要，就分派了苟葵、苟守敬与姜世怀等亲近人等去了少府，可少府已为强家势力笼罩，少府令只分给了他们些不相干的职位，两边在那里正斗得厉害……所以，近日你可千万不能跟人抱怨什么领来的衣服不好、吃食难吃、果子不新鲜——那都是惹祸呢。"

小鸠儿狠狠点头。

"行，姐姐，我知道了！姐姐你说杨阿姆的事儿吧，别找个空就说教我。"

洛娥一笑，继续说下去。

"讲了半天吃食用度之靡费紊乱后，太后一时跟杨家阿姆随意提起，听说樊家有个儿子樊用很能干啊，在南军里分管辎重财务甚是得力。眼下少府这么乱，强家、苟家天天跑到她这儿和天王那儿去告状，自己拘于身份，一时说谁都不好。所以她想把樊用改职为少府令，省省这些烦心的事儿，不知杨家阿姆觉得如何？杨家阿姆该见过樊用，对他印象怎么样？可是个有才干、好相处的？"

小鸠儿的嘴慢慢张成了个圆形。

——原来，真的都不用提樊六的？

适才她跟洛娥抱怨的本都是实话。

从出宫回来的兴奋中走出来后，眼见洛娥姐姐又出去了，这一整下午，她真的越来越害怕。宫里的消息本来就快，天王那儿传来的，太后那儿传来的，宫外传来的……不停地送进她耳朵眼儿里。连樊六的死状都传得活灵活现，那刀是什么样儿，插在了哪儿，脸上什么颜色，脚下丢了一只鞋……小鸠儿悬想中不断冒出樊六那浑身是血的身子。越怕想，越不敢想，却偏偏越要去想。

可这时听了洛娥这席话，只觉得那满是血的身子没那么吓人了。太后跟杨家阿姆原来只是在那里就吃的用的闲话。虽然其实也关乎樊六，可那死了的人早不再是个人，干巴巴地变成了个木头筹码。

这么想着，小鸠儿嘴角忽带上了一丝笑意。

洛娥看见，问："你笑什么？"

"我想起，原来去郊苑时，路过个旧祠堂，很残破了，里面阴森森的，还有些死乌鸦。缺腿的桌子上供着好多木主，那上面还结着蛛网。我当时在想，人死了原来是变成木头了？却为什么要搞得这么阴森吓人？现在才觉得，原来那些木主一点儿都不吓人，它们落在活人手里，跟个筹码也没什么两样，还可以你押一我押二地席地坐着打着玩儿，所以想着好笑。"

说着，她脸色正经下来。

只听她轻声问："这就是太后给樊家开的价码？"

洛娥点点头，接着又摇摇头。

"哪有这么简单……这不过算个试探，饵也算不小了。你不知道少府令现在的权限有多大。当年整个强家就靠着这个，瞧不起那些置田产的，插手东西两市的，更别提专职劫掠的酋豪了。得了这位置，樊家虽不能独吞，还得留着点儿给苟姓，但足以养活他们那一大家子了……杨阿姆见问，就回说：太后真正识人。樊用可以说没得挑儿！用他作少府令，实在是好安排。可惜他老子樊世那里却是老脑筋，从来都把军功看得比天还大！怕不肯让他最看重的这个儿子去做什么少府令。就这么，她两个人闲聊闲扯，又说起南边新近送来的丝帛，原来这些都是商洛那儿一个姜家子弟在经管的。姜家老太太思子亲切，求太后把他召回长安。可若召回，商洛道上，卡在蓝关、牧护关与武关之间那个重要咽喉位置的要职就空缺了，也不知派谁去好。"

小鸠儿已慢慢摸清了太后与杨阿姆这种谈话套路，就直接问：

"姐姐，你以前不是说过，蓝关、武关、牧护关这一条线，都在樊世家势力下吗？"

洛娥微微一笑："说在谁手上，不过是就大体而言之。僧多粥少的，无论什么紧要关隘，你真当就没人插手啊？商洛守这个位置倒确实一直是樊家想要而不得的。"

小鸠儿一时点了点头，轻声叹道："原来太后这么厉害。"

洛娥点点头："你知道就好。"

"你得知道，现在这宫中跟当年已大是不同了。当年强太后是咱大秦开国皇帝景明帝的正室，景明帝在时，是趁着石赵之乱，把整个氐族从枋头带回，逃出了虎口，又强攻下长安，给了整个氐族一个生息之地。景明帝死后，越厉王继位，他也是阵前军中打出来的，满朝上下都惧其勇武。所以，前太后强氏无论其夫、其子，都是压服得住人的，她也可以逞着性子胡闹。现在苟太后的夫君当年既非长子，也并非以威雄立世，而是凭调和族中矛盾为人所称道。大王虽然是诛暴登基，声势却并不强横。所以当今太后，遇到事情并不能任性胡为，而是以调和为主。人的性格、处事、手段，终究都是环境、遭遇磨出来的。这一点你得谨记。"

小鸠儿认真地点头，追问道：

"然后呢？"

"然后，不外乎杨家阿姆听得兴奋起来，那些又热络，又满是奉承的话。主动提起当年的一些事来——她们姊妹俩年轻时就认得樊世，杨阿姆说起樊世年轻时那些荒唐孟浪事，自己说着笑了好一会儿。又提起樊世虽然孟浪，但平时论起族中女人，对太后却再是尊重不过。又提起了当初夺宫之变后，拥立大王登基前，杨家阿姆找到樊世，劝他拥立大王，樊世那一份当仁不让！总之，说到后来，也算宾主尽欢。杨家阿姆还提起她新从南边得来的一匹料子，真的华丽别致，想要个什么式样，却不知该怎么裁剪，太后就又把我派去送杨家阿姆，顺势帮她裁剪了半天衣裳才回来。"

小鸠儿叹道："姐姐，你可真是辛苦。这宫里，真想要站住脚，实在是太难了。我老记着当日夺宫之变后，那些宫娥侍女看着我时，脸上都隐隐藏着冷笑。她们只道：宫中易主了，不只我失了势，姐姐怕也挺不下去呢。"

　　洛娥微微摇头："别记她们的仇，她们也很可怜。"

　　小鸠儿却慎重起来，寻求确定地问道："姐姐，那这事儿会就这么过去了？太后的价码给得也够高的，虽没说怎么处理吕光。你看我说得对不对——太后本来就想要倚重樊家人，樊家人一向也想倚靠太后。借着这事儿，他们只要谈好，给了樊家少府令，再给了商洛守这两个位子，加上大王日后疏远吕婆楼，那乱子就不会冒起来了是吧？至于吕光，就算不杀，远远充个军什么的，也算保住一条命。然后，咱们就还能消消停停地在这宫里活下去了……我是再也不想回我当年放羊的那个冷地儿了！"

　　洛娥望向夜空，"可能就这样了吧"。

　　"那姐姐为何还是满脸忧色？"

　　洛娥摇摇头，欲言又止，最后还是吐出了两个字：

　　"大王……"

　　"大王怎么样？"

　　洛娥望着小鸠儿，不知她会不会懂：所谓女人家呢，大半时想要的就是个现世安稳，想把眼前的祸乱涂抹过去，太后处理事情就是这样；可男人们……她眼前忽然浮起苻坚的那张脸来，那张渴望阔大，渴望振作的脸。

　　她正踌躇着该如何回答，忽有人进来回禀："洛女史，大王召你！"

　　洛娥愣了愣，连忙起身应"是"，急着收拾，收拾罢就要出门，却见又有一宫女飞奔过来，急禀道："姐姐，太后召你见驾！"

　　　　　　　　＊　　　　　　＊　　　　　　＊

　　那一套青瓷碗盏终于凑齐了。

洛娥忍不住轻轻吁了一口气——苻生在时，本不在意什么食馔器用，他喜欢的不外乎金碗银箸、粗陶大罐，所以宫里一向不讲究这些。苻坚入宫后，更不在乎这些细碎小事，哪承想，今日他突然召唤洛娥，说准备夜宴武都王苻安，又提起武都王喜好缥瓷，叫洛娥所有席间陈设都要用上最好的瓯窑。洛娥当时就觉得脑子一晕。

瓯窑难寻是一回事，可大王，居然要夜宴武都王？

洛娥低着头不动声色，可脑子里却在飞转：这究竟是谁的主意？

然后，她忽然想起了下午带小鸠儿出宫时，在横门大街上遇到的骑着一匹瘦马的汉人。

——王猛。

洛娥心里叹喟了一声。

她果然没有看错他。那个汉人，他不是来平弭祸端的，他是来搅和事儿的！

可这突然的转折竟让她心中生起一种刺激与兴奋感来。

让她头疼的何止这件事儿？

适才，大王、太后同时召见，她首先头疼的是要先应对哪一边儿。思量了下，才决定先去菖蒲宫见苻坚，领了筹备夜宴之命后，再急急奔去面见太后。

太后貌似意态闲暇，正斜倚在榻上。

洛娥知道，太后自觉下午办妥了好大一桩事儿，这时自感闲适也是应该的。可太后那边的事儿远远没有处理完。对于太后来说，处理完樊世一方的价码，接下来，要面对的就是她当大王的儿子与这儿子的臂膀吕婆楼了。很难说哪一边对她来讲更轻松一些。可能樊世那边儿反而让她感觉更轻松吧。就不知她跟杨家阿姆谈妥的那些条件，却要如何跟大王提起。此时入夜还召唤自己前来，多半也是为了这事儿。以洛娥私下度量，她知道太后傍晚曾传召苻融，多半就是叫苻融把自己跟杨家阿姆谈好的条件传递给大王。这时入夜还要召唤自己，多半是大王那边儿还没回信儿，所以想知道大王那边到底拿没拿定主意，从自己这里貌似无意地探听下大王那边的风声。

只听太后闲闲地絮话："叫你来呢，也没多大的事儿，就是听说大王召见你，想知道这么晚了大王召你去做什么。你手里一向有些验方，据说有时比太医还灵，不是坚头哪儿不舒服吧？"

如小鸠儿所说，这宫里果然难站。太后召自己来见，却是为想要知道大王召自己去做什么。自个儿方才如果不是选择先去见大王，只怕此时就在太后心里落得个"脑子不清楚"的评判。但先去承奉了大王，太后也未见得会如意，毕竟自己是宫中女史，而太后母仪六宫，在太后看来，自己该算她的私属。

洛娥只能低着头恭声禀道："大王一向甚少召见臣下，偶有召见，无外乎就是关切太后的懿体安康。之前还吩咐过，每隔五天，都要奉报太后尊体康适与否，还常责臣下回报得迟，每次都要臣下将太后日来饮食细状详细报上。刚才突蒙大王召见，恐大王忧心，闻召就先去了大王那儿。"

洛娥一边回禀，一边低着头，眼睛只盯着地面。

她虽然没有上看，但觉得太后那边明显心情舒泰多了，就继续禀道：

"没想大王今日问候完太后身体，又吩咐了一件事，说宫里今晚打算夜宴武都王，叫臣下准备好瓯窑缥瓷，同时准备南边的风物饮食。臣下也是措手不及。因为此前宫里少有准备这些，一时还不知如何筹办，好在太后召见，急急赶过来，还等太后的主意。"

洛娥知道这番话会在太后心里激起什么样的风浪，但她必须回报，也必须得装作不知道这件事的分量。

果然，回禀完后，太后一时全无声息。

洛娥并不抬头，只拿眼盯着地面，恭身静候。

——这一刻，她知道迟早要来，只是没想到会来得这么快。自从苻坚与太后入宫以后，她就暗地里细品过两个人的性格。她也知道，这不同的性格终归会在某件事上引起冲突，恐怕最终就会闹得不可收拾。就比如，今日樊六这件事，太后首先想到的就是如何消弭，而大王此时表现，分明已在选择如何镇压。

更何况，洛娥还知道，夜宴苻安这件事，怕是还会在太后心中引发积怨。

——那还是二十多年前的事了。当年，苟太后在长辈做主下许配给了苻家的苻雄。苻家对这桩婚事很是满意。毕竟，当年在略阳城时，苟家的门第还不是苻家能攀附得上的。但洛娥事后听说，苟太后当初嫌苻雄身长腿短，相貌寝陋，心中极不情愿。这婚事虽然定了，但以苟太后的性子，行礼未见得就能如设想般顺利。果然，亲事虽定，但长达半年时间，竟还没有定下合卺之期，由此也可以见到苟太后心中的不情愿了。这时，作为苻雄的叔叔，苻安却适时出手了。他并没过问婚事，什么也没说，也没去找苟家，就是莫名其妙，忽然亲手抓了李威，说他无端藐视自己，就将李威剥光了吊起来痛打了一顿，还是于众人面前折辱。打完了后放归。可十来天后，李威伤势稍有好转，就又被他捉来，痛打羞辱。

李威是苟太后从小一起长大的表哥，这么打了有两三次，苟太后才终于首肯，确定了与苻雄的婚期。

这事儿连苻坚只怕都不知道，那时还没有他，他更是不太关心族中这些家长里短的旧事。但洛娥记事早，脑中还有印象。她甚至记得李威那时的长相。那时在枋头，整个氏人群体中，就两个少年的相貌最为人称道，一个是苻菁，一个就是李威。李威肤色很淡，长眉凤目，耳垂儿长得与一般人都不一样，一种出奇柔软的目视感，配在他那很硬朗的脸孔上，修长柔韧，机警伶俐。

洛娥的眼睛盯着地上，看得到榻边垂下来拖在地上的珠灰色帷幕。太后入宫前，这里的布置就是她仓促间费尽心思打造的。她体会太后的心情，在这殿里安装了重重帷幕，远比一般殿里来得要多。而这些丝绸软饰的颜色，大多底色选用的珠灰，跳色选用的是杏黄。那珠灰颜色略沉，可丝柔的质地把它软润出一分温厚，该是太后这年纪的心境了。加以杏黄的亮色配杂其间，像薄薄的岁暮里遥想起鹅黄柳嫩的初春。

太后入宫后果然喜欢。那珠灰色衬得上她如今母仪天下的尊贵，也衬得住她多年来相夫教子积下来的勤勉。可洛娥知道，在太后眼里，那跳眼的杏黄永远会是……李威，那也是太后的青春。

迟了一晌，洛娥才听太后缓缓说道："原来是要宴请叔祖。也是应该的了。宗室之间，长辈已不多，勤问下寒温总是应该的。"

洛娥知道，太后脑中此时浮现的，该是跟自己一样，都是苻安手下那骁勇的五百家兵，以及最听苻安话的苻洛手中的亲兵，以及盘算着他们能调动的，对苻姓一族的影响力。她一手调教的坚头，难道最后还是会退避入苻姓的宗族？洛娥知道太后此时心中的滋味，可她不能稍显辞色。

"也好，那你就去准备着。一会儿，我叫长祥看看我这儿有什么合用的东西，有的话，就叫他给你送去。江南风味的菜肴只怕厨下会做的也少，如能行，我叫他们做了到时送去佐餐吧。"

洛娥点头应是。

然后，就见太后挥了挥手。

那手势浮现在那珠灰色帷幕的背景下，姿态依然凝重，可洛娥眼角似看到了那一丝指间的痉挛，像一点鹅黄的青春旧怨在那珠灰的底色中峥嵘了出来。洛娥收拢眉眼，躬身倒退。出屋时，耳中听到声隐约的吩咐："叫长祥来。"

接着让她头疼的就是大王要的那些缥瓷了。

宫中珍贵器皿一向归洛娥收管，但要寻出一套缥瓷来却也千难万难。她知道武都王于永和六年，老帅死后，曾受命去建康报丧。此前，老帅苻洪一直依附石赵，与晋室少有瓜葛，甚至互为敌对。但石赵既亡，冉闵再乱，苻健已打算率族回夺长安，派苻安去建康报丧也算狡兔三窟之策，万一不成，或可南下依托晋室。

这武都王想来就是在那次行程中喜欢上的缥瓷。

洛娥忍不住轻轻叹了口气，但现在这宫中，哪有这稀罕东西？且还要成套。她已约略明白苻坚今晚与他叔祖夜宴是为了什么，知道此事重大，大王既要全力讨叔祖欢喜，自己这时怎敢以宫中没有驳大王的令？

她只有亲自开阁寻找，又向太官索问。好一时，才寻得一只缥瓷酌醨倒注壶，几只瓯窑划花委角方碟，加上两个缥瓷三足洗，与几只瓯窑玉璧碗，虽远不足，但心头算是定了。她一时盘算要凑些什么补数。这缥瓷釉色淡青，晶莹光润，其色如缥，若是再配越窑那些青灰的家伙未免撞了色。想了想，只有自作主张，索性配德清窑的黑瓷，倒压得住色。可惜宫里面黑瓷也不多，还都是些大家伙。最后还是又配了来自蜀中青莲窑的几个青黄色的盘盏才凑合好一席。

菜色自然也得用心斟酌，她叫厨下仿建康菜色，鲈鱼脍什么的虽然不能，但蜜饯、裹蒸、鸭臛、菹羹之类小食也可一显建康风味，又传了脯酱炙白肉、鸭卵、起面饼卷肉之类菜肴……就这么忙了足有一个多时辰，不惜亲自下厨指导，才将将齐备。

洛娥先亲送各种铺排陈设入菖蒲宫，熏炉铜釭、茵簟坐具，俱选南边风味。她自己着晋人衣饰，宽襟博袖，远远侍立。

可这时，她忽然想起底下人回报，说长乐宫里，长祥也在帮着找这些器物，一会儿好像还要亲自送太后亲赐的酒来。洛娥心中猛然一凛，身子忍不住晃了一晃。她虽不知事情会不会照她最坏的预想来，可以往对这世路的经验，大半事，终归都依了她最坏的设想到来。她此时已要上殿等候，一时也没时间再做什么防备，只能随手写下了张字纸，派了个宫娥与小鸠儿送去，叫她好好温字，说自己今夜怕是要很迟才能回去。

小鸠儿也没想到洛娥这么忙，还专派人来叫自己温字，看那纸上，写的似乎是四个年号：长宁、祥瑞、天赐、丰醴，也不是洛娥姐姐平时教过自己个儿的近数十年的年号，里面竟还有字不认得，一时不懂洛娥是什么意思，乖乖地应了，却自在昭阳殿里猜测起来。

姐姐一向心细，不会不知道自己仓促间是不能明白她今天为什么要深夜督导自己的功课。却为什么要弄这么个哑谜给她猜？她忽然想起，云龙门之变初定之日，自己跟姐姐好容易缓过神来，自己曾眼巴巴地望着洛娥姐姐说："姐姐，好在你在。如果不是你，这一次，我一定已不知死到哪儿去了。我真怕，万一哪天再发生什么事，姐姐又恰巧不在我身边，我那时什么都不明白却该怎么办？"

洛娥当时看了看自己，静了会儿，轻声地说："若真有那一天，你要是找得到的话，就去找安乐王。他心细，也约略知道你的事。或许他看我一分薄面，还是肯好好对你的。"

这件事她记得很深，因为，那日洛娥说话时，那一种宁定的气味，仿佛在预嘱着身后事一般，不能不让她印象深切。

菖蒲宫中，一时苻安到来。

苻坚闻报，远远就从殿后迎了出来，亲身走下台阶，又亲自延引入座，只以家人之礼相见。

苻安此时已头发斑白，苻坚唇上胡须方硬，一老一小，祖孙相见，苻坚亲挽着苻安的手，场景也确实温暖。

两人来到殿上，见到席中陈设，一时不由得脸上都略微怔忡了下。于苻坚来说，但见围屏雅秀，碗盏精洁；而于苻安来说，却似突然梦回七年前南行之所经历。但见案上的铜雁鱼灯，柱下的铜卧羊灯，以及点点豆灯烛光摇曳。洛娥遥遥侍坐在殿下的大柱下，高鬈博袖，怀抱古瑟，弦吟如水。

两人再未想到今夕会是此等风致。

菖蒲殿此时殿门洞开，灯并不算太明，仿佛给夜色留有余地。苻安年纪也好有六十许了，这时忍不住携了苻坚的手，叹道："我苻家人出奔略阳，戍守枋头时，只怕连你祖父都想不到会有今日。"

说着两人携手入席，忆及老帅后，就述及寒温。

接下来，举箸衔杯之间，所有器物，都似能勾起苻安心中的回忆。

苻安忍不住忆起当日他由枋头去建康的报丧之行，提起当日在建康的所见所闻以及交接的人物。不由地说起如今的晋室王权衰微，从永嘉南渡之初的王导专政，再到其后的王敦之乱，再其后，如郗鉴，如庾亮，如桓温，如谢鲲……门阀叠次兴起，江左人物的风云变迁。一时，祖孙两人也不由得喟叹连连。

只听苻坚举杯问道："叔祖，当年晋之先祖司马仲达可谓智略惊人，其后武帝雄起，称霸天下，如何其祚仅传二世，至惠帝即乱？以至于今，司马一姓竟沦落到为朝中门阀所辖制，果真是那句老话：君子之泽，三世而斩吗？"

苻安不由叹了口气。

"那司马家本是儒业传家的大姓。我听说，汉人这两千余年，也是迭遭变乱。真正儒门兴起，好像还是在汉季之末。可姓司马的不知为何却偏偏想要去仿效古人封建。当年，晋的国势本来不错，但封的王实在太多了。看着似全是姓司马的，也是一家人。可打我出生那年起，八王之乱就开始了。什么司马玮、司马亮的……我也记不清那许多名字，个个不顾宗亲之谊，轮番开打，就这么把自己家，也把天下给打乱了。如果汉人宗室间不乱，何至于现今这般为门阀所辖制？又如何有我苻姓今日统领长安的局面？"

苻坚一时长叹了口气："同姓操戈，实为惨事。"

他一时缅怀起当日。

"想当年，祖父若非得叔祖、小叔祖几人兄弟同心，略阳城中如何起得大事？我氏族又如何能全于乱世？可惜来后祖父在枋头为麻秋所害，那时可是危急之境了。若不是咱们宗室同心，如何保得住这一族平安。其后回迁长安，先帝与家父四兄弟及叔伯兄弟之间更是全无猜忌，才换来大秦今日之局面。及至苻生继位，却弄得宗室内人人自危，我大秦也险些毁于这暴君之手。如今想来，怎么不让人感慨。"

苻安一时也不由点头。

苻坚亲手与苻安斟了杯酒。

"叔祖想来知道，我杀苻生，实是情非得已——实是不忍见祖父、叔祖、伯父一手创建的大好基业毁于一旦。虽侥幸成功，但如今，为杀堂兄一事，我实在怕宗室之内会由此与我疏远。想当年，苻生如不是杀了菁哥，想来此后也不是闹得朝廷至于危如累卵之境。杀生哥之事我虽不得已而为之，却真怕由此落得他当日杀菁哥后宗室间反目的处境。"

苻安一时望到苻坚脸上。

苻坚毫不回避，双目灼灼地与他这叔祖彼此凝视，略不眨眼。

洛娥虽坐在下首柱下，手底瑟音未断，席间话语还是隐约传入她耳中。

之前，她已约略猜到了今晚大王约他叔祖一见所为何事，也隐约明白了太后为何会要传召自己。如今，话语果然提及宗室。

她父女二人从枋头起就随侍苻姓。苻姓宗室脉络她心中自然清楚无比。当年，老帅苻洪共有三个弟弟。一弟早亡，其余两个弟弟，就是当下的武都王苻安与永威公苻侯了。苻侯身体病弱，久已不预朝政。苻安则在苻姓中威望素著。他的两个儿子阜城侯苻定与华亭侯苻鉴也都争气。

此外，老帅苻洪共育有四子，先帝苻健为其第三子，大王苻坚的父亲苻雄则为其第四子。其余两个大点儿的儿子当年都已于阵前战死，也各自有后。苻健身后，共留有十二子，其中，长子献哀太子苻苌、三子废帝苻生都已身死。其余，平原公苻靓、长乐公苻覬、高阳公苻方、北平公苻硕、淮阳公苻腾、晋公苻柳、汝南公苻桐、魏公苻廋、燕公苻武、赵公苻幼如今俱在。

苻雄则留有五子，也即大王的亲兄弟辈。其中，阿法已死，其余三弟即为阳平公苻融、赵公苻双、河南公苻忠。

大王还另有堂兄如苻菁、苻重、苻洛、苻黄眉等，以苻姓蕃息之盛，也难怪可以雄镇长安了。

确实，以今日之势，大王也必须得请出叔祖，借苻安之威望，内固宗室。

宗室若得稳固，大王又何惧樊世？

可接着，洛娥心中却又浮泛起浓重的忧虑。

此前樊六死讯传出，太后命她去召杨阿姆时，她就已开始担心。

太后是女人。她早能感觉到，太后心中那浓得化不开的，几乎对所有苻姓之人的怨诽。

这种对苻氏宗族的不信任，苟太后虽然一直隐而不发，但还在枋头时，洛娥其实就感受到了。苟太后出身略阳氏中名门，一向觉得，与苻家结亲，当初其实是她屈尊。屈尊也还罢了，此后，她一向觉得略阳苟氏在帮助苻家建功立业中，却没什么获利，门第还每况愈下，白白给人利用。这即是她对老师苻洪最开始的怨气。

而苻健以非长子身份得立，苻健妻子强氏那出身卑微的家族却由此鸡犬升天，更是引起苟太后的不忿。

但这些她一直隐忍不发。如今大王登基，颇有赖于她的谋划。大王登基后，作为她这样一个坚忍的女人，当然忍不住会替大王谋划。洛娥知道，哪怕亲如母子，太后心目中理想的朝廷与大王心目中理想的朝廷只怕也必然不同。在太后心里，所图划的远景当然是削苻姓宗室之权，而藉她的手段资源，此前所埋设的根脉，弥合朝臣，统领酋豪，以为她儿子永固之基。所以，樊六之事一出，她立即想到的即是离间樊世与苻柳，不惜以藩镇之权，诱樊世入她掌握。她一向对大王期许极大，但那期许也不过是，望大王可以脱颖于人群之中，调和族中酋豪势力，而得众人之拥戴，显名于众人之内。

那毕竟是她眼界所限。

洛娥手下未停，却悄悄在阴影中拿眼望向苻坚。

她看到苻坚那赤诚而焦灼的眼神。

洛娥自度一向颇为识人，那眼神中，她看到的却是，那个年方二十的少年帝王，心中想的并不是荣显于一族之内，他心中自有功业。而他的功业，当为天下。

他所渴求的，与他母亲所渴求的，本来就大不相同。

他母亲望他为众人之主，可碾压统驭身边这所有族中权贵，这就是她生活中的全部。

可那少年帝王心里，只怕视普天下之人皆为苍生，不仅限于部族之内。他求的不是显于人众，而是显于事功，显于天下……若果如此，接下来这两宫分歧，怕也就近在眼前了。

苻安忽然低下眼来。

他低下头，只见头顶斑白，皤然一叟。

他没再看向苻坚，伸手去端案上之酒，口里缓缓道："没错，宗室猜忌常为祸根。可认真说起来，晋室的宗室之变，最开始，倒还怪不得宗室。我听说，是当时的外戚杨骏引发出来的。以我之陋闻，自汉代以来，外戚之祸，就不绝于缕啊。"

苻坚一时也回过眼来。

他像一时不知答什么好。

以苻坚身世，丧父既早，一向极为尊重母亲苟氏，连带尊重外家苟姓。他当然明白，欲得叔祖苻安信任，也必须完成一点交换。

可苻安提及外戚干政之事，他一时如何又能出卖母亲？开得了这个口？

沉吟间，隐隐的那边弦声入耳，听起来极是敦穆温柔。苻坚幼读汉书，但作为一个氐人，也常不过揽其大概。这时，不知道怎么就有几句诗从他心头泛起，似乎正合他此时心境，口里也不由得吟诵出来：

> 常棣之华，鄂不韡韡。
> 凡今之人，莫如兄弟。
> ……
> 傧尔笾豆，饮酒之饫。
> 兄弟既具，和乐且孺。
> ……

他也不知道，自己怎么会想起这几句，只是觉得应景。

苻安听见，却已眉头渐展，脸上露出些许笑意来。

没人注意，那边柱下鼓瑟的洛娥，原来先已将指下琴曲，悄悄改成了《常棣》，这诗源于《小雅》，原是歌颂兄弟友爱之篇，敦然和穆，柔广而又醇厚。苻坚未觉间，已切合他心中之旨。

洛娥抚瑟之际，眼角觉得有人影在殿外一晃。悄悄转目，却见似是苻融在殿外柱下显露了下身形，就不见了。

她轻吁了一口气，终于安下心来。

＊　　　　＊　　　　＊

苻安今日就是苻融请来的。

王猛去后，苻融仰面望天，看了好久，才去见的苻坚。

樊六之事既出——"疏外戚以安宗室，炫名器以驭群臣"——王猛的策略已拿了出来。今日，他选择性地跟兄长聊了下面半句，跟自己暗示了上面半句。苻融长吸了一口气，这王景略分明已打定了主意要借樊六之死来趁机整合朝中势力，以达到他所预期的局面。王景略之谋，其内里潜在的激情，刺激到了苻融。哪怕他的建议会直接带来他们母子之间巨大的裂缝。

苻融知道，他必须把夜宴苻安的建议告诉给坚哥。

苻坚听了之后，良久无语。

苻融知道，坚哥也拿不定主意。但母后有召，他等不及坚哥的回话，只能先去面见母后了。

母后找他却是为给他一张名单。

那名单本是苟太后进宫后，打算任命与宫中之事相关的人事任免名单。名单开得很长，从不相关的果丞、汤官一直牵扯到少府，乃至外面采邑的供奉官员，足有百余名之多。母后让他将这名单去送给大王。

苻融极快地扫了一眼，已在里面看到了樊用、樊真容等几个与樊家相关的名字。

他没说什么，只是转回把名单呈给了苻坚。

苻坚看后，脸上突然变色。

他放下名单后，神色毅然地对苻融说了句："你代我去请叔祖宫中夜宴吧。"

苻融已知道了，王景略的建议从来不是什么建议，他轻易不做建议，凡建议都在事已危急，仅余一条路，且教人无从选择时才会提出。

苻融心里一声长叹。他与坚哥对视了一眼，那一眼，山遥海远，似同感这天下断非早前彼此所曾预计。

请完苻安后，苻融就去了石渠阁。

那是他在宫中歇宿的地方。

他却没想到，小鸠儿居然会摸了来，带来了洛娥写的一张字纸。他看过后就将字纸撕了，那字纸上似虚拟了四个年号，但各拆出一字，就是"长祥赐醴"四个字。

苻融脸上神色未变，心里却如冰玉交击。他知道，有些东西一旦开始碎去，就再也不会停止，再也无法复全。

长祥亲自端着酒，酒装在个青瓷瓶内，据太后说，那是好容易找到的一瓶"元阳散"，从晋地界过来的。叫他给苻安送去，代太后敬酒，以为佐宴。

他走进菖蒲宫前双阙，殿上正有约略的《常棣》之音传来。

这时，却有人从阙后转出，挡在了他的身前。

长祥定睛一看，躬身叫了声："阳平公。"

却正是苻融挡在了他身前。

苻融好相貌，又天生和气，一向得太后宠爱。长祥再怎么也不敢开罪这位太后心尖上的人。只听苻融问道："这么晚了，你专专地捧了什么过来？"

长祥笑回道："是太后赐的酒。她听说大王夜宴武都王，说宗室耆老，现在以武都王为尊了，一向多有仰仗，她本该亲身前来，敬上一杯酒，但太晚了有所不便，特意命奴婢来与武都王代她亲奉一杯，以致此意。"

符融笑道："藏的什么好酒，平时都没舍得给我喝。"

"太后说了，这酒是江左地界来的，也只此一瓮。知道武都王性爱江左风物，才特地找出来以敬武都王的。"

符融却在那里伸手端起壶，放在鼻边了闻，看着壶下旋子，笑道："还专门温着呢。不行，这酒我没喝过，太后瞒着我，我今日偏要先偷饮一杯，反正叔祖也不会知道，好喝的话我再去跟太后抱怨她小气。"

说着，仰脸向天，举起那酒壶，就欲往嘴里面倒。

长祥在一边已惨然色变。

他不敢拦，又不敢不拦。情急之下，佯做失手，将手里的盘往前一撞，正撞到符融身上。符融被撞，手里一抖，那壶酒掉在地上摔了个粉碎。

长祥满脸惊怕地立时跪到了地上，连连叩首："阳平公息怒，阳平公息怒，奴婢也不知怎么这么手脚不稳，冲撞了阳平公……"

符融一脸嫌恶，抖抖身上被酒濡湿的衣服，摇了摇头，转身去了。

＊　　　　＊　　　　＊

那夜漏做得精巧，浮箭上显示着，已过子时了。

菖蒲宫夜宴方罢，洛娥赶到太后那边儿时，就已到了这个时辰。

太后还没睡。

见到洛娥到来，她坐在梳妆台前并未回头。

从酉时起，她就一直这么坐着。长祥回报路遇阳平公，壶碎了后，她就一直这么坐着，甚或都无意迁怒于长祥。

现在，铜镜每逢新磨后她都不爱照镜，总要等它放上一段时候，放得有些模糊了，才会对着镜子一照很久。仿佛越昏黄的影子里，越能看见自己当年的形貌。

其实，她很久以来都很少照镜了。

未进宫时，她要操心的事情太多了。无论是坚头还是博休，傍着虎狼之君苟生，随时都有不测的风险。她还要提防强太后，担心自己与强太后的关系会给儿子们带来劫难。

直到进宫之后，她才舒了口气，也渐渐开始有了照镜的习惯。

她不爱照镜，一部分原因，还是幼时太喜欢照镜子了。

——害得她老担心，有一个十五六岁的自己，那影子早被蚀刻在镜子里，自己一照会把它召回来。

召回来后，怕的倒不是岁月之伤，怕的是又想起当年的心思……那时她还有从小的玩伴，那时他是自己的哥哥，送了自己这面镜子。她记得他一路骑马赶来，拿着这柄掠来的镜子，因为一路握得紧，柄上的花纹都印在了他的手掌上……她怕照见自己，就也勾连出那时，还只十六七岁的他的样子；怕想起那时他坚毅的脸，伶俐的身段，与柔软的耳垂儿；那时他唇上无须，隐隐有那么点青青的痕迹，上面是那么清朗的鼻……她从来生得矮，每次看高挑的李威，都是这么从下慢慢往上看去……再上面，是他那当时还会笑的眼，那两眼就是一孔泉水，一面湖光。

苟太后轻轻地叹了口气。

好在现在她毕竟有坚头，还有博休。否则，她会觉得这一生什么都蚀了，什么都没有抓住。

但随着那壶酒的跌落，连博休，她好像都已经失去了。

洛娥在一边伺立。

——马上开口不好，总不开口也是不好。

所以，等了有一顷，她才低声问候：

"太后还没睡？"

苟太后在镜中抬了下眼："嗯，睡不着。你知道，我有择席之病。哪怕搬进来两三个月了，都觉得这房子像借来的，住着不安稳。"

"要不要奴婢去点一支安息香？"

苟太后摇摇头。

"随它，我倒是喜欢醒着。做梦的时间太长了，把好梦做完了，就也不稀罕睡了。"

她的双眼果然依旧冷静锐利。

只听她问："大王睡了？和叔祖之宴都散了？"

洛娥和声应"是"。

苟太后淡淡道："听说你在那边奏乐助兴，也难为你了，倒是什么都会。与武都王弹江左的曲子了？大王和武都王都聊了些什么？武都王一向都颇得大王，甚或乃至景明帝那些儿子的敬重啊。"

洛娥知道，太后获取消息的渠道并不只限于自己这里。这番回话她一路就在盘算斟酌，要想清楚哪些可说，哪些要故作不明但要极其委婉地说。

"臣妾坐得远，又弹着瑟，大王说的话也不敢认真去听。只约略听到，大王似跟武都王讲起老师去后，武都王奔晋报丧时的一些事，感慨起以晋之强盛，现在却落得王权微弱，为一众门阀所限。"

苟太后静了静。

"就聊了这个？"

"然后大王与武都王感慨起若宗室同心，何难不克？大王还唱起了汉人的《常棣》之诗：兄弟既具，和乐且孺……什么的，喝了不少酒，最后尽欢而散。"

苟太后忽然微微冷笑："那他们聊清楚没有，晋国弄成现在这个样子，到底是出于宗室之乱啊，还是外戚之祸啊？"

洛娥本就一边说，一边注意着，自己的语气一定不要显得太过小心，只当是原原本本的寻常回话就好了。

这时她听了这句话，只能僵在那里，不做反应。

太后拔着簪子的手忽然在空中停了一停。

二十年前，她第一次听到消息，知道自己将要嫁给苻雄时，那正在对镜簪花的手就这么停了停。她也没感觉到多难过，她已预知自己终会为家门的利益所限。可她那时，却似看到一道裂口正在自己心头裂开，看到自己与他之间，那一度以为其坚不可拆的如胶似漆的紧密就这么裂开……她当时只是静静地看着，再没做任何举动。

而今日，她再度浮起了那种感觉。

原来，哪怕就是你生的，哪怕就算你脐带相连，以乳哺过的人也终究会是这样。人是怎么老的，是跟自己本亲密的一切，一次次判然两分后才开始老的。

只听她喃喃道：

"兄弟既具，和乐且孺？"

然后，她定定地望着镜子，通过镜子看着洛娥。

"哪怕是为他杀了阿法，他还是会唱'兄弟既具，和乐且孺'了。"

洛娥只觉得心中一阵绞痛。

这是好几个月来，她头一次再度听人提到阿法。

但她已不用掩饰——绞痛就任它绞痛吧，反正那心早不在腔子里，早已是别人的，早已腐于泥土。

她自己知道，她的脸早如冰封之墓。

苟太手举止间依然宁静。

可她的眼神忽变得有些狠毒起来，燃起了强烈的报复之欲。

"这件事，总有人记得。他们姓苟的自相残杀，没人记得。但我杀了一个阿法，他们却永远记得。"

说着，她忽然望向洛娥。

"那我杀了阿法，你恨不恨我？"

洛娥神色不动。

"臣下不敢。"

苟太后喉咙里发出了个模糊的笑。

"臣下不敢？说起来，云龙门之变，你可是也立有大功啊。如果不是你冒死前来通知，怕轮不到坚头去杀苟生，反先被他杀了。你和阿法都可谓有功了。你冒死相告，是为了他吧？现在，你老实回答我：我杀了阿法，你恨不恨我？别什么'臣下不敢'——是不敢，还是不曾？"

洛娥的腰杆忽然挺直了些。

她只觉得，她忽然不怕了。

没错，她又何必怕，这是她父亲修复建造的皇宫，无论里面关着多少的猛兽。

只见她不再微微前倾，而是挺起身，面无表情地看着苟太后面前的镜子，看着镜中的太后，也看着映入镜中的自己的半边脸，听到自己声音木木地说：

"臣下不敢！"

苟太后愣了愣，在镜中只见洛娥肃着手，安静地倒退着告退而去。

直到镜中的洛娥消失不见，她才为之动容。

第七章
长 夜

这世上，所有的文治最终都要与暴力合作的。当它驯化了暴力，最终为自身的拖累自毁，就又要与新的暴力合作，以安天下。

那晚，长安城内纷纷扰扰，折磨得人人疲惫，最后个个在忧虑中睡去。

而更恐怖的是——这忧虑或许最终会升华为恐惧。

很少人能纵览当恐惧覆压于整个城市时，那沛然、充盈、吞噬一切的力量。因为，每个人都困于自己的恐惧，而看不到别人的恐惧。

黎民百姓恐惧着军事的枢轴又在嘎嘎作响，各方武库的大门正阴险地开启了一条细小的缝；朝臣们恐惧着自己的走位，怕一步走错站错了队，就此陷入尸林血海；宗室们恐惧着庙宇的崩塌，坠落的每一块砖瓦都会砸掉一块牌位；军队则恐惧着那些黑暗里上好弦的弓，安好机栝的弩……而长安城名义上的统治者，在恐惧着所有人的恐惧。

如果说开始时，人们是以欲望交锋。

那结束时，人们总是凭恐惧对垒。

＊　　　　＊　　　　＊

一个氐人少年在楼头做梦。

梦中只有巨大的字块儿矩列成阵。

在他梦开始的一段，总有一头大熊负创向荒野中奔去，冬日的荒野凛冽地固化了每一口喷出来的水汽，雪地里留着它压出冰屑的脚印。

少年在后面追——他总是会追，可总也追不上。

追着追着，他终于追到了一个以前梦中从没出现过的地方。只见脚下的雪，渐渐褪变成了沙，远处的冬云渐渐融成了咸海，前方的天穹下突然悬垂下一根根巨大的石柱。

少年惊愕立住。

他从未见过这样的石柱，由巨大的字块衔接累积而成的石柱。

那些石柱根根都长逾千仞，嵚崎焉、磊落焉，质地铮然；它们就这么倒悬于天上，高低不一，低者直欲扑袭人面，高者还耸然离地百尺。那些石柱都是由一个个字块组成，篆的、隶的、楷的、草的……可以端正如磐石，可以奔逸如野马，更可以蜷曲似虫蛇。

而低头时，他发现自己正立在一片长滩之上。

这长滩无边无际，渺无人烟，只有无尽白沙。海那么远，日那么毒，以至海水已干，盐结如镜。

而自己，身上只剩下纻麻一衫。

他望着这面前的奇景，仰着脖子，只觉得那些倒悬的石柱密集成林，覆盖了头顶的整个罡天浩宇。

他仰着头在那片长滩上走着，惊觉自己的长发早已倒立迎空，行经那些巨大的字块时，那些巨大的字块会跟他的骨头相应，在骨头里传导出金石之声。

那无穷无尽的字块悬挂在那里，有的他认得，有的他却不识。

他只觉得自己越走越深，仰得脖子都酸了，终于惊觉，那些石柱上方竟还有一境——那些石柱竟然是无根的，悬浮得全无依托，它们就这么凭空而生。而在它们更上一境，难测其深广处，"大块"正以不可测知其色泽的混乱，不可分离其质地的混沌，在那石柱更上一境处盘旋。有它比对，那石林这时才显其小。

"大块"分明意不在此，它时而膨胀，时而收缩。膨胀时，它的边界会就这么呼啸而下，收缩时却又卷腾而上，排闼纵横如内藏不知其几千万许洪荒猛兽。

而那一众倒悬的石柱耸列如阵，像在提防着那无穷深处的混沌。

少年向那无穷深处望去，心中忽泛起来巨大的恐惧。

眼见那无穷深处，混沌再次膨胀，潮水般覆压下来，卷动如风暴，那风暴中还有无数条舌尖，直朝他身子俯冲过来，他惊得几欲仓皇扑地！

可这时，自己头顶那片石林中，忽有三根柱上的三块巨大石块哗然而出，隆隆作响。那三个字块分别写作：

　　　法！
　　　术！
　　　势！

向那片覆压而至的混沌做出搏浪一击。

那三个巨大的字如宇外巨碪，击退了那片下击的混沌。

可混沌并不甘心，它有的是时间，会无穷消长。仿佛一劫过后，就重又集结，聚势下探，"法""术""势"三个字块已不能承其重压，整片石林都发出簌簌地战栗之声。可这时，几块更温润、更松软，色泽如玉、若隐若现的字块却在那片石林中缓步踱出……如虎豹囿于阶犹施然漫步，少年凝神细看，那几个字他似认得：迟缓如"礼"字、流动如"乐"字、温讷如"仁"字、倔强如"义"字……它们一出来，即配着钟磬之鸣，琴瑟之响，如有眉眼，如有姿态，雍容飞渡处，已切割开了那片下压而至的混沌。

然后，整个石林都仿佛醒了过来，更多的字块自发而动了，如

"巫""舞""无"这三字凭空而出，凌虚举袂，反重力地扶摇而上，直朝那混沌中心处长击而去。

而如"震""巽""坎""离""艮""兑"这样的字眼忽向六合散射，曳着经纬之光，彪炳于天。

随之，数万个字在空中或击刺，或旋舞，或奔走，或盘桓，亦如咒语，如纹章，如图腾，如法器……各施己力，与那片混沌殊死周旋。

少年此前也曾经历战阵，但再没见过一战，能如许磅礴，如斯激越……

苻融忽轻声发出一声惊叫，在睡梦中醒了过来。

醒来后，发觉自己正躺在地板上，身边到处都是散落的纸张，几块镇纸和一方瓷砚零乱地放在枕畔。

他抓住一块镇纸握在手心，石头的凉气传了过来，镇住了他的心神。

他恍然忆起自己身之所在：这里是石渠阁。

石渠阁的楼头甚是宽阔。到处都是架子，架上都是些竹简、木简、帛书、梵夹……这儿本是汉家的藏书之所。

作为当年的安乐王，现在的阳平公，他有权限可以随意出入此地。

苻融的额头细密地渗出了一层汗。

窗外夜已三更。他有些记不起这一天到底都发生了些什么，梦中的景象盘桓在他脑子里，让心里久久缓不过来。近来，他不知为何有动于心，常夜宿石渠阁。

七年前，他头一次认识此阁，还是在他第一次进入长安时。

那会儿的长安，烽火方歇，氐族的人马终于击溃了杜洪的防守，数万兵士终于冲入长安。他就是在那片混乱中，第一次见识到这阔大的长安，周围六十里计的长安。燃着火的横门，门里的横门大街，街两旁的东西市，正被抢掠的北阙甲第，还有这个未央宫。

那年，他十岁。

他是跟鱼欢一起偷摸进来的。

他们本该待在城外，不能这么早进城。可他跟鱼欢还是爬过了一段城墙的缺口，溜了进来。然后，觉得一双眼简直不够自己看。

之前，他跟祖父也到过邺城。但邺城固然辉煌，可那辉煌来得太仓促，太暴发，铜雀三台，也仿佛笼罩着一层妖氛，并不为他所喜。眼前这个混乱中的长安，那在烧杀中也未改的端庄姿态，却一时让他惊呆了。

他们沿着横门大道一直往南走。才到东西市那段，一阵乱兵冲过来，卷入东西市抢劫。苻融看到一匹锦缎被一个兵士从门里抱出，却遇到别的兵士的抢夺，拖到地上散开，在烟尘之间铺陈了十好几丈，那上面的花纹与落在花纹上的脚印，收回眼时，发现自己与鱼欢已经失散。

一匹失控的马飞奔过来，几乎就快撞到自己。

这时，一个人轻伸猿臂，捞住了自己。自己回眼一看，那是菁哥。

菁哥骂了自己一句："谁让你出来的！"

脖子上被打了下，可他不介意，因为菁哥的眼是笑的。

他就是被苻菁抱着，坐在他的马鞍前，驰进的未央宫。

今日的未央宫当然巍然。

可那日，苻融见到的，却是它烽火中的巍然。

宫里腾着好几道烟，那些烟，浓淡有别，却衬得那些宫殿的高基虎顶、玉阶椒壁更加风致俨然。

他也不记得自己跟菁哥驰过几道门了。远远地，未央宫大殿上正有乱兵劫掠，他忽然看到右侧，在那端严的大殿映衬下，却有个环水的楼阁。这楼阁姿态朗秀，似与别的宫殿不同。他喜欢这阁上那几支檐翅，更让他好奇的是，这阁四周为何绕了一圈的水？那是砻石成渠后故意注入的水。那时他还不知道这水与御沟相通。

那水静静地在那儿流着，不管身边的兵荒马乱，不管自己正身处危境。

然后，苻融看到樊世家的人冲进了那里。

再然后，他就听见阁中传来一片叫骂，不停地有竹简、木简、帛书被从窗子里抛了出来，他看见一本梵夹在空中散落，那夹中藏着的贝叶，在空中纷纷飘散，有的就落入了渠沟里。

他当时年纪小，不知怎么，看着有些心疼。他只记得自己当时后背僵了僵，小孩子似地恼了起来。然后冲菁哥说："菁哥，我要这阁子，我不要它被人弄坏！"

不用回头，他想象得到菁哥脸上那忍笑的神色。他也记得菁哥的那双细细的眼。菁哥生得好，在苻氏子弟中，再没有人比他生得好看。他的眼中，总有那么点儿，像空负大志，像别有衷肠的那种不羁感。

可他不怕菁哥觉得好笑。

果然，他记得当时自己身后的菁哥立时笑了：

"听到没，博休想要那阁子，不许人在那儿捣乱。"

如果别人说，这可能只是一句嘲笑孩子的话。

但这话是菁哥说的。

而这句话，他还是冲着苻生——那个凶猛的生哥说的。

苻生其实站得有些远。苻融记着，那时，无论在哪儿，哪怕苻生那时已勇悍冠于三军，只要菁哥在，他就会那么默默地远远跟着，脸上挂着随时等着听呵的神态。

苟生什么都没说。

他提马就闯入了石渠阁！

氏族之中，樊家的强横一向无人敢惹。

即使老师在时，也一向对他们多加容忍担待。

苟融还记得，当时樊六就在阁门外守着。他们氏人已大破杜洪，在苟健到来前，整个长安，都可容他们随意劫掠。劫掠中各部自有争夺，所以，樊世进了这座奇怪的楼，楼底就留着樊六把守。

只要有樊六的那张丑脸在，相信各部都会绕着道走。

可苟生理都没理樊六，直接就纵马冲了进去！

樊六张了张嘴，竟没敢吭声。

然后，全不管樊世正在楼头督人搜掠，苟生在阁内仰着脖子叫道："菁哥有令，都给我出去！这阁子是小博休的！"

樊世的脸猛地从藻井那儿探了出来。

他的一双眼与苟生狠狠相对。

樊世一向敢于跟老师硬杠，对于苟健，甚至都少假以颜色，更别提其他姓苟的。

但苟生，当年在枋头年仅十二时，就敢独自出去，杀了当时欺负了他的石宠，全不管对方身为皇族。回来被祖父责骂后，一怒之下，又斩了祖父的马首！

两人恶狠狠对望。

樊世本没好气儿——他本以为这阁中会有什么金银珍宝，专门还筑渠灌水以护，却除了些竹片儿木简，还有一些都做不了衣服的、写了字的素绢，什么都没见着。

他气得已想一把火烧了这里。

可这时，跟楼下苻生对望了一刻，樊世忽然骂了句："走！别在这儿白耽误工夫，找正事儿去！"

石渠阁就是这么保了下来。

苻融此时静静地以臂支地，抬首望向窗外。

月色溶溶地浸了进来。

这样的月色下，他想起当时樊世那凶狠的下颚与他那狰狞的双眼。耳边也响起生哥的那句话：

"都给我出去，这阁子是小博休的！"

*　　　　*　　　　*

樊世知道，今晚，肯定有很多人在想着他，想象着他的怒气，也想象着他即将发作的手段。

这么想着，他就更加的生气了。

樊世家里的景象，从来都是一片混乱。

他家每间房，每个跨院，看起来都像个仓库，或一个堆满了杂物的货栈。没人搞得清他家里到底住着多少人，养着多少匹马，聚集了多少财货，一共有多少奴婢，仓廪里又囤了多少粟豆、多少腊肉，连他自己也弄不清楚。

所以他老怀疑有人在偷他家的东西。

他家里被吊打过的仆役是如此之多，以至略阳城的老人们常这么说：樊世那架势不像是个氐人，而像个羯胡。

也是，当年在略阳城中，以他的家世，本就没用过奴仆，所以用起来比谁都狠。

细算起来，他家里，还是有个精细人物的。那就是他的嫡长子樊用。可樊世虽极看重这个儿子，却从不允许他插手家内事务，如若插手，他定会勃然大怒，暴跳如雷。那樊用对父亲也只能敬而远之，基本也就很少回家了。

可关于樊世的风言风语在长安城从没有断过。最著名的还是杨靖那句话：没去过樊家？不用去，你去东、西市逛逛就得了，他家就像是东、西市的仓库！

闻者皆笑——樊世不爱置产，却生性贪婪，对东、西两市一向盘剥酷甚。他曾跟着老帅降服于刘赵、石赵。匈奴、羯胡等虽建立了朝廷，但一向无租庸之习，更无财赋一说，所有生活都靠劫掠。樊世也沿袭了从那时起养成的禀性。就连苻生在位时，城中诸多酋豪，未尝不想插手东、西市的买卖，但也怕惹祸，只有樊世照旧明目张胆，凡东、西市里卖的东西，哪怕扫帚瓦缶，他也会叫人贡过来堆它一屋子。

杨阿姆跟樊世家一向交好。按辈分算，还是杨阿姆外孙的杨靖背地里照样儿会忍不住刻薄几句他的姨姥姥。照他的话说就是："那是，从阿姆认得了樊世，阿姆就再没去东、西市买过东西。凡想要用什么，到樊世家去找，哪怕要找个扳指，在樊家哪院儿哪房，她比樊世都清楚！有时樊世想用什么找不到，怕还得去问阿姆自己到底把它堆在哪儿了呢。"

樊世自用的房间里，更是满地狼藉。凡是得手的金玉珍宝等物，他一总都会留在自己室内，却只随意陈放，地上、榻上、案上、槅上，简直到处都是，仆从还从不敢归纳收理。大件的如鎏金多枝铜灯，有三四尺高，海珊瑚树，还有周鼎汉罍之类狼冗的家伙，小的如零散珠翠、金簪玉佩，无不堆在榻上、地上。这里是他的宝地，他很少让人进来。只杨靖偶尔会来，每次看到时还不由腹中暗笑。但他说得上一些器物的来历，有时还添些夸张，跟樊世指点下他所藏之物有多珍贵，于是樊世就颇为待见他。

可就是杨靖，也常惹得他满腹狐疑。樊世常见杨靖身上，一些小配饰，如一个新的鞭柄上嵌的宝石什么的，看着总有那么些眼熟。

其实他倒是所疑不错，他自己家里那些侍妾仆佣，虽畏他如虎，但人人都会有用钱处，在他这里若拿不到，就悄悄偷点儿什么小东西，人人都知道最安全的无过于便宜地出让给杨靖。只有杨靖敢戴着赃物，堂而皇之地在樊世眼前招摇。

樊世不爱与人打交道，也是自知愚陋，怕被人嘲笑。

杨靖也不少嘲笑他，但杨靖几乎嘲笑一切人，当着樊世的面嘲笑起氏中之贵吕婆楼家时，更是从不嘴软，那刻薄到位处，每每让樊世回味起来都不由为之大笑。樊世在门第上总觉得低吕家一头，这时跟吕家同被杨靖嘲笑，多少会有点儿扯平了的快感。

这对忘年之交彼此间的情形很怪，有时也会引动长安城中人的好奇。却没人知道，樊世自视在长安城中是第一个失意的人；而杨靖，却是另一个失意的人。冠盖轩冕中，只有他两人是仇视这一切，并想砸碎这一切的。

此时已届三更，樊世还没睡。他一边听着樊真容的回报，一边儿在等杨靖。

而当杨靖走进来时，樊世却没给他什么好脸儿。

杨靖全不在意，哈哈大笑，往榻上一坐，直接叫着："真容，东跨院儿里从雷家弄来的好酒不是还有几坛，找上几斗来给我尝尝！"

樊真容没敢吱声，拿眼望着樊世。

樊世一脸黑气，冷哼道："什么时候！居着丧呢！"

杨靖"咦"了一声，"樊特进，您不会跟别个一样那么俗气吧！丧？我只看到喜事儿。借着这题目，樊家加官、发财，却一斗酒都不舍得招待？"

杨靖和樊世在一起时，全不似平日形象。他在外面时，虽说阴损，却彬彬有礼，进退从不失距。在樊世面前，却会把自己的那一点放纵无赖全露出来，也知道樊世反由此会更信任他。果然，樊世冲樊真容冷哼了声："待着干什么！去打给他！他不顾忌，叫六儿做鬼去找他好了！"

说着，他转眼看向杨靖："我托你的事儿办得怎么样了？"

"放心！"

杨靖伸了个懒腰："不出三天……敢说从明日起，各处劫掠流民、抢夺坞堡的消息就会一递递地给朝廷传过来，那时，再看我们这个天王怎么排遣！"

说着，他笑着拍了下樊世的膝盖。

樊世的眼瞪向杨靖拍在自己膝盖的手，却没推开，只恶狠狠瞪着。

却听杨靖大笑道："我不只办好了你托我的事儿，我还送了你个大的！"

樊世神色不动，"少给你老子吹大气！"

"吹？你见我什么时候吹过。跟你说说傍晚我干了些什么。苟遇文要娶亲你知道吧……对了，你可知道苟遇文是谁？"

"不就是苟太后的那个侄孙。"

"没错，他倒也罢了，当年他爹在苟太后眼里可是苟门一宝，可惜在蓝田之战那次死掉了。所以我说我给你送了个大的！我知道他发愁聘礼之事，就约了他，告诉他，大王安民令下来以后，有卢水胡外部沮渠津梁家，带着好大一群牛马，正在三原放牧。他们现在自以为安全，毫不防备。你可知道，苟遇文听完后眼睛都绿了！他已在召集人马，最迟明日，就要奔三原去了。嘿嘿，苟家子侄亲身试法，我倒要看看那苻坚最后怎么罚处。这算不算是个大的？你这酒我喝得还算有理吧？"

樊世至此终于略微动容。

他叫了一声："上菜，把厨房叫起来给我们弄桌吃的！"

一时，酒拿来了，菜也铺好，杨靖手里抓着根羊骨吸那骨髓。

他闲闲地问道："你跟太后那儿都谈好了吧？"

樊世并不说话。

杨靖却借酒放肆："老头儿，我知道你心中定有算计，瞒着我做什么！实话说吧，从太后手里拿到些什么？"

樊世不情不愿地张了张嘴。

"商洛守。"

他本不需要跟这个没大没小的坏种多说这些废话的。可他看了眼满屋子里堆积的那些金银宝货，那些虽能让他暖和，但却不能跟他说话。这杨靖外面看起来斯文，可他知道，他骨子里那股无法无天的劲儿，在这连氐人都越来越端着的长安城中是越来越少见了。无论如何，说什么这小子都还能懂。

却见杨靖一把将杯子贯在案上，大叫道：

"我不信！"

两个人都已喝了有几斗酒了，杨靖越加放肆，"这点儿东西，你就会答应？你诳我呢！这价码换别人怕都不会答应"。

"还有一条，让樊用去少府，坐少府令的位子。"

杨靖吸了口气。

"这听着还差不多，太后这次割的肉也够多啊。"

说着，他乜斜地望着樊世。

"我说，你不会被人顺着毛摸两下立时就乖了吧。商洛守给你，少府也给你，符柳那边儿你是决定开罪了？别到头两头儿不着。太后答应的，天王不准！你那少府令、商洛守，怕不是竹篮打水一场空。"

樊世冷笑了一声。

"诳我？"

"牧护关那儿，我已遣人传令，叫他们集结兵马，赶明儿就给我赶去商洛，先把那姜家小儿踢走，让樊落先做了商洛守。既然太后已跟我许下了，那我先夺了岂不更省事？省着宫中磨磨叽叽，到时直接给我下旨就好！"

杨靖伸手就去拍樊世肩膀。

"这才像你这老头儿该干的。"

忽然，樊真容走了进来，附在樊世耳边密报了几句。

杨靖在旁一边鄙夷地夹着菜，一边口里刻薄着："再小点儿声噢……北军……厨城门……五千石……你们随便说啊，我没听全！"

却见樊世在那边一边听一边点着头，脸上黑气却越来越重。

然后见樊真容直起身来，立在旁边恭谨待命。

樊世这么暴烈的性子却也沉吟了下。

忽然，他把筷子往桌上一拍，喝了声：

"别想那么多了，直接给我干！"

樊真容激灵了下，转身就出去了。

杨靖先开始还谈笑如常，忽然眼珠子转了转，喃喃道："……厨城门，五千石……你是干嘛？这可是……军粮！"

然后他就直直地望着樊世。

"老爷子，我猜得可有错？"

樊世阴森森地冲他点了点头。

杨靖一口痰"呸"在地上，愣了愣，伸手摸了摸自己额头，直盯着樊世。

"你可是刚答应跟苟太后结盟的，还要闹？不怕苟太后跟你直接翻脸吗？"

樊世阴沉着脸，脸上带着种让杨靖羡慕、痛恨自己永远不可能达到的狂暴之色，冷然说："苟太后毕竟一妇人。不把她拧疼的话，她不会真心给我办事儿的！"

*　　　　*　　　　*

所谓厨城门，就在长安城北。

厨城门的城墙外不远，沇水绕城流过。

沇水源出秦岭，一路向北而流，经长安城西侧，历经章城门、直城门、雍门后折向东流，到洛城门后再转折向北，流入渭河，是当时环绕长安城的八水之一。

长安城的城墙因绕城之水所限，修得并不规则，所谓"南城如南斗，北城如北斗"，并不是完全平直方正的。

这时，樊用正站在沇水南岸，静静地望着这座长安城。

樊用今年也有三十多岁了。他的长相，不随其父，而随其母。

在氐族现如今的这帮年轻子弟中，他也算是个老人了。氐人中，比他小的，二十来岁的那一拨儿人数最多。而跟他年纪相仿的，大多要经过之前的梁犊之战、姚弋仲之战、麻秋之战、桓温之战，有太多没能活下来。至于他父亲那辈，自苻生连杀八位顾命大臣后，所余更是不多。

今日，他领父命在此候望。

夜色里，他穿了件麻衣，也算是给樊六服了个丧。他也知道，樊六之死，无论家中、族中，乃至整个长安城中，怕是少有人为之伤心的，当然也包括他自己。

夜色里，他的心情比平素更为通达。甚或觉得不只是樊六的死，就是自己哪一天死了，也毫不足惜。

当年讨梁犊之战后，他就这么觉得。直到今天，他的心意犹是如此。

这一生，他确是打了不少仗。在军中，精于计算、勇于冲阵的名声也得来已久。可他知道，他这样的人一死并不足惜。

当年同辈的年轻人中，各人有各人钦佩的角色，大多数是他们自己的长辈父兄。可樊用这一生，钦佩的对象，却仅只梁犊一人而已。

梁犊本一戍卒，因小罪被石赵朝廷逼入边疆，苦楚不堪，一怒之下率十万同袍杀入潼关。他们身上无甲，手中无兵，一路以农家大斧，就这么砍着砍着，冲进了潼关，撼动了整个残暴的石赵朝廷。

樊用当时虽随父征讨梁犊，但心神却为其所震撼。

他在夜色里摇了摇头，以他三十余年生命所经，凡近数十载，唯有梁犊之战，才堪称义战。

他一时想起樊六来。樊六是他的弟弟，虽并不同母，但也算血脉相关。他听说樊六死时，眼是睁着的。

他像看到了那眼神中至死未休的迷茫与困惑。

——如樊六一般迷茫的氐人青年多矣！更下层的，要么操心着田亩耕作，要么关心着军粮关饷，倒是无暇去困惑。但如樊六这等位处氐族中层的青年，他们现今倒大多是处于迷茫与困惑状态的。

这是氐人的第一个朝廷，自老帅略阳起兵之日起，至今已有五十余年。老帅那一辈的氐人，倒是毫无困惑，因为所有的一切，都是为了活下来。直到七年前他们攻下了长安，借着时势割据一方，他们才终于算是在这一场颠沛流离中活了下来，也稳定了下来。

但这批年轻人随即陷入困惑。

困惑的原因无过于两点。

其一，此前，氐人不论是活在刘赵匈奴，还是活在石赵羯胡治下，威压之下，附其凶焰，为虎作伥。可无论匈奴与羯胡，并无汉人所谓的赋税制度，也从不养兵。氐人依其凶焰，要活下来，就靠不停地向外搜掠、抢夺。可如今，他们建了自己的国。举关中之地，可谓都是他们自己的地了，再欲以掠夺图存，那不过是自己抢自己。若依旧行事，这国又何必建？大秦又何必在？只是这批氐人子弟，生于烧杀劫掠，只怕很难转于创构建设。他们该如何与民共存？真的要奴畜之而割杀之吗？这一点连氐人子弟自己也产生了动摇，此其一也。

其二，大秦之外，无论晋、燕两个大国，还是如凉、代这等小国，都势力稳固。以大秦今日国力，目前不可图之。但这么多军队都要养着，不向外争杀，恐必遭向内的反噬。如今，外无征讨，内部势力冲突就此越演越烈。樊用是氐人青年中难得的精于计算的人，他盘算过，整个氐人，内部势力无外乎三股。首要一股势力当然要属苻姓宗室；然后就是之前以强太后为首、现在以苟太后为首各自抱团凝结的外戚势力；最后，就是以朝臣之名总合的，各路酋豪、氏帅的势力。这三股势力彼此倾轧，合纵连横。而所谓军中之力，不过是那三股势力争夺瓜分的资源而已。族内青年，骤然面对如此强烈的内部冲突，心中之困惑纷乱，正由此而起。

而如自己，邀家门之幸，托宗室之力，目前在车骑大将军苻柳帐下任职，也算身居高位，可他能做的也不过是为家门谋利。哪怕他心有所感，却只能看着眼前的整个氏族恶根深种，徒呼无力而已。

如果再没有外敌压境，只怕这氏人朝廷就要散了。

身边，伴随的樊赖子忽然低声叫道："用哥，你看，老爷子好像传信儿来了。"

樊用抬头上望，只见厨城门左首的城墙上方，正有一盏马灯，忽明忽暗，闪了好几闪，闪得很有节奏。

樊用的脸就沉了下来。

那是他父亲传来的信号。

这么说，哪怕太后那里有所交换，父亲还是一意孤行地要干了？他知道父亲心里烧的那把邪火，在父亲心中，永无承平之日。可他也知道，今日如听父亲之令下手，这长安只怕明日就毁于一旦。

可家门的规则惯性早束缚住了他，他略一沉吟，手就往下一划。

身边，一个小校飞奔了出去。

前方，路边草丛间，埋伏了他手下一百八十多个兄弟。这里，是通往沇水旁分流渡的唯一通路，他手下的兵士，自入夜以后，就埋伏在了这里。

厨城门轻轻开启，吊桥也轻声地放了下来。

几个兵士拿着火把当先走了出来。然后，一队牛车，好有一百多辆，慢腾腾地辗过吊桥，朝分流渡口方向行来。

樊用远远地数着那些牛车数量，数得极其认真。

他知道，押车的该是少府监中苟家的人。这一队牛车，算下来，一车二十石，怕也载得两千五百石的粟豆。他们是要悄悄给北大营的李威送去。

之前，强太后在时，长安城南北两大营，南军人虽少，却一向给养优先。自从苟太后入宫后，这优势就渐渐逆转过来了。苟葵已掌握了东、西市的常平仓。为顾及舆论，他们平日里不敢多给北大营运粮。樊用一直猜他们会趁夜给北大营调拨辎重，今日，果然给他逮了个正着。

这批粮草送到分流渡后就会上船。

然后，几条船顺沇水北上，就可直达北大营。

樊用数完车辆，估算了下护送的士兵，除却脚夫，一共也不过三十余人。

那车队过了吊桥，就往东北向走。不到一刻工夫，即可到达分流渡。渡口路两边，已埋伏了自己的人。至于渡口之船，也早被樊用拿下。

这时眼看着那队车马渐渐走近，樊用喝令了声："拿下吧！"

他知道，今日阵仗，不用他自己出手。

但明日呢？

这批粮草，他要嘱父命，劫回城南南军的营里。估计天没亮时，他们就可以押着船赶回南军了。

那时，如依父命，他就要指着这批粮草，煽动南军，斥责朝廷重北军而轻南军，克扣他们军饷。满营必然被煽动怒火。

那时，应该会如父亲所愿，整个南军暴动，然后整个长安城都会烧起来了吧？

樊用在夜色里皱紧了眉，他有些迟疑，可箭在弦上，不得不发。只是，这数十年来，他认定天下只有梁犊一战才堪称义战。那他现在要挑起的这场战争，却算什么？

＊　　　　＊　　　　＊

宫里的云板轻轻敲起。

这漫长的一天终于过去了。

朝房之中，灯光昏暗。

这一夜哪怕三更已过，而长安城中不知有多少人仍梗梗难眠。

王猛和权翼今夜就值守在朝房之内。之前，薛赞、强汪也分别来过。他们在为明日的早朝做准备。这时，薛赞、强汪已离开，朝房中只剩下权翼与王猛。权翼出门小解，回来时，却见王猛不在屋中，他走入前院儿，只见王猛正在院中负手站着，仰头望月。

权翼说了声："刚刚，朱彤那儿已传回消息，说明日该他讲的，他已知道了。"

王猛点点头。

"权兄，还不回吗？"

权翼摇摇头。

"我陪你等着。"

"等什么？"

权翼冷笑了一声："嘿嘿，疏外戚以安宗室。为臣最忌牵扯宗祧、母子之事。你王景略今日明目张胆地离间两宫，我在这儿等着看一会儿有没有一道旨意下来，砍你的头。"

"权兄实在人，可是觉得王某今日所行不妥？"

权翼摇摇头。

"这天下，现在还有什么妥与不妥。阳平公明知王兄打算，最终仍上报大王，夜宴苻安，还是亲身去请来的。可见他心中，母子间构隙仍强过天下板荡。阳平公这点儿年纪，这等胸怀，也实是堪敬了。"

说着，他看了一眼王猛。

"王兄，权某心中一直有一事未明，不知当不当问。"

"权兄请说。"

"权某听闻，当日，桓温北上之日，曾专邀王兄一叙。以王兄才略，桓温定当对王兄极为青目。且晋国毕竟是汉人朝廷，王兄也身为汉人，前不肯入仕石赵，后又不肯效力晋室，一直留在长安待价而沽，却是为何？"

"因为苻姓手里才有我想要的资源。"

权翼愣了愣。

"氐人族小势弱，又有何资源得王兄青目？"

"暴力！"

王猛定定地答道。

"且是可约束的暴力。我不是士族出身，入晋定视我为奚狗。此前匈奴、石羯虽说凶悍，但他们的粗暴多不可控。权兄也算受儒家教化的人，可有想过，自夫子起，栖栖一代，不暇惶恐，奔走钻营，寻找的是什么？"

权翼愣了愣："是什么？"

"一种有组织，可合作的暴力。这世上资源多矣，田产、财赋、制度、营造，那都是产出性的资源。它们拼合欲望，立足生存，但总有另一种资源在，那就是暴力。我入晋的话，无论是依桓温帐下，还是入谢家门下，可做的事并不多。汉人年头久了，就算残暴侵夺，打的幌子也太多了。人这一生也短，我没那么些时间跟他们去虚应故事。但这里就不同了。既不同于匈奴、石羯那全不可控的凶悍，又不同汉人那些屋上架屋的累赘文明。你别皱眉，这世上，所有的文治最终都要与暴力合作的。当它驯化了暴力，最终为自身的拖累自毁，就又要与新的暴力合作，以安天下。"

权翼看着王猛，只觉得王猛的瞳子都亮了起来。

他终于头一次认清：这个汉人，哪怕愤于如今天下虎狼遍布，但他是真的热爱着这一切可让他有机可乘的暴虐的。

第八章
早　朝

　　这套仿汉人体制，混合了职权、名位、褒奖与俸禄的进阶体系与奖掖系统看起来就要开始运作了。它可以极大地容纳进朝中诸臣的进取心，连同容纳进他们的贪婪与欲望。毕竟如今的氐人与当初在略阳时已大不相同。当年，凭借族中的风评议论就可以完成对一个人的社会评价，现如今，面对越来越庞大的氐人群体，这套旧规矩确显然不够用了。如何显名于族中，光耀及先世，若没有一套新的礼法，如何得成？

　　而现在，将在这私欲塞途的凡尘俗世里，给欲望与虚荣开出一条通衢大道，自认有机会走上这条大道的人，谁会不加以支持？

　　而所谓朝廷之存在，不就是该干这个的吗？

暑热未消。

一清早，苍池上就蒸腾起微茫的水汽。

近日，为图凉快，苻坚将早朝搬到了苍池旁边的凉殿里。

苻生还在位时，听董荣献计，每逢冬季都会从渭水里取冰窖藏，留备夏天使用。苻坚嫌这事儿奢侈靡费，即位以来，吩咐除太后外，宫中都不得使用冰块。

其时朝廷草创未久，参与早朝的人并不多，一共不过寥寥十余人而已。其中，又以尚书令仇腾的官阶为最高，其余如大宗正苻朗、太常卿朱彤、丞相长史席宝、给事黄门侍郎权翼、中书侍郎王猛、少府令强怀等等均在列。所谓大秦的官制依然参照晋制，不过官位空缺极多，很多官衔也不过是应个名儿，跟名下的具体权责并无清晰对应关系。

众人身上的朝服也都是混乱不堪。有穿氐人装束的，有还穿着石赵时期羯人装束的，还有穿羌人装束的，当然也有穿汉人装束的，从衣着上倒是看不出品秩来。

这是樊六死讯传出后的第一个早朝，来的人比平素更参差了些，有托病没来的，也有平日不来今日专来的，一如大秦率性混乱的朝政。

苻坚朝下面看了一眼，就知道这帮酋豪们今日各怀心肠：有替樊世家出头跟自己硬杠的；有那些想借着打压吕光就势把吕婆楼扳倒，顺带把权翼、强汪等一起扳倒，趁机上位的；有代大将军苻柳来探听风色的；还有太后的嫡系人马想当和事佬来弥合事端的；当然也不乏专等看笑话的……欲求可谓林林总总。

即位以来，今日之事倒是他面临的第一遭大事，他头一次感受到这种由上视下的感觉。以前，还没即位时，他脑子里想的多是自己想为这个天下做些什么，却很少想到别人到底图的是什么。哪怕苻坚此时端坐无言，但心中所受的教训却足够他反思良久了。

依新近的规矩，苻坚每日早朝时都会让太常卿朱彤先说一段史。

朱彤于苻生在位时曾在太常司钦天监就职，其后又一度挂冠而去，本朝革新后，又请他回来主理太常司做了太常卿。至于请朱彤讲史，这还是王猛献策新立的规矩。苻坚是今日才品出王猛献策立这规矩的含义。此前，他以为王猛此策主要是因朝中氐豪大多粗鲁不文，要借机教他们学会点儿道理。但今日看来，王猛献策"早朝讲史，一日一事"的规矩却是极为主动性的。当年，伯父苻健、堂兄苻生的朝廷，苻坚都亲历过。伯父苻健在时，朝会上诸多氐豪上来就七嘴八舌，不论大事小事，乱奏议一番，各自说的多半是跟自家相关的一点小事儿，然后朝会就会乱成一锅粥，甚至彼此间争吵、谩骂都间或有之。堂兄苻生的朝廷一开始也是这样，其后，苻生就开始暴虐专行，从此，那早朝也就应个虚名，再无人敢说一个字。

而自王猛献策后，每日早朝只议一件事。且起头由朱彤开讲，主动性极强。今日樊六这事儿出了，若照以往规矩，那群朝臣人多嘴杂，各怀目的，只要由得他们奏议，那就会把整个朝廷都拖到无底的深渊里去。

苻坚知道，为了今日之早朝，王猛跟权翼忙活了大半夜。他也问过王猛，樊六之事今日该怎么断？王猛只回奏了两个字：

"不提。"

苻坚向下望去，见纷乱群臣中，王猛远远地靠右首后方站着，权翼则靠左首后方站着，宛如殿前双阙，一时不由得安心了许多。

苻坚又望向朱彤。

——平日早朝，很多人托辞不来，有一半的原因就是怕听朱彤说史。他每说一回，苻坚还要与群臣讨论。那些氐中氐豪哪分得清那些什么盐铁食货、典故文献、人名地理之类的旧志名物，听了都觉得头疼，更何况讨论？苻坚却常听得津津有味，甚至一直坚持尊称朱彤为"夫子"，旁人也只有硬着头皮跟着听。

这段讲史往往都是苻坚临时命题。他新近登基，头一日有什么事情想不通了，第二日早朝就先请朱彤讲一段与此相关的故史旧例。亏得朱彤是个博雅儒士，倒是从来没被为难住，由此越得苻坚敬重。

今日，见众臣已齐，苻坚在案后率先感叹了句："好热！"

抬手拭了拭额角的汗，接着就感叹道："我生也晚，没曾赶上什么太平年月，满眼所见，倒多是哀号流离。夫子，从元康元年天下动乱以来，算到今日，有多少年了？"

朱彤恭敬回道："共有六十五年了。"

苻坚忍不住一声长叹。

"六十五年间，天下苍生，罹难横死者不知凡几。我当日也曾亲临战阵，那凶险恶况也算曾经过。昨日梦中醒来，突然起了一个好奇，这六十五年来，死得最惨的却不知是哪位，夫子可曾有所见闻？"

这话题倒是引起了众臣的兴致。

在座之人，只怕无人没见过生死惨状。提起这话题，人人心中怕都有跃然而出的几个故事。却听朱彤答道："回大王，臣之见闻也少。但依臣所见，八王之乱以来，凡晋、刘赵、石赵、冉魏……数朝之间，死相最惨的怕是无过于石宣。"

众臣一听，有人立时点头，有人不由得摇头嗟叹。

却听苻坚说道："正所谓我生也晚，他死那年，我还不过是一懵懂小儿。还劳烦夫子详细说说。"

"回大王，石宣本是石虎之子，一度还被封为皇太子。为保太子之位，石宣不惜兄弟相残，杀了石韬。如诸位所知，石虎本就生性残暴，他残暴起来，哪怕对亲生儿子也未尝稍加怜惜。得知石宣杀弟后，石虎将石宣囚于仓室，命狱吏以铁环穿过石宣下巴、舌头，以为囚具。还令石宣舔食射杀石韬时箭矢上沾染的血迹。一连几晚，石宣哭号之声响彻宫室。其后，石虎令人于邺城北面架起柴草，高达数丈，上设横杆，横杆上置辘轳，让石宣宠爱过的郝稚、刘霸揪着石宣的头发，拽着他穿着铁环的舌头，就这么把他拉到那架在横杆下的梯子上，然后，用辘轳把他整个人绞起来；其后，由刘霸负责断石宣手脚，挖其双眼，穿其肚肠，却不令其即死，只管悬挂于高处，纵其哀号。足足有半日之后，才点燃柴堆，石虎自带昭仪宫以下数千人在中台观看。那火起得猛，映照得整个北边在薄暮中亮如白昼。火灭后，石虎命取石宣尸灰，分洒在邺城各城门的道路口上，让万人踩踏……"

在座老人多知晓这段往事，但听朱肜详细提起，还是忍不住个个容色惨淡。

却听苻坚抚膺长叹道："石虎这凶暴之处，较我堂兄苻生，只怕更酷烈多矣！"

在座群臣大多年长，既经历过石虎，也经历过苻生，想起当时每天提心吊胆的日子，也不由相顾惨然。

只听苻坚问道："夫子，我有一惑存之已久。为何石虎、苻生竟会如此暴虐，天地生人，真会把人生得酷烈至此？"

朱肜满脸端谨，恭声禀道："回大王。依臣看来，无论石虎，还是前越厉王，如此残暴，半出天性，其余一半却是被群臣逼的。"

苻坚貌似一愣："怎么说？残虐他人者，竟是被被残虐者逼的？"

朱肜回道："大王，八王之乱以来，汉人自相残杀，其间，匈奴、羯、氏、鲜卑、羌，豪杰迭起。如刘渊、石勒、慕容皝之辈，皆可许为当世豪杰。但其族本耐苦寒，聚居于荒僻，族中多不识文治。窃得天下，莫不倚仗的是同族中桀骜残暴之士。可天下可以以武得之，但未尝闻可以以武守之。以武得之，其麾下诸酋豪、小帅，各种搏命之徒，其凶悍桀骜，不服辖制处，即可预知矣！石虎既不晓文治，唯有以凶暴御下，不如此压服不住麾下酋豪。即如石勒，曾几何时，几乎一统长江以北。但一旦身故，继位者即被石虎所杀。所以臣才说，石虎之暴，也有一小半是为麾下群臣逼的。为臣者不知餍足，不知自省，也不是单一句主上凶暴就可以解释的。君臣相忌，冤冤相报，最终招得冉闵乱起，邺城之内，一夜之间，各族相互劫杀，伏尸二十万。三十年功业毁于一旦。后世若不知前世，恐又重蹈前世之覆辙矣！"

朱彤回罢，苻坚一时抚膺低叹，久久都没出声。

今日这一段讲史，当真讲得在场之人各有触动。事情本就过去没多久，不过是七八年前的事儿。而整个大秦，就是趁着冉闵之乱，逃回长安，割据三秦的。

在场之人几乎人人记得那场冉闵之乱。如今，大秦不过才建国六七年，但在场之人，借此之机，几乎都已谋夺来了广厦豪宅，积聚起了巨大的资财。越是富贵安稳，思及冉闵之乱，也就越感到切肤之痛般的恐惧。

只听苻坚叹道："所谓前事不忘，后事之师。今日听夫子讲来，成，可以因骁勇不羁，败，也可以因骁勇不羁。我如今除暴登基，想的是与朝臣共效文治，以礼仪治天下，就不知诸位是否与孤同心了。"

一时间，人人默然。

所有人都明白苻坚此时说这话的含义。若没有朱彤讲的石宣之事衬着，只怕众朝臣还会将之视为大而无当的空道理。可是，石宣之死过去真没多久，那情景在朝之人简直历历在目。一时，只听大宗正苻朗在底下嗟叹了一声：

"朱夫子讲得确无虚言。当时，咱们氏族虽多在枋头，我那儿子，可是作为质子一直待在邺城的。他亲自派人传来的话，比朱夫子描述得还要血腥。可惜，我那娃儿，冉闵之乱一起，哪有时间逃离邺城，活活就被人砍成了两截。"

当年，苻家率领氏族为石赵驻守枋头，但族中子弟，也多有在邺城任职，兼为人质的。冉闵之乱起后，驻守邺城的氏人子弟，逃出来的十无二三。在座大臣也多有子侄丧于此乱，闻言不由得人人嗟叹。

只听席宝先应道："历历在目啊……大王既兴此心，我等敢不倾心随顺之。"

旁边樊世的内兄杨谟一直找不到机会说话，他本受樊世之意，今日早朝，要提起樊六、吕光之事，这时见身边这情形，似是一时也不便说了。

只见苻坚连连点点头："看来，景略前日劝我当以礼治天下，劝我说，为苻生所废的祭天之典该要趁早谋划，确实也是治国良策。"

说着，他的目光从群臣脸上缓缓扫过："今日早朝，就专议祭天之事。太常本掌祭礼，宗正执掌宗亲，祭天大典，当然责无旁贷！"

说着，转头望向仇腾："仇卿，现今丞相缺位，你尚书令即为百官之首，祭礼之事，各种品秩排序，你也要一并参与。咱们要再不图振作，所谓大秦，怕还熬不到石赵的三十年而亡，只怕就亡在明日了。杨谟，这可是当下的头等大事，你身为谒者仆射，若有阻挠此事，不知轻重者，可以直来我面前参之！咱们一日只议一事，众卿，你们下去把这事儿抓紧吧。"

说罢，他立起身，就朝屏风后面退去。

＊　　　　＊　　　　＊

那日早朝散后，朝臣们竟多少有些喜气洋洋的气象。

这还是这个崭新朝廷君臣之间，第一次如此直白地提及废帝苻生，彼此对此还多少达成了一些谅解——且这谅解还是建立在君臣双方都对苻生给予了一点体谅的基础上。

各位朝臣觉得，若天王对苻生都多少能体谅的话，此后天王与朝臣之间，总不至于相互间毫无体谅了。

而且朝廷为郊祀之礼，拟定了加武都王苻安为大司马、加姜雍为太傅这两桩事。既已开了头儿，说明接下来为了郊祀之礼，所谓三公三司、六部九卿的名位也都会一一放出来，不会再任其虚位。名额不够的话，"特进""开府仪同三司"之类的加官也会放出来。

这套仿汉人体制，混合了职权、名位、褒奖与俸禄的进阶体系与奖掖系统看起来就要开始运作了。它可以极大地容纳进朝中诸臣的进取心，连同容纳进他们的贪婪与欲望。毕竟如今的氐人与当初在略阳时已大不相同。当年，凭借族中的风评议论就可以完成对一个人的社会评价，现如今，面对越来越庞大的氐人群体，这套旧规矩确显然不够用了。如何显名于族中，光耀及先世，若没有一套新的礼法，如何得成？

而现在，将在这私欲塞途的凡尘俗世里，给欲望与虚荣开出一条通衢大道，自认有机会走上这条大道的人，谁会不加以支持？

而所谓朝廷之存在，不就是该干这个的吗？

毕竟是一个草创的朝廷，散朝后大臣们都各自骑马上路，与晋室的牛车雍容之习大不相同。

仇腾骑马回衙的路上，心情一时竟难得的大好。

他知道，苻法死后，丞相一职应该会就此虚置了。自己倒不用汲汲经营于此，但加个"开府仪同三司"他还是有自信的。到时，他麾下六部，其实可以夺些九卿的权责，而让九卿陷于虚职。

他这么想着，心情不由更加愉悦。

他心里盘算着六部人选，目前还有哪些职位空缺，有哪些职缺上的人自己一直看着不顺眼——预先在自己目光所及的世界内，几乎把所有人的命运都杀伐决断了一番。这种快活，如非当事人，只怕也很难揣测其间之乐。

回到衙属门口时，仇腾一时觉得，趁重修祭坛之时，这衙属是不是也该一同翻修下。毕竟"开府仪同三司"，同得同出个样儿来。此事或可托席宝向上讽谕，趁此还可侵入将作监的职权。

这么想着，他笑容满面。等下马凳都没觉得时间长了不耐烦。

可他才下马，却听赶上来给自己牵缰的奴儿仇弥小声冲自己禀告道："大人，适才大人上朝时，小的在外面听到些风传的议论，不知当不当讲。"

仇腾回过头，懒得答话，只斜眼盯着马僮。

仇弥就顺势说了下去："他们都说，冯翊一带的百枣坞出事了！五十余户人家，只一晚上，被人劫掠残杀殆尽。坞里存的东西，全被劫夺。目前消息还没散开，真要散开，不知城里城外，会怎么人心惶惶呢。"

仇腾的快乐就像被人生生打断了。

——樊六！

这是他脑子里最初反应的两个字。

今儿早朝，自己竟把樊六这码事儿全都给忘掉了。

他怔了怔，只觉得心头一时不胜其烦。刚才还好好的"开府仪同三司"，重建府衙，重做朝衣，重订头冠的计划，都被这两句流言给搅和散了。

他忍不住对仇弥发作道："都他妈的净给我找事儿。听说，你从哪儿听来的消息？不会是仇余那班子人弄的吧？你去给我找到仇余他们几个，叫他们几个混蛋最近给我安生点儿，别学着别人到处去生事儿！再问问他有什么消息，有消息赶快来报我！愣着干什么？去啊！"

仇弥得令才走了两步，却听尚书令大人喝了句："站住！"

仇弥连忙停步回头。

只见仇腾阴沉个脸，问道："你从哪儿听来的？"

仇弥答道："我就是听见值守的期门军在那儿议论。"

仇腾黑着脸，"知道了，出去别瞎吵吵，就是你们这些贱嘴搅得整个长安城人心慌乱，不把这长安城搅和塌了你们不肯安生！"

期门军那儿最早得知这消息的其实是期门军的值房。

期门军建制共有三千余人，其值房在北宫与武库之间。这位置差不多是长安城的正中心，东西两向可以兼顾未央宫和长乐宫，职房内每日都有护军轮值。

当时，值房内值守的军官正不时听到早朝那边儿传回的消息。

整个宫中侍卫都由他们管辖，所以但凡朝廷之事，他们这儿的消息最快。因为昨日发生的樊六被杀一事，这个早朝尤其为众人所关注。昨晚，他们大多人就已在枕戈待命，今天，当然更格外关心樊六之事的后续，估计那是要拿到早朝之上讨论的。

其间，一个护军还悄悄去凉殿那儿走了一圈儿，回来跟同袍们笑道："散了吧，天王那儿什么都压下来了。你们还担心什么吕光，惦记个什么樊六？人家现在都快退朝了，一众大臣，却在朝廷上提都没提樊六两个字儿。知道今儿早朝朱夫子又讲了什么史吗？"

旁边人疑惑："朱夫子？又与他有什么相干？"

"没错，就是朱夫子。人家早朝上讲史不是惯例嘛。今儿，大王问近数十年战乱以来，谁死的最惨？朱夫子就洋洋洒洒讲了一大篇当日石宣死时的惨状。据当值的龚三讲，满朝大臣听得汗都下来了。那朱夫子分明是在跟他们讲，朝廷若乱，最终谁也别想跑，都准备着回去过冉闵之乱时的日子吧！你说这才安生了几年，大家就这么闹腾，想来大王也烦。但大王也没光吓唬他们，吓唬完了还给了甜头。朝廷今天议的是郊祀之礼，这啥意思，说起来，那不是大家都有机会加官晋爵。至于樊六？他是谁？没听过吧？反正诸大臣现在正在就郊祀之礼各抒己见，没像有谁真认识樊六的。"

就在这时，百枣坞的消息传了过来。

带消息的人说，消息是从羽林卫那边传出来的。羽林卫昨夜本有人在冯翊。百枣坞刚好就在冯翊，是当地汉人大户辛家的产业。因为坞里有百株古枣树，产的枣又大又甜，闻名长安，所以叫作百枣坞。战乱以来，辛家纠结本家、佃户共有五十余户筑坞自保，一直以来产业颇丰。可说是昨晚，坞外枣林突然起火。他们本以为是近来天干物燥，不小心烧着的，连忙去救，见整个枣林都熊熊燃烧起来。辛家人心疼这古树，全力营救，可这时，四周突然暗箭如雨，救火的人一个个倒在大火中，烧得体无完肤，坞堡就此被破，三十年积藏被劫掠一空。

众人听了面面相觑。

有人喃喃道："我就说樊六的事儿，朝廷没那么容易好脱手。"

接着有人就冷笑着："那可不是。加官晋爵，加的都是那些本就有官有爵的。我就想知道，粮在哪儿？钱在哪儿？你光顾着饱的？事儿可是那些饿着的给捅出来的。哪有那么容易说了就了？"

旁边人一时叹道："可不是。兄弟们，咱们现在期门军，算是宫廷近卫，每月粮饷虽偶有脱期，但真的还是按数发的。你们以为北军南营能跟咱们这儿一样按例按数的来？就别说那些戍守各地的边军了，军饷哪那么容易得！我听说，邓羌手下，每人每日给粟四升，那都算是好的了。各路酋豪大臣，手下之兵，平时哪舍得发饷，一向不靠他们自己解决，更有谁替他们解决？所以，樊六之死，怕是四境之内，不少人会感同身受。果然朝廷放任不管，还要禁止劫掠，总有人会闹腾出些事儿来的。"

旁边就有人冷笑道："你想得太简单吧？依我说，早不抢晚不抢，单赶在这节骨眼儿上抢，那是有人故意背后操弄，在给大王添堵。你刚才怎么说？消息是羽林卫传出来的？"

报信儿的人连忙点头。

座中人互视一眼，有人脸上一时就挂了个含义不明的微笑。

其实相距没多远，期门军的值房斜对面，靠近长乐宫的方向，那儿还有个衙属。

院儿不大，里面只几间低矮的屋子，常年掩于一排茂密的老榆树下，看着不太起眼。这就是羽林卫的值房了。

杨靖此时就坐在羽林卫职房内。

今儿，他没四处闲晃，专门过来当职。

他现在，本领着胡骑校尉的军职。这职位不低，也是汉时所谓的"二千石"了。本属八校尉之一，名下专掌池阳胡骑。

长安城的守备力量从汉代以来就非常复杂，是层层叠加着建构的：

既建北军，又建南军，其后再建期门军，又建羽林卫，更设中垒、屯骑、步兵、越骑、长水、胡骑、射声、虎贲等八校尉，与南北两军、期门羽林权职交错。

如今的大秦也全仿汉、晋之制。一般氏人青年虽然当职，不过虚应故事，往往全摸不清这到底是怎么回事儿，为什么叠床架屋地搞这么多编制。

杨靖曾与他们解释说："你要知道，整个长安，皇上永远是最担心自己性命的那一个人。建了南军，那南军反了怎么办，就得再建个北军。然后依旧不放心，所以，期门军啊，羽林卫啊，八校尉啊，什么什么的都出来了。"

如今，他就是以胡骑校尉之职，兼参与羽林卫之职事。

这羽林卫，汉代初建时号称羽林孤儿，是国家以死难军士的遗孤组建而成的。苻生在位时，听到这么段典故，不知怎么就有感于心，也就收孤儿仿建了个羽林卫，且以羽林卫为他的消息耳目。常将羽林子弟外放四处狩猎，名为供奉宫中野味，实兼打探消息之职。

杨靖少年丧父，一度也曾供职过羽林卫，后来才封的胡骑校尉。

他这也算是承蒙父荫——他父亲是在梁犊之战中死去的，且还是获胜的那场战役。那时他还只八九岁，眼见着好多人背着战利品得胜回营了，父亲却没有回来。他跑去战场，看着父亲的肠子拖在雪地里，被野狗叼了，还有几条狗正在啃他的肚子。他哭得腿都软了，拣起石头去扔，那野狗叼着肠子一路跑，那肠子拖得老远老远，他追也追不上……他摸回营找人来拖父亲遗体，就见从苻洪开始，满营的将士都在庆功，没有人搭理他……他记得篝火下那些氏人泛油的脸与脸上张狂的大笑，没人理会他的哭，只拿他的哭取乐……那以后他就养成了看不得别人顺心顺意高兴的毛病。

他记得，最后是樊世收的他父亲的尸。

杨靖摆摆头，一时不再去想这些往事。

但他明白樊世如今为何会这么失意。

当年在老帅帐下，石赵朝廷几乎从来没有给这些氐人部族拨发过军饷。所有军饷，都是要靠氐人们自己筹措。氐人忙于征战，无暇屯垦，所以筹措之方无非是去劫掠各个大大小小的汉民坞堡与其他流民。其中，樊世一族劫掠所得，怕足抵得整个氐人筹措来的所有粮草中三成之多。樊世时常自夸，当初在枋头，是他一个人养活了大半氐人。这话倒也并非全是吹嘘。

所以那时，老帅才会对樊世倚重有加。

只是，老帅死了，他们回到长安了。

氐人自入长安以后，各部酋豪，或联合本地汉人大姓，或自己置产，蝇营狗苟，却也蕃息日多，有一半家族基本不靠劫掠了。樊世虽仗着旧日功劳，在先帝手下得封"特进"，却一向没有什么实职。心里的牢骚也就未免越积越多，自视为失意之人。眼见当日被他养活、受过他惠的人，如今却明里暗里瞧不起自己，他就更是不免愤愤不平。

杨靖今日难得值守值房，就是因为，符生虽死，但羽林卫遍布各地的眼线传递消息之能却并未消失。各地消息依旧会最先传到羽林卫这里。

他几乎一清早就在值房等候。

果不其然，宫里早朝才开始，他这边就得到了百枣坞那儿的消息。听到消息，他唇角挂起个冷笑。接下来，早朝那边儿也有消息传到他耳中。他虽身不在凉殿，却能想象得出那些身着乱七八糟——无论氐人、羯胡、小羌、汉人服饰的大臣，陡然间扮起的那份冠盖轩冕的架势。

不知怎么，这份做作在想象里就已激怒了他。

听到百枣坞的消息传来，他不由得笑了笑，似乎看到那五十余户汉人的死与那片宽广的血泊，正汩汩而流，从冯翊一直流向长安来，一直流到那些冠冕诸公的脚下，似看得见他们恼羞成怒地跳起脚，生怕沾上血水的样子。

这份想象就足以让他感觉开心了。

但他相信，这还仅是第一个消息。

他决定，这个消息还不能上报。不妨借来串门讨浆水的期门军把这消息先放出去。等下一条消息到时，他再把这几条消息一起上报光禄勋。

而现今坐着光禄勋位置的，是姜家的姜生。

——那个唯唯诺诺，喜欢装老好人的奸贼。

每次看到姜生，杨靖就忍不住想拿马鞭子抽他。

当然他抽不着。光禄勋位列九卿之一，品秩极高。以杨靖现在的职衔只能将人家敬着。可一想到，接下来那些噩耗自己会一递一递地传给姜生，他到时就不得不一一去回报给天王，那时苻坚的脸色，与姜生那瑟瑟发抖的姿态，就比用鞭子抽姜生还让他感觉痛快。

现在就打算借着什么郊祀之礼，整合百官，钟鼓鼎簋、金杯银箸地去燕会了？

——他们只怕浑忘了那冬日的雪地，没打扫的战场，饿狗拖着的肠子，与那永远不该终结的杀戮！

生者的欢歌起码该尽礼于死者的葬礼之后！

那一递一递的消息传过来时，苻坚的脸色果然越来暗。

——左冯翊治内，百枣坞，五十余口辛姓汉民横遭屠戮，所有资财粮草被劫掠一空，坞中火光冲于天；

　　——咸阳原，五陵地带，一夜有十余口汉墓被掘，陪葬之物尽空，朽骨暴于天日；

　　——蒲关道上，东渭桥头，驿馆遭劫，商旅死者十余人，伤者过二十，所携绢帛，遭劫百二十三匹……

这都是羽林卫经光禄勋转呈上来的报告。

整整一天，隔上个把时辰就有一起新的劫掠消息传来，还都发生在三辅之内，左冯翊、右扶风，连同京兆尹治内，无一幸免。

今日早朝罢，苻坚本来还很高兴。从昨夜开始，他依从景略之计：限外戚以固宗室，振名器以驭群臣，先见了叔祖苻安，后又于早朝准郊祀之议，本以为于冠盖轩冕间，已化解了樊世可用力处。再没想到，接下来就收到这么多凶报。

他愤怒地望向光禄勋，阴森森道：

"若苻生在位，你们可敢如此？"

光禄勋已吓得两股战栗。

他颤抖着嘴唇回了什么苻坚也没听清。

此时，苻坚只觉得一瞬间，仿佛又回到了枋头，老帅纵麾下酋豪们劫掠坞堡的日子。自从他氏族回迁长安后，立了自己的国，族内诸人都起了点经营建设之心，劫掠的话题，起码明面上还肯提起的人是越来越少了。当年在略阳时，众人倾慕的"衣冠上国"之心慢慢回来了些。朝臣们渐渐也开始学着应酬揖让，而不再那么粗鲁不文了。可今日之事，却似一记重重的耳光重又抽打在苻坚脸上，似听到有个上界苍神在那里冲他大笑：氏族小儿，还想行那郊祀之礼，你穿上衣冠，以为我就不知你们是些什么东西了吗？且让我掀开袍角给你看看！

苻坚一时气得浑身颤抖。

他心里知道，从老帅手里开始，这五十余年来，他们氐人到底养了多大个兽在心底。自己真是偷安渐久，那兽偶一露爪牙，竟让自己承受不了了。

他挥挥手让光禄勋退下。

光禄勋退下时，侍卫杨青走了进来。

只见他手里捧着一叠衣物。

苻坚看见，并不想出声搭理。

有一会儿，杨青见他脸色渐缓，才回禀道："大王，昨日夜宴时，您吩咐宫中洛女史，问她可知道汉、晋之朝，各阶冠冕朝服的式样，如库里搜得着，叫她找出些来与您过目。这些，就是洛女史寻出来奉进的。"

苻坚的目光一时盯到了那些衣服上。

杨青解意，走近榻前，将那数件衣服一件件展开，在自己身上比着给苻坚看。

苻坚看着那些衣服上的纹理绣样，只觉脑中一片混乱，摆了摆手：

"我没耐心，你拿去给阳平公看，这些事他懂得比我多。景略可还在朝房？宣他进来，我有事要跟他说。"

杨青去后，苻坚一时来回在殿中踱步。一时想起，这大半日下来，四方均有劫掠之讯，却独蓝田地界，鸦没雀静。

他心中不由冷笑了声，樊世果然老道，这下哪里都乱，唯独他那地界平靖，自己倒是抓不着他的错了。

可苻坚不信今日之事与樊世无关。一时恨不得下令叫苻融立即率军把樊家所有人等一齐给他逮过来。那时，自己当手执马鞭，将那樊世批颓怒骂，数其罪责。

可想象中，樊世那长着粗硬下颚的脸上，呈现出那种又鲁钝又狠恶的笑，仿佛听到那嘴里在说："坚头，今儿你称王了，是不是忘了当日我姓樊的是怎么劫掠坞堡，把你们这群贵少养大的了？"

哪怕想象中对方如此驳诘，苻坚都觉得心头怒不可遏！

而怒不可遏的原因还在于，他竟无法反驳。

他一时又想起一日朱彤与他讲史，讲到永嘉南渡之初，晋明帝与王导共坐，当时晋明帝就问王导，晋室如何取得的天下。王导于是细陈明帝祖上先公司马懿的创业之始，种种阴毒诡计，触目惊心，直到弑杀高贵乡公之事。晋明帝当时羞得以面覆床，呻吟了句："若如公言，晋祚复安得长远？"

没错——祚安得长？

今日，当他思及祖父当日所行之事，心里同样只余这一问：枉自己想清平天下，可国如此得，祚安得长？

——若祖辈所为不过如此，这福分天运又安得久长？

苻坚一时心绪纷乱。

即位之前，他心中本有定见，只觉得天下奸恶，除之即可永昌。可即位以来，所历诸事却让他发现，如果这奸恶本身就根植于你的血脉、你的资源、你的依赖，你又如何能挥刀断尽？

这是他二十年的生命中，历经"我与人周旋"后，头一次面对"我与我周旋"的困难。

王猛进来时，苻坚还在眉头紧锁地踱着步，一时都没注意到他来。

转过身时，发现王猛已来，他忍不住责备道："怎么这么久才来？"

王猛见他神色，已大致猜测到他心中所想，慢慢回道："杨青来宣臣时，臣见他手里所捧衣冠，问知来历后看了会儿，这才赶过来。"

见他依旧这么不紧不慢的架势，因为有昨日的凉殿对策在前，苻坚一时也未发怒，继续听王猛慢慢说来。

"听说，洛女史本是大匠洛班之女。臣见其奉进的衣裳，果然胸有识度，不同凡女。"

苻坚一时想起，自己当时问洛娥衣服冠冕之事，也是为昨晚招待苻安时，惊觉洛娥铺陈的那席夜宴，感于其才气风致才有此问。

他问道："你却从何处看出来？"

王猛回道："臣见那些衣衫应非府库之所封存，想来是近年洛女史私下自己一针一线缝出来的。"

苻坚不由愣了愣。

洛娥一个宫中女官，本是孤身，没事儿缝一个男人衣衫做什么？还做了那么多件？

然后，他才想起当日夺宫之前，如不是有宫女相告苻法，说苻生已有杀"阿法兄弟"之意，于是自己抢先下手，得即此位了。

那位宫女是谁法哥没有说，但他私心忖度过，定是洛娥了。

这时回想，那些衣衫，可不是恰合苻法的身材？

想到这儿，他一时又想起自己得即此位，还是出于苻法相让。其后，母亲苟氏却执意要杀阿法，自己与阿法殿中相别时，忍不住执着阿法之手痛哭。

这么想着，苻坚一时不由喃喃着："得国如此……祚安得长？祚安得长？"

王猛抬头看了看苻坚的脸色，又垂下头。

"陛下也曾听过明帝与王导间的这段故事？"

苻坚长叹一声。

"朱夫子跟我说过的。"

只听王猛淡淡回道："依臣所见，晋祚不久，立国三十年即宗室内衅，怕就在于，宗室之内哪怕仁恻如明帝，也只晓得悲叹追问：晋祚复安得长远？却不问：普天下黎民之祚，如何可得长远？如念及普天下黎民的福分，而不单念自己晋室一姓一家的福分，那这份福祚，纵非天赐，又如何不得长远？"

苻坚猛抬起头。

他望向王猛，只觉他一语中的，忍不住叫了两字："景略！"

只听王猛依旧不紧不慢地说道：

"洛女史深夜密缝之衣裳，实合天下衣冠之制。她一针一线下，怕不是期待的就是国祚可以长远，黎民可以安泰？大王，连宫中一女史都有此愿，大王若能合天下黎民之愿，又何事不可举？何业不可兴？"

苻坚终于停止踱步，返身坐回榻上。

"景略，你可是说，樊世所行，今日传来的诸般劫掠烧杀之事，都非百姓所愿？"

他一时期待地问。

可他问得也有些心虚。因为他知道，这数十年兵荒战乱下来，氐人兵民心头养大的那头野兽已深入他们的根骨之中。他也知道，他自己内心也蜷伏着同样的野兽。他不信，普天下之民，又何人心头没有那头随时欲咆哮而出，狂暴难扼的野兽？

王猛正容答道："天下百姓，论千百万计。其中自然有力强者与力弱者，有性耐刀槊之人，就有性耐劳苦之辈。天子之权，当夺于强者，而施于弱者。天子之力，是聚天下弱者之力，其性虽柔，却沛然无可御！"

苻坚一时也不由为之动容。

却见杨青快步走了进来，脸上神色紧张，似有要务待禀。

苻坚回头问道：

"又有何事？"

杨青恭声禀道："光禄勋那儿又传来消息，说越骑校尉苟遇文，今日正午，于三原劫夺刘卫辰别部牛马千余头，杀匈奴刘卫辰部下数十人，满载而归。"

苻坚立时脸色大变。

这次，都有名有姓了！

而且，这苟遇文还是自己母亲苟太后的侄孙。

论起亲疏，他还算自己的甥儿！

他知道这个苟遇文头脑一向不太清楚——樊世实在也太过混蛋，这是把自己往最尴尬最棘手处逼呢！

可他接着发现，回完这条后，杨青脸上全无放松之意，反期期艾艾的，似还有什么话待说不说。

苻坚鼻子里哼了一声。

"还有什么，一并说来吧！"

杨青一时头上冒汗，脸上不改踌躇，咬着牙说下去。

"还有一事，是奴婢听到长安城中风传，不知确实与否，更不知当不当回？"

苻坚怒道："还有什么事不敢让我知道？难道是博休也去劫杀无辜了！只要不是这个，你赶快说来！"

"外面风闻，昨夜南军樊用劫了北军的军粮，共有二千五百石，是少府监苟葵趁夜暗中输运，送往北大营李将军处的。奴婢还听说，南军劫夺得这批粮草后，落实了朝廷暗中厚待北军之事，现在军中恐怕已经群情激愤。只怕旦夕间就会有事，所以哪怕仅是风传，还是赶快来回禀天王。"

苻坚听到一半，已忍不住大叫一声："气杀我也！"

他双手一撑榻，想要站起来，腿脚却又不听使唤，站不起来。

他早知道李威与母后之间的关系，李威也一向为母后所依赖。这接连两事，却都与他自己的母亲有关。

可让他最忧虑的却是，南军如索饷造反，这事儿就真的大了。却不知昨夜劫粮，为何到现在还没闹出来？

只听王猛在旁边回禀道："大王，臣也听说了这条消息。军粮确是樊用劫的，少府没敢声张。可昨夜樊用押粮回营之际，武都王却已先赶到南军，正与大将军苻柳夜话，彼此交谈甚欢。臣听闻，樊用知道武都王先到后，自己筹思良久，最后竟自把劫来之粮交与仓中，并未面见苻柳大将军，也未在军中煽动索饷……依臣看来，姓樊的也未必人人都如樊世。"

苻坚终于轻轻吁了一口气。

忽然又有一个侍卫奔进来。

苻坚眼冒怒火，瞪向来人。

"又有什么事？"

那侍卫吓得立时站住，满脸仓皇，都口吃起来。

"吕……吕大人求见。"

苻坚恶狠狠地看着那侍卫。

"吕婆楼？怎么，樊世已把吕光杀了吗？"

那侍卫吓得连连摇头。

"不是，是吕大人遣人回禀，说昨日深夜，洪堡铺中，有前期门军中的匈奴刘恨儿，携属下二十余人，夜袭逆旅，杀胡商婆苏提等共四十余人，劫掠胡商所有细软……"

苻坚气得叫道："反了，全都给我反了！"

那侍卫又是害怕，又不得不往下回禀。

"吕大人说，他手下一旅恰巧经过，已全擒刘恨儿及手下共十四人，杀其九人，现已带到未央宫外，想问大王该如何处置。"

苻坚猛然回头，望向王猛。

两人眼中同时精光一闪。

——好个吕婆楼！

还以为他真的缩了头在那儿一动不敢动呢。

适才自己只顾忧心樊世背后操纵，却忘了他那个至交、略阳老氐吕婆楼的手段！

吕光被围小校场，吕婆楼岂肯引颈待戮？

苻坚至此终于算听到了个好消息，哼了一声，冷硬地说道：

"叫人看好！明日午时，把他们拉到东市口给我斩了！"

第九章
烙 印

不用那僧人细解，他也明白那所谓的五怖、七苦到底何指。他是一个汉人，当然知道千百年来，汉人活得有多刻苦，有多少乡党、宗室、家门种种期望带来的硬约束，也知道这一家一门、一乡一党、一宗一族彼此之间的竞争有多激烈残酷。人陷于其中，无法退出，哪怕只是一点退出的念头可能都会带来乡党间的指责，所以争杀才会来得这么残忍而激越。

"有进无退"，那上师此言说得不错。

——是不是这就是汉兴于此、汉也亡于此的原因？

只有等到亡了你才会更加怀念那场勤勉所致的兴盛，却忘了正是那勤勉进取或许在兴盛时就已种下了相互争竞过度带来的必亡的、衰落的种子？

公元 357 年的长安闭口于历史深处。

但其实，无时无刻，长安城都是充满着声音的。

最多的，是自旦及夜无时无刻不在的运输声。牛车辘辘，马蹄得得，各种货资从三秦大地向长安城辐辏而至。这里是各处田畴的尽头，是各地纺轮的终点。这里每天最少要消耗两万多斛粟豆，上千匹布帛，相应的，还要运送柴火、灯油、陶器等种种杂物。每当入夜，能听到的最幸福的声音就是舂谷的声音、捣练的声音，但最愁苦的也正是这舂谷的声音、捣练的声音。

而节律着，保卫着与掠夺着这些的，则是谯楼的钟声、军营的画角，其间偶尔还有宫中的云板之声响起，虽脆弱，却引得万民耸耳。与之遥遥映衬的，则是宫外那些低沉得发闷的打夯者的夯声。

这儿的声音种种不一，在诸多氐语、羌语、羯胡语、匈奴语，以及各种雅言、方言中间，时而还会有一些微弱的梵唱响起。

只要你肯倾听，就会听到：每一种焦渴都在空中竖起了自己的旗，每一种欲望都会在风中猎猎作响。

*　　　　*　　　　*

那梵唱微弱地响在北阙甲第。此时已是傍晚时分。梵唱过后，就有人开讲：

> 世尊成道已，作是思惟：离欲寂静，是最为胜。住大禅定，降诸魔道。于鹿野苑中，转四谛法轮，度憍陈如等五人而证道果。复有比丘所说诸疑，求佛进止。世尊教敕，一一开悟。合掌敬诺，而顺尊敕。

犍陀楼下，古槐高阔，香烟低迷。

鸠上师跌跏而坐，口里诵着一段《佛说四十二章经》，与其对坐的正是司隶校尉吕婆楼。

鸠上师高踞上席，左右座下还有十二个沙门僧席地而坐。

这十二个沙门僧，还是最近两天吕婆楼为还愿才答应鸠上师收入，并施舍供奉的。而此前，这十二人都还要辛苦化缘，栖身于城郊的破庙之内，每月仅两次可以面见鸠上师。

吕婆楼其实没怎么在听经。

他是凭耳目而立世，借耳目以自存的人。

远在几十年前，他就听到了略阳城中那轰隆隆的隐响。

那时他就知道，作为略阳城第一门户，他们以前所依赖的就快要崩塌了。四百年前，那些由他先祖吕文从沛郡迁移来略阳时，携带而至的汉人书卷，这一次再也压服不住这巨大的崩塌声了。

这崩塌声其实在他童年时就响起来了。他记得那时自己还在略阳，只有五岁，曾趴在那个饱读诗书的叔祖吕良膝头，听他用洛下书生之音，缓声吟《诗》。也记得那年刘渊筑单于台罢，登坛即位，消息传到略阳时，叔祖带着自己爬到象山的东山顶上，举目东望，口里轻声说着：自彼氏羌。莫敢不来享。莫敢不来王。曰商是常……

以前，叔祖吟诵这些汉人的诗句，语气虽轻，但都有一种笃定沉实的口气。但那一天，所有的句子都像带着一连串巨大的疑问。吕婆楼不知怎么，就感觉到一点恐慌，因为他觉得叔祖也在恐慌。他顺着叔祖的目光向东望去，只觉得暮霭沉沉，起于东方。只听叔祖口里喃喃着："汉人完了。"

"汉人是什么？"

吕婆楼记得年幼的自己好奇地问。

他到现在依旧记得叔祖的话。

叔祖说：“汉人……是黄色的。”

吕婆楼后来在书上印证了叔祖的说法。没错，他们是黄色的，他们最早的主体在一片开阔的黄土原上生长；他们相信女娲用五色石补了天，用土捏了人；他们的先祖叫黄帝；他们最早在殷商时就学会了用青铜铸鼎，那些青铜材质的鼎刚铸出来时，金光灿然，那是一种更高级的黄……可再高级的黄终究也会被风雨侵蚀，为岁月剥落，到春秋战国，那些流传下来的灿然鼎色就已经转为青绿，要关中秦地振起一黑，才能刮掉那铜绿之毒；这时，他们开始使用铁器。秦是铁的黑色，这黑色的尖硬剥去了商、周以来铜绿的锈毒，让汉人重获了生机；但哪怕以黑铁之利，也是要锈蚀的，锈蚀后，它也终归会变成黄色，变成锄头上那无法掩饰的锈迹，于是有了汉……在吕婆楼的感受里，汉是正宗的黄色，两汉之际，汉家人口再度鼎盛，达到六千万之巨。那里有着论千里计的平原，那是略阳这样的山地里怎么也无法想象的阔荡，可这黄色中，中间有把眉毛涂红了的人的起义，有从绿林深山里突袭而出的起义；那藏于大野的匹夫之火与万顷莽绿都曾冲荡过这片广阔的黄色，但最终，收结两汉的还是农民头上黄巾的黄色……

汉人是黄的，他们手里的铁器是黑的，他们夸耀的、历史中的钟鼎上那灿然的金光早已剥落，他们的农人发起怒来，起于绿林，眉作赤色……他们在笃实与夸耀中再次把自己玩儿死了。

而吕家屹立略阳四百年不倒，靠的是他们从汉人手中拿到的“护羌校尉”这样的职衔，靠的是他们识汉字、读汉典。在吕婆楼长大后，越来越清晰地听到那汉家威权摇摇欲坠的声音，他迅速倾阖族之力，依附上了土生土长的、不读汉书的苻洪。

他吕婆楼就是凭见闻以立世，且凭见闻求存的。

这样，吕家随苻洪从略阳走到了刘赵匈奴的长安，又从长安走到了石赵羯胡的邺城。他们在邺城北面不过数十里的枋头驻军，在那儿，他听到了一种崭新的声音。

那就是佛图澄的梵唱。

邺城的梵唱声原本微弱，吕婆楼一向只信任那些有力量的声音，哪怕那些声音嘶哑粗暴，只要它是有力量的。

他本来不信这些，他知道佛教传入汉地已有三百余年，可这三百年间，并无多大作为，直到他认识了佛图澄。

他认识佛图澄时，佛图澄已是一个一百零一岁的老人。这位佛图澄本是西域龟兹人，九岁即在乌苌国出家，其后在西域持法七十余年，直到八十岁高龄，忽然兴动，要东来洛阳。那时，整个晋室已摇摇欲坠。四海之内烽烟遍起，这位西来之僧，于这乱世莅临，刚到洛阳就见晋室倾覆。可他居然活了下来，先后经过两赵，均被奉为上宾。他周游周边郡县布法，收弟子过万，建立了八百九十三所佛寺。更让人震惊的还是他的高龄。直至石赵破亡前，他圆寂之日，足足活了一百一十六岁，实可谓乱世人瑞。

那是吕婆楼第一次认识到这种力量。所以，还在枋头时，吕婆楼就供奉了鸠上师，待他也远不同于一般门客。他一直好奇的是：为什么这传入三百年的佛法，会在这乱世中骤然蓬勃起来？

而他知道的是：自己吕姓当年在略阳，借汉人儒业，固守略阳第一门户的地位长达四百年之久。后来他又随先帝迁入长安。可如今，朝中已有朱彤、王猛这类的汉人在，儒业本为他们所素习，自己在儒业上是争不过他们的；那么借助佛法的话，他吕家会不会在这个长安再续福缘四百年呢？

鸠上师宣讲得满口慈悲，吕婆楼心里却隐觉不耐，那些辽远的话被脑中近前的消息阻隔掉了，这一天他收到的每一个消息都是动乱：

　　——左冯翊治内，百枣坞，五十余口辛姓汉民惨遭屠戮，所有资财粮草劫掠一空，坞内火光冲于天；

　　——咸阳原，五陵地带，一夜有十余口汉墓被掘，陪葬之物已空，朽骨暴干天日；

　　——蒲关道上，东渭桥头，驿馆遭劫，商旅死者十余人，伤者过二十，所携绢帛，遭劫百二十三匹；

　　——三原道上，苟遇文劫掠匈奴刘卫辰别部牛马千余头；

　　——而厨城门外，南军劫夺北军军粮二千五百石……

他又想起，当年在邺城时，皇室石氏奉佛，他曾看见石宣急着要去出征，曾冲着佛堂里的石冲大喊道："好好做晚课，明儿还要起早去杀人呢！"

而鸠上师，正说到"血泥浣莲"之譬。

院门忽然一响。

吕婆楼扭过头，只见门一开，一个汉人走了进来。

他身后，一个小僮慌慌张张地跟着，既不敢拉那个汉人，也不敢放他进来，惊慌失措的模样有些可笑。

"吕大人。"

是王猛突然排闼而入，直闯进吕府的后院。

吕婆楼躲闪不及，冷笑地望着王猛："王大人，我不能直闯宫城，你却可以直闯我家，这就是现在的规矩？"

王猛淡淡道："我直闯吕家，是不想让樊世来闯吕家。"

吕婆楼勃然作色道："他敢！"

他为人平时神宁气定，一旦作色，却也自有其威势。

王猛没接他的话，只是继续道："前日大王未准吕大人进宫，也是为免他人借题发挥，以大人见识，又何须介意？"

吕婆楼哈哈笑道："我还有什么可介意？现在，世道颠反过来：樊六不过一凶徒，一旦死了，他家反倒成了苦主，却把我家光儿困在城西小校场。请问王大人，我倒该如何介意？就算樊六是光儿杀的，可谁又是背后那握刀之人？你们把我家光儿当刀使用得可真畅快啊！怎么？沾了血，嫌不吉庆，就这么弃了？"

"如此说来，吕大人觉得樊六是我杀的了？"

吕婆楼冷笑道："当日大王旨意一颁下来，抄送于我，我就已觉得不妥，曾邀你相见，要你规劝大王。毕竟大王刚刚登基，事可徐而不可急。你是怎么答我的？'该来的终归会来。'现在事情来了，我家光儿为了维护大王旨意，不惜开罪樊世，与樊六对战，你们就把所有事儿都扣在我们光儿身上了？"

他冷笑地看着王猛："看来上师说得不错，你胸中果然藏有十万甲兵！自大王登基以来，四野蝉叫，一天响晴，你可不是正等着头一个雷被哪个愚笨的引爆，然后好借机上位收拾烂摊子呢！"

王猛忽然呵呵笑了起来。

吕婆楼怒道："你可是当面嘲笑老夫？"

王猛淡淡道："亲如父子，所思所想原来也会如此不同。吕大人斥斤计较，这个祸绝不能让吕小将军背。可吕小将军却甘冒艰难，不吝血气，要努力扛着祸往前奔。吕大人爱子之名可谓传遍长安，难道就没觉得，小将军此举，正是勇于任事，也正是他日可担当大事之前兆？大王虽在宫中，但旨意既为他所发，他也必会为之负责。如今，大王削外戚以安宗室，炫名器以驭酋豪，可谓该做的都做了。吕小将军既行于前，大王又行于后，剩下的，正该是王某与大人用力处。大王现已将樊六一案发至京兆尹审理，吕大人难道这时就只想着给我王某难堪吗？"

吕婆楼吸了一口气，今日早朝之事他已听说。但前日入宫遭拒的脾气还是要发的。只听他问："苻安、苻侯那里，果然已得安抚？"

"大王已亲自向他们承诺，宗室为我大秦立国之基。他诛暴登基，也是为不忍见先祖事业毁在苻生手里。那晚，他与武都王相谈甚欢。现在，武都王早已赶至南大营。车骑将军苻柳一向也敬重这位叔祖。有武都王在，南军就算有个什么想法，也不过就想想罢了。而今日早朝之事，吕大人虽托病未来，想必也听说了。尚书令仇腾，丞相长史席宝诸人正在协同朱彤、权翼拟定郊祀之礼，据传回来的消息，他两个可正在兴头呢。至于宫中，太后处自有大王交待。吕大人只惦记进宫见驾被阻，但这两天一夜，大王可也没有闲着。他新登九五，凡事不能轻下旨意。但如今，无论朝中、军中、宗室、酋豪，他也算一处处安抚妥当了。就剩下一个樊世，和这四野劫掠，那不正是王某与吕大人的职责之所在？难道这也要丢给大王去殚精竭虑吗？我知道吕大人已行在前面，为大王分忧。吕大人令麾下人马，生擒劫掠胡商婆苏提之人，可谓已为朝廷操心于前，我王某再鲁钝，也不敢落后。"

吕婆楼一边听一边轻轻嗟叹。

他要逼的本就是王猛的这段话。只听他问：

"王大人可知这四野劫掠的消息到底是从哪儿传来，又向哪儿汇集，最后又传遍长安的？"

"正要求吕大人指教。"

"羽林卫。"

吕婆楼轻轻吐出了三个字。

他抬眼朝古木苍槐处望去。他记得，当年略阳起事前，其实略阳本不在动荡中心，但四野突然多出了好多烧杀之事，正如今日之长安。他知道安定与动荡之隔，常常仅在一线之间，这一线，就是人心之偏移。稍偏即可衡，过之，天下动荡。

只听他轻轻叹了口气。

"唉，虽说有人背后操弄，但真如你所说，现如今，众生皆有杀意！我们就算捉得尽那些弄事的宵小，怕灭不尽众生心里杀意。"

王猛至此才于席上缓缓落座。

"所以大人才会供奉沙门，是想借此灭掉众生心中杀意吗？今日鸠上师在座，王猛心中正有不解之事，想要问问上师。"

说时，王猛已转头望向鸠上师。

"小子王猛，一介儒生，知道早于汉代即有释教传入，可惜拘于见识，于沙门之道颇多疑惑，敢问上师，释教与儒、法之道有何不同？"

鸠上师没有抬眼。

他终于停止吟诵《佛说四十二章经》，低了会儿头，才开口道："有人必有聚居，有聚居必会分出驭人者与为人所驭者。以我东来之见，无论儒、法，都是驭人之术，是士君子调和天下之法。士君子进可以借儒、法以驭天下，退可以凭老、庄之说以自处。所谓'行、藏、用、舍'，各有其度。但无论汉人的儒、法之道，还是老、庄之术，却均为士君子所占，是驭人者的学问。我想问问，你们拿什么留给那些被驭之人，这普天下之小民呢？"

王猛突然愣住了。

那鸩上师的回话，竟发于他从未想过之端。他素习儒业，兼修法家，于王霸之道琢磨久矣，虽知沙门之道，一向未免小视之。他早知道吕婆楼供奉沙门的事，也知道吕婆楼心中所图。但万万没料到，这僧人出语居然如此厉害，一句就发自己所未闻。

只听鸩上人慢慢道：

"我释门爱说苦，与人授道，首讲生涯之怖与众生之苦，有五怖七苦之说……生、老、病、死、怨憎会、爱别离、求不得，那都是人生之苦。这些苦，儒家不会说，法家不会说，连老庄之道，也仅是一带而过。遍布你们中土的儒家之道实在太锐意进取了，以种种勉力经营的规则对抗这些生人之苦，却没想到，人，是生而软弱的，不是所有人都像少数操持儒业的人那样甘于进取。你们所经营的社会，只有一条出路。是只有进取之道，没有退出之道的。你可知道无法退出的人所面临之绝境，所面对之悲苦，与所激起之杀意？王图大业，自有你们这些先达者争之，那普天之下，无端被卷入的弱女耆老，却该以何自慰？"

王猛一时整个人都僵住了。

这些年，他经行万里，对人生早已有自己的定见，但那僧人的话确实超出了他此前所有的认知。他似第一次理解，这万里烽烟中，为何会有那么多座伽蓝佛寺，在遍地血泥中一座座耸立而起。

不用那僧人细解，他也明白那所谓的五怖、七苦到底何指。他是一个汉人，当然知道千百年来，汉人活得有多刻苦，有多少乡党、宗室、家门种种期望带来的硬约束，也知道这一家一门、一乡一党、一宗一族彼此之间的竞争有多激烈残酷。人陷于其中，无法退出，哪怕只是一点退出的念头可能都会带来乡党间的指责，所以争杀才会来得这么残忍而激越。

"有进无退"，那上师此言说得不错。

——是不是这就是汉兴于此、汉也亡于此的原因？

只有等到亡了你才会更加怀念那场勤勉所致的兴盛，却忘了正是那勤勉进取或许在兴盛时就已种下了相互争竞过度带来的必亡的、衰落的种子？

这沙门、兰若，竟然不可小觑了。

自己似将吕婆楼也小觑了。

他说得不错，万姓忧怖，生涯太苦，所以众生均有杀意。

那，能不能助吕婆楼引入这西来释教，抚慰众生之苦，以助大王的王霸之业呢？

＊　　　　＊　　　　＊

京兆尹的府衙就设在北宫一带。

京兆尹这官儿从来都不好做，因为就在天子脚下，管着京畿地面，可谓豪强满目。官儿做得太强势不可，太模糊也不可，两头为难。

这两日，当各种行旅劫杀、盗墓夺堡、戕杀良民之类的消息一再传出，整个长安城的百姓都陷入慌乱异常了。有家人在外的更是到处打听消息，生怕祸乱即起，家里人不安全。

就在各处谣传最盛之际，一条确实的、从朝廷传出来的消息也开始在长安城里流传，那就是，京兆尹马上就要开审樊六一案了。

樊六就死在洛城门外，确也归京兆尹管辖。只是人们再没想到，朝廷将这么大的事儿，居然推到了品秩并不算高的京兆尹这里。

哪怕是黔首小民，也无人不知，如今长安城这波乱象就是樊六之死引发的。

这消息传出后，人人都在等着这场审讯。一时又传说，京兆尹的审问就在这日。所以，这日从一清早起，街头巷尾、井畔池边，人们就不停地相互打听着这案子的消息。

还没过辰时，天上的太阳就已经很毒辣了。那太阳才斜挂在城墙上没多高，射出的光线却有毒似的，毒辣地窥视着下界这一场场蝼蚁闹剧。

那一队人，共有三十几个，高矮不一，胖瘦不一，长幼也不一，拉成了一长排，默默地在长安城大街上走过。

乍一看，会以为他们被一根长绳拴着。细看后才发觉不是：那根长绳本该是束缚他们的工具，这时早解开了，却被他们自己拴在腰间，然后又握在手里，好用来彼此扶持，保证体弱的不至于突然倒下，给彼此间一点力量。

队首与队尾都是京兆府的衙役在押解。

衙役不多，一共才六七个人，全程都只是静默的。

他们从城东北的宣平门进的城，然后，沿着热闹的洛门内大街往西走，又朝南拐向上冠前街，又朝西走了一会儿，经过明光宫的废墟，再朝南拐向上冠后街。

走到上冠后街后，就一路朝西。

京兆府衙就坐落在那里。

他们每人之间，都间隔了或长或短的两三步距离，这让他们的队伍拉得很长，足有百余尺。押他们的衙役很是温和，一路全无呼喝，也不催他们走。其间，偶有一人被太阳晒晕了，忽然就停在那里，恍惚出神，衙役们也不加呵斥，居然就静静地等在那里，等那人回过神来继续慢慢地走——也不知奉了上面什么样的指示。

他们就这么慢腾腾地走过明光宫废墟那一带最热闹的百姓聚居之地。

夏本长，天也热，他们的步伐拉得这整个夏日似乎都更加漫长了，拉得人忘了时间的存在，只有嗡嗡的苍蝇在空中飞，追着他们的伤口，叮在上面，可他们连动都不动一下，全无驱赶的意思。

路两边全是人在看。

本来打着水、做着活计、洗着衣裳的人一时也停了手。呆呆地抬起头来。有孩童们本来正兴高采烈、三五成群地追着队伍跑，口里呼喊着笑闹着，可跑过队伍再回头时，却猛地噤了声。脸上露出巨大的惊撼与恐惧来——队伍里从头一人到最后一人，额头上无一例外地正在溃烂着，有的结了疤，有的用细土撒了，却发了炎、浸出黄水。那疮口狰狞，却都是同一个符号。队伍中有老有幼，老的六十有余，小的还只是十来岁，无一例外的是额头上那共同的标志。

其余的，有的胳膊虚吊着，有的腿瘸着，在沙土地上拖出一条沟。

路边观看的众人，有胆小的妇女早忍不住紧紧地握住了胸口，胆大的朝别人问："他们额上……那是什么？"

旁边有男人粗声答道："烙的。"

问的人还没懂，想追问下去。

答话的人就像被冒犯了一样："还要问！是用烙铁烙的！就像原来咱们在略阳时，烙牛烙马在脖子上屁股上烫的印。"

　　——问的人嘴就张在那里，陷成一个洞，仿佛有什么塞进来了，吞又吞不下去，吐也吐不出来。

　　有明白的人，一句话噎在喉咙里一直想说，但又不敢说。

　　终于有人低声地说出来了，听到的人就把话悄悄地流传开去，"这批人，就是樊六在秦岭那一带劫夺的那批流民……本来还有更多，因为碰上了吕小将军，被救出了好多个；剩下的樊六怕他们跑了，就在他们额上都烙了印……这些是后来又被吕小将军救出来的，你看着这么多人，可这救出来的毕竟少，大多还在樊家手里呢"。

　　满大的阳光都是静的，毒辣得把整个长安封在一个坛子里。虽然有那么些悄声细语在流传，但整条街依旧是静的，好像一出哑剧。

　　那队伍默默无声的、拖着脚在街上走过。

　　他们中大多人赤着足，幸运的还有一只鞋，想来但凡像样点儿的东西早已被樊六手底下的人扒光了。有的孩子细嫩的小脚经不住这一路的折磨，龟裂了，冒着脓和血，一路走过，血染在尘埃里。有旁观的妇女把持不住，一抬手，掩住了口；有拉起衣襟擦眼睛的。可不知是什么禁住了声音，把所有声音堵回到喉咙里。

　　队伍中间有个肌肉虬结的大汉，他一身棕色的好疙瘩肉，腰杆还直，步子也还迈得稳。可他的背上，纵横交错着无数伤疤，那分明都是鞭痕，新旧不一，累日积下来的。而他的两手腕上，也都是被绳索磨出了痂的痕印儿。

　　省事的看到，跟旁边人低声比画："绳子在这儿绑着，人拖在马屁股后面，就这么拖着走，走不动的倒在地上被马拖着……樊六那脾气，经过麦田都不绕的，直接踏过去，你看他们脸上好多被麦芒划过的印儿……"

行走的只这三十余人，街两边围看的却已多达数千人。有的人还专门跑回身后的棚户里，喊自己的亲故邻居，叫人出来看……

"京兆尹王大人为樊六凶死一案，在吕家传来了几十个证人。他们都是吕光从樊六手底下救出来的，额上还烙了印！惨啊……你快出来看！"

那个壮汉见到街两边聚满了人，他脸上却面无表情，看起来整个人都木了，可就这么样的木然中，他喉头忽耸动了下，像想咳出句什么，却又吐不出。不过十来天前，他们还曾在秦岭山中，高歌着"高田种小麦……"

那时他们心中还满怀希望，觉得就快走出这秦岭，快走到跟他家乡相似的地方了。

可这时，他再也唱不动了。

一个僧人不知什么时候，出现在队伍边上。

他双手合着什，傍着他们走，低眉垂眼，口里低声地念叨着什么，也没人听得清。只见那僧人高鼻深目，穿了件素白的僧衣，双脚赤着，就跟着在那尘土里走。四周的灰浮起，烘托得他那一身素衣像在尘土里面飘。

他的身后，还陆陆续续地跟着十来个僧人，都是素足缁衣，双手合十，像是在为那群作证的证人们祈福。

他们跟随着领头的僧人吟唱，声音渐渐大了些后，才有人听清，诵的原来是：

> 譬如人独处，空寂旷野中。
>
> 无父复无母，恐畏无救者。

如江河无水，游鱼无所依。

树木皆摧折，飞禽无所止。

我等今怖畏，苦恼亦如是。

不见佛世尊，谁为救护者？

　　旁边人听着，不知怎么就有触于心。有那么些朽老的妇人，学样的孩子，依着那些僧人的样子，将双手合在胸前，跟着低声默念。

　　——生此乱世，这么些年下来，谁家没曾有过亲人子弟路途失散，或眼睁着就被别人突然逮去，为奴隶、为城旦，做苦工，生不如死？

　　这围观的人等出身也杂，有汉人，有羌人，有氐人，也有匈奴人、铁勒人、羯人、鲜卑人，但都是住在这最贫穷的地带的一拨平民。他们或为军士，或为匠户，或为谁家的部曲，有的还就是别人的家奴，加上些少的平民，几乎人人均有依附，人人多怀恐惧。此时由彼及己，怎不伤心。

　　将近京兆府衙时，那些衙役见府衙还没开，大人也没升堂，就把这些流民圈在路对面的一处生羊圈里。

　　那生羊圈本是府衙前留给犯小罪的平民交罚金的——以羊抵罪，本有两三条木头长凳。凳子被衙役们占了，流民们就一个个停下来，被圈进圈里。有的站着，有的就席地瘫倒下来。几乎没谁有力气抚慰别人，就是偶有抚慰的动作，那动作也是慢的，慢得让人心焦：眼看着妇人的手举起来，慢慢落在一个小孩儿头上，忽然就失了神，没有接下来抚摸头发的动作，就僵在那里，看眼神时，眼神已迟滞地呆了，不知魂儿飘到了哪里。

　　有胆大的平民一路跟过来，先还远远聚在路边窃窃私语，接着，有人弄来瓯水，又有人又弄了点吃食，踌躇着不知该不该往这边送。

终于有胆大的，借着由头凑上前。接着就不断有人凑上前来，跟衙役们打着招呼，直至攀谈，更有的直接拿些浆水递给那些流民，借着这空儿搭上话来。那些衙役竟然难得的好性子，居然也并不驱赶，由着他们交流。

"你们从哪里来啊？"

"南阳。"

"这么远。听说，那边儿也开打？"

被问的点点头。

"本打算去什么地方啊？"

"武威，投靠河西张氏。"

"听说我们大王已颁了诏，说许四方流民迁徙。消息出来时，我家里的老娘还高兴着呢，以为不知流落在哪儿的我那舅舅说不定哪天就来了，见天儿的在那儿念叨。你们怎么会被弄成这番模样？"

答话的低下头，看着地，也看不清他脸上的神色，低声含糊着：

"樊六。"

"他？就是他劫的你们？"

被问的汉子点点头。

"你们是在哪儿被劫的？"

"秦岭，就在快到蓝田的地方。"

问话的叹了口气："那么千百里秦岭都用步子量出来了噢！"

又问："劫时有没有死人？"

答话的闭紧嘴，不说了。

问话的也就不再提这个话题。

"被劫了后没想过跑啊？"

"有跑的。"

答话的男人低着头："可我妻小在。"

问话的就"噢"了一声，一时问不下去了。

另有人问：

"妻小呢？"

"大的那个孩子先死了，在蓝田北，刚被劫时就给杀了，一刀从肩膀砍到肋下。我们都被掠了。后来，不知怎么，才走过蓝田，那个姓吕的将军就来了，叫放人。这边儿当然不肯，他跟樊六两边说不合，就打了起来，我兄弟在混斗中被打死了。"

"在那儿就打上了啊？"

"麦田里……"

答话的人抬起眼，仿佛这记忆强烈地刺激了他：那成顷的金苗的麦子在晃，在倒伏，倒伏在突然驰入的樊六的马蹄下，他自己也被拖进了麦田，然后，那个戴银盔的吕小将军出现了，双方其实没说几句话，就开始打……好多族人哀号，中了刀，有的人就在跑……可那场仗，吕小将军只抢走了几个人，后来，听说大半还都死了。

可突然，这答话的眼里冒出点光："我看见我那个小的逃出去了，就不知现在……"

说到这儿，眼里的光又黯了下去。

"他还只六岁，跑又跑得了多远呢？跑了又有谁养活呢？"

"你们呢？你们是在哪儿被救下的？"

答话的汉子闭了闭眼……十里堡，铁匠铺，樊六盯着铁匠现打的那个烙铁，上面是传自他们家在略阳城时烫牛马的记号……那个宽下巴的氐人将军动了怒，为吕光而发怒，在那儿嚎叫着：姓吕的，敢抢我的人！要是还敢来，我都留下烙儿，看你还怎么抢！就是抢了，有标记在，以后怎么吃的我叫你怎么吐出来！

　　然后，铁匠铺前的空场里，大太阳底下，架起个炉子，火热的烙铁在上面烤，发红。樊六的士兵把烙铁送到樊六手里，樊六还举起对着太阳看，看时还在笑，那笑意像在悬想这东西烙在人皮肉上的感觉。他觉得痛快，跟他纵马踏入麦田时一样的痛快……然后，那该死的宽下巴氐人拿眼扫到这一百来人的人堆里，年纪小的就开始恐惧，但什么扼住了他们的喉咙，恐惧也不敢叫出来，就是身子往后缩，想缩到没有……这汉子自己也在怕，他的妻小都在，他不能叫，也没人敢叫，怕叫了反惹人注意。主母不在，主母从下秦岭时就不在了，自己看到她拔簪子刺马，被踢下山，滚到山洼里去了……只有王车，那个他们孔家当年的私生子，现在的耆老，排众而出，第一个向那个烙铁走去……

　　汉子闭了闭眼，像听到王车那朽老的皮肉上面发出来的滋滋声。老人是在后悔吧？抱着对族人的歉意……当然，他其实什么都做不了，能做的只有第一个被烙。他被烙时，除了那滋滋声，一声都没有吭。樊六不满意，去找下一个，要找个皮嫩的，那个五哥家的女孩儿，数她的额头最白。旁人当然没有王车那么有挺头，可是，有族老顶在前，似乎那烙，也不是那么不能容忍了。一连烙了多少人啊，烙过一大半了，突然，一个骑红马的将军出现了，太阳拖着他的影子……那是，吕光！

　　听的人陡然来了精神！

　　紧着喉咙问："他一个人？"

　　"一个人。"

那小将军的脸上在笑着，手里拿着个绳锤，前面系着一大块铁砣，百无聊赖般地在手里晃悠着，好像很无聊。樊六暴怒起来："你还敢来！"

那小将军笑着，手里的绳锤突然转得加快，两三圈儿就已转得看不到绳儿了，只见到一片虚影儿，和那铁砣转出来的光。然后一松手，那绳锤就飞了出来——是那块铁砣飞出来，一砸就砸在樊六身边的铁炉上，那炉里的炭就爆了……

本来不是很多人在听，这时，已有几十个人围在畜栏外边，在听那汉子讲。

那火星溅得满场都是，烫得一众人等哇哇大叫。那小将军铁砣出手后，哈哈一笑，兜转马头就走。樊六也被烫着了，夺过刀，奔向自己的马，没套鞍，翻上马就追，一边追一边大叫着氐语，只见四周的士兵有一多半就跟着他上马追，留下来的只剩没有马的……

那时西边挂着好大的一轮夕阳，红红的，吕小将军的马也是红的，冲进荒草堆里，冲着西就跑。他身后数丈之地，就有那么些、一百多个骑兵在追……夕阳映着，一切都成了剪影，所有人都目送着那场追逐，看呆了眼，也不知多久，总之就见樊六他们追得只看得到黑点儿了，这边突然冲进来好几十个兵，该是吕小将军手下，他们都骑着马。这边留下的樊六的步兵还呆着，没来得及做任何反应，就被捅翻了好些个，然后，那些冲来的兵有人就一一砍自己等人身上的绳索……可惜时间太短，樊六那边，从冯翊叫来的援兵远远地到了……

听的人入了神，有人勉力藏着自己暗暗伸出的大拇指，脸上的激越夸赞却藏也藏不住。

……可自己这边，好多人身上的索链还没砍完……闯过来的骑兵喊：来不及了！要活命的跟我们跑！

那汉子闭了闭眼。

他就是那时跟着跑出来了。

他只记得，解了缚的，没解缚的，所有族人都挣扎着在跑。王车老人在那儿呼喝着催着人跑，可他的腿……是跑不动的。

而自己也在催着剩下的妻小们跑，可跑的路上，眼看着她们三个，一个接一个地倒下了，妻倒下后还被后面的马踩了，他像还记得，那一下，妻子腰骨碎裂的声音……可那时他怂了，失了神了，心里咣的一响，知道有什么裂了、碎了，再也拼不拢了，可脚却不听使唤，没有停，满脑子都是木的，只记得自己在跑，在朝前跑，看到两个孩子倒地，看到他们背上插的箭，却像听不到他们的声音……他依旧在跑，没管妻小……

那汉子忽然不说了。

不说时，才发现，差不多满场人都在听他。

连衙役都在听。

他一时慌张了，整个人都是木的，张皇地想：自己都说了些什么了？

可四周太静，他都不知自己都说了些什么。今日，吕小将军的人说小将军好像也摊上事儿了，让他们到京兆府来作证，他刚才有说错吗？这些话说了也不算吧？要等到府堂上说才算的吧？证供都得说给官儿们，说给这些跟自己差不多的百姓们有什么用呢？

天上的太阳毒辣辣的，热得闷，整个长安像封在了个坛子里。

这太阳，烤得底下所有的人好像都怔忡了。

谁也没想到，这批人证被撂在这羊圈里，整整一上午都没人理。

好在，他们被圈在这里不久，吕家就有兵士前来，给这圈上搭了好大个卷棚，用布遮了头顶，没让他们暴露在毒辣的阳光下。旁边老人忍不住喃喃：还是吕家仁义啊！

一众衙役也未加阻拦。

那位胡僧，却带着手下一众沙门徒弟，进入这圈内，与这一众伤者清洗，涂西域传入的药膏，同时口里轻声吟诵着。

那边，京兆府终于开堂，传出的消息却说今日上午先不审樊六一案，要把所有证人先行羁押在府衙。因为，洪堡铺一带出事了。大王令下，要先审洪堡铺胡商婆苏提被劫之案。至于凶犯刘恨儿，此时已经到案。

眼见着这案子今儿竟不审了，一众旁观的百姓都忍不住的失望。

他们只能眼睁睁地看着那批流民被几个衙役驱赶入衙。不停有人念叨着："不是说今天开审吗，怎么突然就变了？现如今，还有什么案子会比这案子重要？"

其实，人群中早有樊家人躲在暗中一直在看着。

他一直悄悄地远远听着京兆府衙前的各种动静，看着鸩上师如何在适机布道，看着那些流民的悲苦，以及他们的悲苦经历在百姓们心中激起的同情与怨忿，心里冷冷地想：今儿怎么会审，不等今日这借流民的悲苦经历布下的怨气在长安城中散布开来，不等它沤得发酵，那高明的操局者怎么会这么快就开始审理六儿的案子。

他的眉头越皱越紧，昨日，四野消息传来时，他就知道，父亲的蛮劲儿已发作了。或许，这次朝廷还真未见得搅和得赢父亲，毕竟大王新近登基，就算加上他那冰雪聪明的弟弟符融，两人合起来的年纪都还没有自己大，这世路，毕竟不光是赌勇斗狠，还是要拼经验的。

可今日，那长长的流民队伍开始在长安城中行走的时候，他们额头上的烙印，与一路伴着他们为他们祈福的鸩上师，这些情景落入眼里，他就明白，为大王操局的人可实在是高明。这已不单只是跟他樊家的较力，这是要借樊六一事顺带收拢人心啊。他当时就已悚然心惊。正在想着对方接下来的步骤会怎么走，难道今日真要在这风头上开审定夺，没想，原来却是先审刘恨儿的案子。

他轻轻地摇了摇头。

他认识刘恨儿，知道这匈奴儿今日是撞到刀口上了。

那是新登基的天王刚磨好，正要试的刀。这一刀不敢乱砍，天王也会怕伤了自己。但砍在一个在长安已无根基的匈奴儿头上，正可一显此刀之利。

果然，四周人等转眼已将洪堡铺中婆苏提之死传得沸沸扬扬。那胡商之前来过长安，所带西域奇宝无数，也曾传得一时轰动。众人都聚在府衙外不走，要看这同样轰动长安的事会怎么判。

无论怎么判，这都是砍向他樊家头上的第一刀吧？

＊　　　＊　　　＊

"完了。"

刘恨儿心里这么想着。

他知道完了。在他被擒的那一刻。

"可事情不是他们说的那样的！"

一点不甘从他心底涌出来，他挣扎着想要起身，却又重重地被按在地上，按到尘土里，两个膝盖磕得生疼，脖子那里也有一阵痛楚传来。

但疼总比不疼好，起码不是那么木木地麻着了。

这疼终于让他醒过神来。

这里是东市口。

那时，整个东市口聚集了论千论万的人。

刘恨儿的身边跪着自己的十余个兄弟。

他看不到自己身上的装束，却看得到兄弟们身上的装束。如他所愿，他们弟兄伙今日都穿上了匈奴人的服饰。昨日，他们被囚在牢内，有人来问他们最后的念想是什么，他想了想，就只想出这一条，让他们身穿匈奴人的服色去死。

那来人倒是答应了，可刘恨儿要是想得偿所愿，也需答应他一个条件。那条件就是：受审之时，无论大人怎么问，他就要怎么应答个"是"，如这点做得到，那就可如他所愿，让兄弟们最后穿上件匈奴人的服色死去。

刘恨儿此时脑子里嗡嗡作响，但约略还记得京兆府堂上受审时那个汉人王猛的问话：

——"下面跪的可是刘恨儿？"

"正是。"

——"八月九日夜，洪堡铺夜袭，杀胡商婆苏提及其护从三十余人的可是你与你的兄弟？"

"是！"

然后，那些劫掠来的丝帛财物被一样一样呈上，连同的还有婆苏提手上那几枚硕大的宝石戒指。

——"劫掠得手后，你们本打算潜回长安，销赃匿迹，可是这个打算？"

"是。"

　　——"却没想到恰在这时，碰到了夜行而至的吕小将军。吕小将军早就怀疑近日京畿多事，有人会趁乱劫掠，婆苏提是个来自西域的胡商，所携宝货曾惊动长安，身上资财定然不少，担心有人会抢劫他，坏了朝廷重开客商两市的大略，所以才会一路追蹑而至。吕小将军行到洪堡铺，眼见铺中起火，却限于手下人马未至，只能单人于门外设伏，用箭连射杀了七个你的同伙，可是？你们奔行出门，为吕小将军绊索所绊，纷纷落马。吕小将军趁势杀马，令众马受惊，飞奔逃逸，然后单人孤骑与你们一干凶徒周旋。这期间，又连伤你们数人，擒你于东垣之侧。可你的同伙不甘你受擒，围攻吕小将军，直到附近屯骑校尉的援兵赶至，才将你们一个不落地全部擒住，以上可否属实？"

　　刘恨儿全都一一点头称是。

　　他不知道，审问时的每一句话此时都已传遍长安。

　　他只知道，自己既已被擒，一切就都完结了。可叹自己还先请教过杨靖。

　　看来杨靖的预料是错了，哪怕看似是个机会，但当此之际，朝廷反要杀一儆百。谁会在乎自己这一班匈奴儿。

　　他只想着，快快挨过庭审，快快去死。

　　死了倒好，兄弟们的脑袋掉了，起码从此不用再担心饿肚子了。

　　只要让他穿上匈奴人的服色死去。

　　京兆尹的都尉倒没有骗他。

　　他依言在堂上都回了"是"。庭审毕，都尉果真搜来了十几套匈奴人的服饰交给他和他的兄弟。他没想到的是，都尉拿来的都是些冬天的衣裳，短襜褕，貂鼠帽额，与尖头带毛的靴子。

　　他匈奴人的朝廷刘赵曾以长安为都城，城中匈奴人的服饰本留下不少。

"都还正宗吧？"

都尉把衣服丢到他面前时，揶揄地问了句。

刘恨儿其实自己也分辨不清了。

但他与兄弟们一套套换上。以前在高林帐下，他们从来都依氐人穿扮，只穿高林亲军扔下来不要的，不敢擅穿匈奴服饰以招高林之忌。今日，他们倒是终于可以全套本族的装扮了。

没想到，在京兆府牢那阴暗的地方换装时倒还好，一出门，明晃晃的太阳晒下来，他们这般貉鼠帽额、合裆毡裤的装扮，一瞬间汗就下来了。明晃晃的太阳底下，他们被押到东市口，原来想象的死前最后求个一身庄重，现在在这太阳底下的尘土内看起来就是个笑话。

刘恨儿隐约觉得，他又被骗了。

——被骗也还好，可他是被自己戏弄了。

他生得身材粗壮，个儿不甚高，宽阔脸膛，塌鼻子，大眼，耳上吊了个赤铜耳环，那是他生父留下的唯一的东西。这时再加上这身夏行冬令的装扮，没什么堂皇，只显得更加愚笨荒唐。

他心中忽涌起一股不甘，没错，那日洪堡铺内，他是最终被擒，可一切全不是他们说的那样！他是被擒，但不至于真的被吕光窝囊成那样！

他一时倒渴想起洪堡铺那夜的雨。

那雨大得，把他身上多余的东西都冲掉了。

他们那夜暗夜屠堡，感觉像做回了祖上的匈奴人。仿照祖上，一战间击破了大月氏人。

那一夜的后来，洪堡铺的院子里，那时死的死，逃的逃，连店主人都已逃得不见了。刘恨儿骑马兀立在院中，任着那大雨滂沱而落，冲击到身上。四周，有兄弟们在归拢劫夺来的财物。屋内，还有兄弟在捋那胡商手上的戒指。刘恨儿长舒了一口气：今夜，他趁夜奔袭，三十余大月氏护卫都躺在了他兄弟们刀下，正如他们的祖先也曾被自己的祖先逐出河套。那一刻，他甚至都不想再回长安，而是想和兄弟们携财纵马而去。北边，才是他们的故土旧乡。也许离了这长安，他们反可以活得潇洒浩荡。

　　然后他盘点了人马，除了马儿一伤一残，还有几个兄弟带伤，这一战，他袭击得可谓轻巧，人员全无折损。

　　他们迅速收拢驮马，装好财物，要从院门往外撤时，突然，位列第三的兄弟叫了一声，翻下马去。然后，他就听见箭羽之声。他突然想起适才与胡商对坐的那个年轻人，自从他冲入院中就没再见到。他喊了一声"灭炬！"可兄弟们持炬而行，已来不及，被那隐于暗处的人连发几箭，射落了三五个兄弟。

　　他当时偏鞍而坐，身子坠在马的右侧，直接放马当先向外冲去。他已料定那箭定是来自左前方那片台基之后，身边不时还有兄弟坠落。他估计那台基距离不过五十余步，果然，他才冲到那边台基阴影之后，就见有人腾身而起，翻身上马欲走，两人相距已不过五步，刘恨儿从自己马上扑起，一扑就扑倒了那个年轻人，然后，两人浑身泥水地在泥地里翻滚，他来不及招呼救援，只觉得翻滚了好有十余丈远，才将那人压在身下。这时，兄弟们赶来，火炬照映，正是自己见过的与胡商对坐的那个年轻人。

　　那时，他还不知道对方就是吕光！

　　吕光并未擒他，是他将吕光擒于马下！

　　可这时，吕家派出来的寻找吕光的人马也赶到了，远远地，只听到他们呼喝，吕光伸脖子应了一声呼哨，转眼间，自己这拨人就被吕家人马包围了，他们来的人多，有五十余骑，又都是有备而来。他虽想要反抗，却全来不及，一众兄弟就此被擒。姓吕的那小子确实勇悍，但怎么就有他们堂上说的那么风光……

刘恨儿不知为何他们要撒这个谎。

他只觉得头上的帽子闷得自己热得要炸了。他抬头看了眼天上的日光，感觉自己像这世上最后的匈奴，时势已失，无论他如何拼力，最后终逃不掉这闹剧般的下场。

然后，他的眼角余光扫到了杨靖。

杨靖正站在东市的市门下面。

他靠着柱，抱着手，一双眼冷诮地在那儿看着。

刘恨儿冲他摇了摇头，表示自己什么都没说，没说任何与杨靖有关的话。他这样的匈奴，哪怕现如今在长安已为异类，但绝不会连累帮自己的兄弟。

杨靖的眼里就露出了一点苦笑，那笑中若带着讪意，又似带着同情。

可杨靖的眼神一转，引着刘恨儿的目光望向了另一个人。

那人隐于人群后的檐下。

刘恨儿一眼没看清，细看时才发现，那是樊用。

他与樊用虽曾见过，但交往不多，想再看时，头就就被重新按下去了。

他知道，挨刀的时候就要到了。

这时，他才感受到一点恐惧，身边的阳光忽然静止了似的，一切都变得很慢，四周的人群，膝下的沙尘，一静下来不知怎么样样都让他觉得恐惧。他那不太好用的脑子里，从小到大的一些破碎的画面都要生往他脑子里挤，挤得他的头都要爆了。他突然觉得恶心，觉得死像不是他想象的那样，一刀即了。这一刻，时间怎么反而突然慢了下来，慢得像一生那么长，慢得他全无防备、熬不住、顶不住，他怕自己会吐，会哭出来，会有鼻子里流出胆汁。

他只求，自己死时不要连最后的体面都崩了去。

可这时，他听到身外不远处，传来一个僧人的吟唱。

其实他并没听清什么，更听不明白那僧人念的是什么。他不信佛，只知道长安城中有些这样的僧人在，也隐约听过街巷间传来过他们的晚课，只是没想到，自己会在这样的时刻，再度听到。

他只觉得那声音的节奏似乎很入耳，很舒缓，全不明白那经中念的是：

> ……舍利弗，是诸法空相，不生不灭，不垢不净，不增不减。是空法，非过去、非未来、非现在。是故空中无色，无受、想、行、识；无眼、耳、鼻、舌、身、意；无色、声、香、味、触、法；无眼界，乃至无意识界；无无明，亦无无明尽；乃至无老死，无老死尽。无苦、集、灭、道，无智亦无得……
>
> ……揭谛，揭谛，波罗揭谛，波罗僧揭谛，菩提僧莎呵。

他只隐约知道，那经文是念给自己的。

也隐约听得到些“无老死”“无老死尽”，他忽然觉得那声音里似乎有着巨大的安慰的力量。他忽然想哭，忽然觉得，这世上原来曾有一扇门为自己开着，自己竟傻傻地从未走进去。

他只知道那应是所谓的沙门，他后悔自己以前不曾找上门去，一问自己所经的苦厄。

他耳陷经文，心思电转间，时间终于归序，全不觉得空中那一道刀光已经劈落。

樊用在远处静静地看着那道刀光落下。

斩落的是那个匈奴儿的头。

可他知道，他樊姓已经输了。

其实，他见机并非如此之晚。

昨日早朝之后，他听到朝中传报就已觉得不好。然后，下午时，苻安飞骑而来，探望大将军苻柳于南大营，苻柳亲身相迎，祖孙间极为合洽。

樊用稍加打听，就知头日晚上，武都王苻安曾与大王夜宴，仿佛相谈甚欢。他明白宗室已经齐心，太后一系在大王心中已经失势。而父亲可以操作的余地，这下怕是真的被堵死了。

可这时，他父亲樊世还在不停地催他借头晚劫来的，朝廷密送北军的粮草煽动南军闹事。

他已看到苻柳与苻安交谈时的脸色，知道此事再不能动，悄悄把这事压了下来。

随即他就派人与父亲传信儿，只有三个字："输了，撤！"

可派去的人回来不敢回话，他猜到，樊世该是当着来人把自己臭骂了一顿。单看那卫兵脸上的鞭痕就已可知了。

父亲樊世的暴怒本不足为奇，他也不往心里去。可接连的，四处劫掠的传闻开始传到了南军，他也清楚，父亲那里是绝对不会收手的。

他知道，父亲还有一搏之机。

樊用深知，在氐人军中底层，他父亲樊世还是很有影响力的。

当年在枋头时，军饷是否充足，都与他樊姓的劫掠所得相关。父亲樊世虽凶如魔王，但正是这魔王养活了大家。他能鼓舞起氐人活在这乱世时那种舔血的冲动。所以哪怕苻生在位时，父亲也不曾对之畏惧。

而这批新长起来的氐人青年，所经战祸未多，拿得起刀的手未见得还肯去扶那古笨的犁。父亲可以与朝廷一搏之机就在于此。朝廷生生要军中不得劫掠，那是断了好多氐中青年的生路。为这个，他们也会被鼓动得与朝廷一拼的。

所以，今日他一早进城并未返家，而是先要亲自来看那传说中要由京兆尹来断的案子。那个传说中的汉人王猛。

父亲樊世一向瞧不起汉人，更别提这个借夺宫之变上位的王猛。所以大王虽将樊六一案派给了王猛，樊世却丝毫不以为意，除了更加增添了怒气。

但樊用早上一见到那批作为人证的流民时，就知道：他们樊家或已彻底地输了。

哪怕宗室、朝臣间不能构隙，他们也尚可一搏，搏的就是一个民意！赌战乱以来，氐人未曾放下的心中凶杀之念。

但今日，民意已变。

这一阵，他们彻底输了。

空中的刀光落下。

樊用没再去看。

他已经回头，上马就出了北门，再转折向西，往城西直奔。

——城西小校场之围，看来吕光并不在其中。

当断则断，为整个樊姓计，这校场之围，必须得撤了。

第十章
家 国

　　他喜欢汉人书里描述的那个世界，就如同进长安后，他喜欢大匠洛班修复后的这个未央宫。远远的，菖蒲宫那端方的庑殿顶方方正正地压在那里，不管人世间的一切啼笑、悲欢、残暴、怯懦与恐惧，似乎它在那里，这混乱的、无可解释的世界就一切安稳了，而凭殿前那仗剑双阙就可以抚刃而定天下。似乎他和妻子苟氏只要依着它默默无语诉说的规矩，就可以子孙绵延，永葆天下。

苻坚的脸色很是阴沉。

这一天是白露。未上朝前，苻坚一清早光着脚出去走了一圈，露水聚集在苍池边的草叶上，浸上他的脚背，却依然难以熄灭他心头的焦躁。

昨夜他一夜未眠，像在黑夜中看得到百枣坞中那冲天的大火，五陵原上散落的朽骨，洪堡铺中对胡商的屠戮，与三原地带惊骇的牛马……他苻家从军中起家，混乱的事见得多了，得利于天下的失控，却也知道这失控究竟有多可怕。他曾有过一个堂叔苻源，喜欢纵兵为乐，一次带了三百骑兵抢掠坞堡时，手下兵士杀得眼红，一回头就将他的堂叔给杀掉了。那不可控的狂暴会放大人心中任何微小的情绪。

他记得小时曾问过爷爷，为什么他就能做到氐人的帅位，爷爷说：因为，我是恐慌中能维持最后一点秩序的那个人。爷爷当时拍着他的后脖颈：你想想，咱们刚从略阳出来时才几万人？后来冲入中原，这点儿人马放在那论千万的人群中稍微一冲只怕就散了。咱们能活下来就靠着这点儿军中的规矩。你要习惯混乱，但一定要镇得住混乱。

后来，爷爷因为自己背上的胎记，开始叫自己读汉书。

他也曾问过：汉人已经败了，为什么我还要读汉书？

爷爷当时答他的话现在他都还记得：汉人败是因为他们人太多，规矩也越来越多，规矩一多，就不好维持。咱们人少，规矩少，短期内好维持，也占胜场。但有一天，真能应天之兆的话，咱氐人也有坐天下的一天，那时人一多，咱们这些浅陋的规矩就是不够用的。

那以后，他开始学着读书，才头一次知道：原来那些汉人，在活生生的人间之外，还架立出了一个概念的世界，一个"道"的世界。那个世界里，所有的一切都理应合理运行，所有不依它的，都该受到惩罚。

那是一个看似完美的世界，可惜，后来那些执迷于"道"的人，已忘了自己身处的"器"的世界了。衮衮诸公，坐而论道，却忘了那个依着饥饱丰歉、牛马输运、血汗交杂运行的人世了。

一时，苻坚抬头看向苍池对岸的宫殿，遥遥可见双阙挺立。

他喜欢汉人书里描述的那个世界，就如同进长安后，他喜欢大匠洛班修复后的这个未央宫。远远的，菖蒲宫那端方的庑殿顶方方正正地压在那里，不管人世间的一切啼笑、悲欢、残暴、怯懦与恐惧，似乎它在那里，这混乱的、无可解释的世界就一切安稳了，而凭殿前那仗剑双阙就可以抚刃而定天下。似乎他和妻子苟氏只要依着它默默无语诉说的规矩，就可以子孙绵延，永葆天下。

可他知道，就在不远的长乐宫内，他那寡居三年的母亲，就在隔着重重宫墙，想念着她的姑表兄李威；太监们在噩梦里梦见蚕室；万余宫女，怕无人不心怀怨诽；而宫城城墙上的期门军兵士，只怕正有不少渴望着一场屠戮。

他们不是饿得愤怒，就是饱得要无事生非了。

这是他祖父当年评价他们这些小孩子的话。

他终于明白自己为什么自从登基以来，就觉得被架在火上烤了。那烤着他的，是他家中、宗室中、族中，乃至整个关中、三秦大地上所有人的欲火。那些欲望，要么需要通过他来完成，要么就需要推倒他来完成。

他想起一会儿就要面对的朝臣。

他们不是饿得愤怒，就是饱得要无事生非了！

所以早朝上，苻坚的脸黑得阴沉。

群臣都感受到了他那勃然欲发的怒气。

才一入座，他就冲朱彤发问："夫子，我昨日看到四字：'化家为国'，这句话、这四个字，到底是个什么意思？"

他已明白有些话不从自己嘴里直接说出比较好。

朱彤想了想，回答道："仰望三代以上，直到西周之际，天子以分封制统驭天下，以宗姓子弟裂土封侯以驭天下；其后，秦改其制，以郡县制统驭天下，这即是所谓化家为国。不以家族之人治理天下，而以天下之人治理天下。如此制度之变，是因为——天下之大，已超原来之天下，天下之民，已远众于原来之民。故天下不再是一家一姓之天下，而是天下万姓之天下。天子也不再自视为一宗一姓之宗主，而是天下兆民之共主，故要协万姓之力以制天下。故管子有云：以家为乡，乡不可为也；以乡为国，国不可为也；以国为天下，天下不可为也。……如地如天，何私何亲？如月如日，唯君之节！"

苻坚抚膺一叹。

"如地如天，何私何亲？如月如日，唯君之节！说得好！"

说完，他脸色陡然一变。

"可现在有些不法小儿，自恃为姻戚、宗室、族人，无法无天，以为天下就是他家私人范围，予取予求，烧杀抢掠，无所不为，真就以为没人能治他们吗？"

群臣一时屏息，大气儿都不敢出。

众人以为接着就要说到樊六的事儿了。

可苻坚根本没提樊六的事儿，却开始连下重罚。

他头一条下的罚令就是针对苟遇文劫夺刘卫辰别部牛马一事。

他令中垒校尉收回苟遇文所劫全部资财，送还给刘卫辰别部，还要押几个苟家子侄一同前去，当面赔礼。并令中垒校尉收捕苟遇文及其所有参与劫掠的手下，褫夺其衣冠，将苟遇文罚为城旦，逐出族籍，远赴萧关去筑城。

第二条就是针对少府监中执掌常平仓的仓丞苟葵私放军粮与北大营李威一事，令即刻逮捕苟葵，查清其账目，令其以家产补还。褫夺官爵，罚粟二千石，永不录用。

第三条就是责备苟姓族长苟林对族中子弟约束不严，纵其不法，当为此担责。命将苟林逐出长安，令其携家小回略阳去看守祖茔，以思己过。

他雷霆震怒。

这一连串责罚却都是冲着苟姓家族而来。

人人都知道，大王的妻子出身苟氏，大王的母亲也出身苟氏。这一巴掌又一巴掌，简直都是直接打在他母亲与他妻子的脸上。

但他已被逼到了这个地步——少府监私送北军军粮之事，这事一旦闹起来，南军首先就要乱。

此时，叔祖苻安正坐在南大营里等着他给一个结果。更何况，南大营中不只有苻安，还有苻柳。苻柳手下那是数万的人马，一旦因军饷不公哗变，倾北大营之力只怕也镇不住。何况这两日提拔起来的协助苻融同镇长安城防守的苻洛，此时也正领着私兵悍将共五六百人许，在等着他的动作。更别提他伯父留下来的那十来个儿子，一个都不少，正在看着自己。若没有他们支撑，樊世一人，只要勾结得妥当，只怕真能掀翻这个长安，屠杀掉吕婆楼一家，给自己弄出大乱的。

而这些苻姓同宗的叔伯兄弟们，现在瞪着眼要看的，就是自己会怎么对待自己的苟姓外戚。

他当然知道王猛之策略可行。前日早朝，借郊祀一事给朝中众外姓酋豪们画了个大饼，以名器相诱，已可安顿他们于一时；昨日，京兆尹开审之事他已听说，确实干得漂亮，那批流民之悲苦，可谓已引动了长安城大多百姓的同情，令民间风议为之一转；吕婆楼也争气，竟然捉到个劫掠的匈奴儿，正可以杀鸡儆猴，而不至于给自己闹出大乱，又可显示出手段之严厉……可这些也给他自己带来巨大的压力。朝臣们该做的都做了。所谓"疏外戚以安宗室，炫名器以驭酋豪"，就是王猛给自己定下的策略。群臣们都会盯着，此后政令是出自太后，还是出于自己。痛击外戚的事别人帮不了他，只能他自己亲自出手。

而他，已被逼得不得不对外戚痛下重手。

他当然知道，如今满朝众臣，无论是自己出身的宗室，还是自己手下的近臣，抑或满朝的酋豪大姓，都在估量着他雷霆震怒的暴烈程度。每个人都会提防他把板子打到他们身上，只怕每个人都预先准备好了强烈反应的手段。所以，他只能把板子打在最不会激起反抗的地方，也就是——他自己母亲的脸上。

那一刻，他突然升起股对朝臣，对宗室，连同对给自己最强支持的王猛、吕婆楼、权翼等人的愤怒。

今日早朝，他专请朱彤讲了这段"化家为国"的典故，就是要朝自己家里先狠狠砍上一刀。当天王也是要赌肉的。可砍向母亲的这一刀所激发出来的他自己心头的怒火，确实也惊得群臣们心中战栗。

处置完苟家之事后，他即命强汪任大司农之职，令其核实南、北两军兵士数量，以一卒日食米五升之量发放军饷，不得克扣，不得拖延。

强汪却一时面露难色，踌躇良久方才回禀道："以现今太仓、连同各地常平仓所储粟谷，怕不足以支撑此量。"

苻坚怒喝了一声："那就从别处裁减！宫中现有宫女多少人？八千还是一万？别跟我说比一万还要多。我要那么多宫女去做什么？除了长乐宫中凭太后的意思不可裁撤外，未央宫里如何用得了如此多人？给我先减三千出去，正好发给兵士们为妻。白叫她们宫中蹉跎着，像个什么话！我祖父、伯父、父亲胼手胝足，打下的这个天下，就是给子孙这么不要脸的挥霍的吗？俭省从我开始，至于其余的，你们就自己看着办吧！这三千，只是开始，再给你们半年时间，再给我减掉一半去。"

群臣相顾哑然。

——大王都朝自己身上先动上刀了，大家还有何话可说？

直至散朝，仇腾忍不住往洛门方向望了一眼。

大王看似仍未提樊六一事，可他卷起的风暴怒火，分明又朝樊家逼近一步了。

*　　　　　*　　　　　*

"未央、未央，未央到底是个什么意思呢？"

每天早上，小鸠儿醒过来，第一个念头往往就是这个。

有时，她有意用这句话来逗洛娥姐姐发笑。

哪怕洛娥姐姐给她解释过"夜如何其？夜未央"的意思，她还是故意一遍遍地问，因为喜欢那个答案——姐姐说：央是半，未央就是还未过半……

什么都还没有过半，夜没有完，快乐没有完，做梦都还有时间，酒正可以添……哪怕阳光从窗棂间照进来，那也昭示着一切刚刚开始，都还在上半段，还没有完。

这两个字总让小鸠儿感到快乐。

可睁开眼她就知道，洛娥姐姐已经起床了，现在应该已出门在路上了。

洛娥姐姐其实比自己大不了多少，可自己总觉得一切"未央"，总觉得一切都还在上半段，洛娥姐姐却似永远活在下半段。她在宫中的职责就是守着那下半段，给太后、给皇后、给皇上，甚至同时包括自己，收拾那些怎么也收拾不完的烂摊子。

想到这儿，小鸠儿伸了下腰，感觉自己从颈到胸，从小腹到小腿，无一处不光滑挺实，一切都很美好，一时觉得开心起来。

洛娥每日在卯时一刻就要起来。

天气虽还热，毕竟处暑已过，天儿已开始短了。洛娥出门可以稍迟一些，直到卯时三刻才走出昭阳殿，赶往长乐宫。

太后一向起得早，洛娥天天要赶过去侍候梳洗。她梳的头当年在枋头时就一直备受身边人称道。氐人的辫式、汉人的发式，乃至羯人的发式、鲜卑人的发式她都会梳。她掺的假发严丝合缝，宛如天生。太后的头发这几年稀疏得多了，自她进宫以来，这一事都要借助洛娥来弥补。

洛娥要坐车出未央宫，穿过御沟斜街，进长乐宫。

这时天刚破晓，她坐着车走在父亲留下的图稿里，没有人打扰，看着那些宫、庑、阙、廊，有时心中会升起一点儿幸福来，这是属于她一个人的时刻。

最近几日，不知怎么她心中常感到一点莫名的兴奋，那兴奋，让她脑子里老冒出几句贾谊写过的话：

秦孝公据崤函之固，拥雍州之地，君臣固守而窥周室，有席卷天下，包举宇内，囊括四海之意，并吞八荒之心。当是时，商君佐之，内立法度，务耕织，修守战之备，外连衡而斗诸侯。于是秦人拱手而取西河之外……

就是这种语气间的振奋感烧灼着她。

她隐隐觉得，一切都有些不一样了。

她虽一直局促于深宫之内，但强、苟二位太后的交际圈，她们亲眷不时上传的密报，自己代太后、皇后写的那些书札，每个月她都要过眼的账簿，每日早朝后流出来的传闻，所有官吏、酋豪们的升迁动态，与巴蜀、西域、吴楚、关东、幽并之地交接的时新货物……所有这些消息都会经过她耳边。她对这个长安城，对整个关中之地，对所谓"大秦"，了解得可谓比大多数人都要深切而全面。

所以她才会嗅到最近的变化之机。

那可能都只是一些小事儿，比如仇腾的妻室杨夫人托杨阿姆询问她新衣服该怎么裁剪，顺便就问朝廷那新官服之制到底是个什么样子，自己该怎么给仇大人准备；比如一向简素的苟皇后真的在自己宫里弄了纺车织机，带着宫女没事儿就织些殊缕布；比如她都知道侍郎王猛与鸠上人之间的会面，其后，释教沙门渐渐都可以出入宫廷，在宫中传播开来了；比如强汪可能会入主大司农，朝廷要更改授田之制……这些苻生在位时根本没人会做的事，现在都传到了她耳中。

她心里自有一杆秤。

她会小心地把自己的私利从那杆秤上挪开，以评估身外的整个情势，连同还将这情势跟自己心里滤过的燕、晋的情势进行比对。往小了说，这是她为了自保不得不随时作出的情势判断；往大了说，在宫里生活这么久，这已是她的志趣所在。

她的结论是：这宫中、朝中，她终于看到了一批"人"，而不仅是如之前的强太后、苻生、董荣、鱼遵、苻黄眉……那样，为多年的战争、饥荒、争抢而压抑扭曲的变形者。

大王毕竟年轻，以实岁算，其实不过十九岁。走出略阳的氏人养出来的第三代跟之前两代已大不相同了。固然可以说大王天资浑厚，但他确实并未曾像他父、祖辈时被时势逼迫着干过那些过度残酷的事；苟太后出身名门，多少讲究些身份，又吃过些苦，也不是不解人生辛劳的；皇后为人朴素寡淡，如寻常人家主妇；外面大臣如王猛、权翼之辈，看来也都受儒业熏陶，有志于天下；吕婆楼则出身氏人名门，素有远见……这些都不再似那些生死挣扎中走出来的青面獠牙的人。更何况氏人居于略阳时，就已习惯跟汉人杂居交接，彼此好些风俗是可以互通的。

人已经不同了，这个大秦，或者真有那么一丝希望？

但洛娥一向是个谨慎的人，她知道，最需要谨慎对待的恰是"希望"。正是这两个字，常召引得人不自觉地往死路上奔。

远远没到长信宫时，她就下了车，朝苟太后的住处款款地走去。

有时她觉得，父亲呕心沥血而死，给长安城修复了这些宫殿，留下了这个不能言不能动的"范儿"，自己就要在这"范儿"里，做个不至于让父亲惭愧的、可以匹配其境界的、一个能言能动的"仪态"。

那也是她的自恃之所在。

*　　　　*　　　　*

才起床的苟太后眼泡时常肿肿的。

她自己也知道，所以近来早上起来后更是懒于自己梳妆，更加懒于照镜，只等洛娥前来侍候。

算起来，她今年也不过三十七岁，却已经是个祖母了。

她坐在东窗下，镜子被倒扣在榻上，背面露着天马葡萄的花纹。

她随意用手指在那花纹上抚弄着，心里想的却是接下来的贡儿会。

贡儿会本是他们氐人妇女的一个节日，都是在秋收之后，选一个好天，大家得闲，穿上自己织的最新式的殊缕布衣服，各带茶点，相约一会。

虽然那都是略阳旧例了，但哪怕是流落在枋头时，她们这些军中妇女也未能将之忘怀。苟太后当年就是在枋头借着此会结下了更多的族谊，这些人脉也对她的儿子产生了强有力的帮助。当年，强太后还一直嫉妒着自己这个。如今，自己入宫做起了太后，当日需要的操劳维持处减省了很多，可当日的热闹快乐却也少了很多。她考虑起今秋贡儿会时自己的穿着——坚头近来相信汉人的话，开始要讲究衣冠之制，整个朝中，无论男女，都要按品秩定出新的服饰风尚。自己贵为太后，总要从自己身上做起才好。

这个贡儿会，也是自己借此向族中妇女推行衣冠之制的机会。这件事，少不得还要借助洛娥这个宫中女史来为自己参谋。

这么想着，洛娥轻声地掀帘走了进来。

这个洛娥，从来不会行动无声，但声音又控制得恰到好处，动作很轻，让你听到从来不会惊诧的。

洛娥问了安，就靠上近前来，先服侍苟太后净了脸，然后自己洗了手，才拿起梳篦，拢起苟太后的头发，轻柔麻利地梳了起来。

她不急着支镜，总是等到快梳妆好时再把镜子支起来，让苟太后看那快完成的妆容。做最后的工序时边对着镜边问太后今日想穿什么服色，请教她要吩咐自己做的事，以及对妆容有什么新的要求。

苟太后这时，总是处于最放松的时刻。

比如这会儿，她突然想聊聊褚蒜子了。

"我这里想着，上次咱们说到的那个褚蒜子，现在算起来，她该有多大了？"

"回太后，她现在好有三十四岁了吧。"

苟太后"噢"了一声。

褚蒜子现在是晋国的皇太后，今年方才让政给她那刚刚满十五岁的儿子司马聃。不知她让政时，心里会不会有些失落？

"她是在建康吧？建康离这儿有多远？"

"好有两千多里路呢。"

苟太后点点头。

近来，她时时挂在心头的却是两个陌生的女人。一个距她一千余里，另一个距她更是有两千来里的路。

如今天下，与她秦国并立于世的大国，就数晋、燕两国了。她们一个是燕国的皇后，一个是晋国的太后。

苟太后看重洛娥之处，其一就在于，这是不多的可以跟她聊聊燕国的皇后可足浑氏，与晋国的太后褚蒜子的一个人了。洛娥心细，平素宫中凡太后与皇后要用的衣料锦缎之物都要经她的手。她也就与少府中的织室采买，乃至通行长安的商人都有交接，会不时收集些可足浑氏与褚蒜子的消息。比如可足浑氏如何冤杀了自己的弟媳段氏，迫害小叔慕容垂。那段既残忍又诡异的故事就是洛娥讲给苟太后听的。

可足浑氏该比苟太后年长个两三岁，褚蒜子又比苟太后年轻个两三岁。

苟太后轻轻叹了口气，当年，她未曾贵为国母时，身边妯娌、亲眷来往极多，可以借着她们来校正自己平素的言行。但如今进了宫，却觉得说不出的孤独了。她自觉，太后当然要有个太后的样法儿，可之前的强太后实在无甚长处可鉴，所以不由得更关注起那两个远在千里之外的女人来。

"她之前临朝听政共有多少年？"

"也总有十四五年吧？褚蒜子丧夫极早，独养的儿子司马聃一岁就登了基，所以只能由她临朝听政。"

洛娥一边答着，一边心中凛然警醒。

她们两人就拿褚蒜子作为话题慢悠悠地说着。

——褚家是门阀贵族，褚蒜子的曾祖父做到过安东将军，祖父官至武昌太守，父亲封都乡亭侯，任给事黄门侍郎。洛娥慢慢给苟太后解释这些官职的含义。她两人心中自谅，自己出身门第要远较那个遥远的女人低得多了，这时却能这么平视雍容地将之谈起，于苟太后来说也算一件欣慰之事。间或提及燕国皇后可足浑氏的器小量浅，偏狭善妒，全配不上燕主慕容儁的雄才大略，苟太后更是聊得心头畅快。又提起褚蒜子平日的穿着、吃食，苟太后笑吟吟地借势说："我听杨家阿姆说了，为了贡儿会，好多族中女人都找她问那天到底该如何穿着打扮。也有好多人想请你去给她们做参谋。既怕失了我氏族人的气味儿，又怕太土了招人见笑。你得空，就去给她们参谋下吧。你前日弄的那个搭配，用吴绫作裙，间以饰带，上边却用殊缕布作襦的那个样法就极好，可见你的心思。她们哪见过这些。你看着能帮着出出主意的就给出出主意，宫里这几日事也不多，你出宫去她们家帮着弄弄就好，也不用专门一一都来回我了。"

两人都没提及前日那段关于苻法之死的话题。似乎那一页都已揭过，彼此都对这事儿心里有了体谅。

门外，长祥这时走了过来。还没近前，身子就已躬得夸张。洛娥略避了避，侧了下身，免得收了太后才能配得上的恭谨。

　　荀太后慢悠悠问道："大王早朝散了？"

　　却见长祥一脑门子细汗。

　　"回太后，就快散了。"

　　洛娥知道，每日早朝，长祥都会派了人去那边儿探听消息，一清早就要跟太后回报的。

　　这时洛娥见到长祥脸上神色，就隐隐知道有什么不对——居然没等到早朝散会，就急着赶过来回报。

　　荀太后也觉出了点儿不同寻常。

　　她的脸略沉了沉，声音开始拖长。

　　"都说了些什么啊？"

　　长祥嘎巴了下嘴，像是很难作答。

　　见太后眼睛扫了过来，才连忙回道："大王今日让朱夫子讲了段'化家为国'的典故，听完后，突然就龙颜大怒，说天下是天下人之天下，不是哪一门哪一姓的天下，偏家门中有那等不肖小儿，依仗姻戚之属，真的就当这个天下是自己的私属，可以任性胡闹。奴婢听说，大王发怒，是为了校尉荀遇文劫掠刘卫辰牛马之事。大王雷霆震怒，竟当朝下令收捕荀遇文，将其下狱，还要夺还牛马，命荀姓子弟前去与刘卫辰赔罪。至于荀遇文，不日就要罚往萧关为城旦，筑城赎罪。"

　　荀太后听得脸色都变了。

　　"怎么，遇文去抢人家牛马了？"

　　长祥回道："正是。遇文校尉年少不知轻重，可能还是为了心烦与姜家女孩儿的聘礼之事才一时想错了主意。消息也是昨晚深夜才传过来的。因为太后已歇了，奴婢就还没来得及回禀。"

苟太后的脸色一时变得更加难看。

对她来说，一头是气她族中的小孩儿这么不懂事，给她作难，一边是气苻坚居然这么不顾自己的体面，居然在早朝上直接进行处罚，要将遇文那小孩儿罚为城旦。

长祥的头已低了下去，不敢看苟太后的脸，可耳边苟太后硬着声音在追问着：

"就这事儿？还有什么？"

长祥也不敢隐瞒，只能硬着头皮往下回禀：

"另外，为了常平仓丞苟葵私放军粮与北大营李威一事，大王也相当震怒。说苟葵身任朝廷之职，却阿迎私意，分别两军，分明是离间朝廷股肱。这么下去，要破国亡家的。当廷命廷尉褫夺其官，命其以家产赔补，罚粟两千石，从此永不录用。"

苟太后的脸已开始变得铁青了。

如果说苟遇文的事儿还可以说是小孩儿们不知轻重，违了自己的意，白给朝廷添乱。但人人该都猜得出，悄悄运粟与北军李威的事，自己肯定是知道的。

她也确实知道。

但强太后在日，一向薄待北军偏宠南军，又何人不知道，怎么到了她这儿就不行了？更何况，想及自己与李威间那层还带着尴尬的关系，苟太后更是羞愤交激。她的手重重地落在了妆台上，厉声问：

"还有什么？"

长祥不得不继续回下去。

"另外，大王为这两件事迁怒于苟姓族长，责怪族长苟林约束族人不力，昏聩无能，管教无方，不责罚不足以儆世人。命其于一月内携全部家小返回略阳，去给先人守墓，好好想想自己都做了些什么，以思己过。"

"啪"地一声，那面铜镜已被苟太后摔到了地上。

她浑身颤抖，从榻上立起身，脸色都煞白了，厉喝道："姓苟的豁了命地对他们姓苛的，最终姓苟的就这么对付姓苟的？"

接着，她冲长祥怒喝了声。

"还愣着干什么，备车！"

长祥吓得已跪在地上，连连叩首。

"太后息怒。"

苟太后理也不理，冲洛娥吩咐道："给我穿衣！"

长祥跪在地上哭着声问："太后这是要去哪儿？说与奴婢知道奴婢才好吩咐下去。大王这时该也散朝了，太后又何必动怒，有什么事儿叫奴婢去召大王过来见驾，总比太后御辇亲临，怒气泄于外要好上一些。"

只听苟太后冷笑道："我见他干什么！我见不着他！总当自己怀胎十月，生出来的就单只是一个姓苟的，跟我们姓苟的全无关系就是了。我也没什么指望了，只当这辈子从未生养。你去吩咐备车，我要去北大营见李将军，问问他这些粟米我们苟家侵吞了一粒没？让他给我做个人证。然后再回来长安，召集族中诸部各长老，什么姓姜的、姓苛的、姓杨的、姓樊的……你通通去给我请过来，让大家来评评这个理，看姓苟的是哪一条哪一处对不起他们姓苛的，犯了他们姓苛的王法了！要给苟家安这么个灭门绝户的处罚！"

说着，她回眼瞪向洛娥。

"穿衣！"

洛娥连忙去内室里拿衣裳。

她知道太后震怒之中，也不会忘了这时该穿什么庄重衣服。这时自己但凡差错上一点儿，在太后盛怒之下，只怕都是灭顶之灾。

洛娥其实昨儿个就隐隐风闻了苟遇文与苟葵之事，但昨日里，京兆尹开堂断案，以及那一队流民之苦和斩刘恨儿之事传得沸沸扬扬，压住了这两个消息。洛娥听知此事后，为了巩固自己地位的话，本该在太后面前讽谕提及的。但听说了京兆尹断案之事，她就把这消息压了下来。这举动，本来会对自己带来些不利，但她心里却期待着王猛既行于前，看大王怎么处理外戚这些犯法之举。若大王果然意图震威而服天下，自己若告知了太后，只怕太后就阻挠得大王什么也做不成了。

她人在内室，耳里却听见外面长祥这时惊慌之下，说了句愚蠢至极的话。

"那奴婢这就去禀告天王。天王若不答应，太后只怕出不了这个宫的。"

听到这句话，洛娥手中不由一颤。

这长祥，平日里自许八面玲珑，可真遇到事儿还是顶不住的。

果然，太后的怒气听见这句话后更如烈火烹油，只听她嘶吼了一句："那去把樊世给我招来，叫他给我护驾，我不信这长安城竟轮到我就这么被禁锢了！怎么，还不动？没轮到我儿子来拘禁我，你这奴才先就要代他来拘禁我了？"

长祥分明已吓得屁滚尿流。

他连连叩首："是、是、是！奴才这就去传召樊特进，叫他带人马前来护驾！"

说着，站起身就往外跑。

洛娥就知道事已危急。

——整个长安城中，大王虽然新立，但以他的气度，哪怕嚣张如樊世，端重如苟安，势雄如苟柳……无论谁，他都可以不怕。但如果两宫对立，太后亲自出面贬斥天王的话……洛娥闭了下眼，她不用仔细推算，也知道天王怕是过不了这一道关，接下来会是如何的天下大乱，母子反目，各拥酋豪，激烈对耗！

一闭眼间，她已有了主意。

她打开太后装大衣服的衣箱，往里面翻了翻，最终轻轻捧出一件。

她知道，这衣服是太后专为苻坚登基之日准备的，只在登基那天穿了一次，此后就再没舍得穿过。

她将那件绸服捧将出来，留意看那衣服间摺处，果然还是照旧夹着一张纸笺。她只作未见，将那纸笺更抽出了些。捧着衣服捧到外间，碎步上前，低头站在太后面前，轻声问："太后，是穿这件？"

苟太后鼻子里哼了一声。

洛娥连忙抖开那衣服，服侍太后穿着。

抖衣服时，衣服里轻飘飘地，就飞落了那一张纸笺。

洛娥只作慌乱中未见。

但她清楚地记得，那纸笺，却是前月苟太后生日时，大王真心实意，亲笔写下的寿词，里面有"铭以胎记，嘱以重托，'草付臣又土，当王咸阳'，胎中受教，此生敢忘"这样的句子。

太后收到后一度为之动容，此后就一直小心地收藏，还专门藏在这件她同样珍藏的，儿子登基那天她穿过的衣裳内。

洛娥这里忙着给苟太后更换衣服。

苟太后却已看到了那张飘落的纸笺。

苟太后本来不太识字，更怕读这样文绉绉的话。那上面的字迹她一个个叫洛娥帮她详解过，从头到尾的那三百来字，曾叫洛娥反复为其诵读，还反复问过"春萱"二字之意。

这时看到那纸笺，她身子一时抖了抖，肩膀忍不住一缩，似本能地抗拒着洛娥与她更换衣裳。

她恨那些姓荀的，可她从不曾恨过自己的儿子！

她知道自己今日之举可以对儿子做出何等决绝的报复，以她荀敬言平素积下的恩威凤慧，以她今日的太后之尊，以她儿子这些天触动到的那些族中酋豪们的根本利益，只要她一开口，无论姜家、杨家、樊家、荀家都会坚定地站在她这一边，何况，她还拥有军中的李威！

她恨荀姓一门恨了这么些年，这是她真的可以振一己之力，与整个荀姓对抗的时候，说不定还可以一举摧垮他们，她自信她做得到！

她也想象得出，她如单车直奔北大营，召樊世一族相护，守门的期门军绝不敢拦。而北大营中，哪怕那里军陈十万，哪怕她只是一个女人，有李威在侧，她也不是压服不住！

可接下来，她要如何？

与她自己亲生的儿子对垒长安，纵出樊世、荀熊这一干野兽，去把儿子整个身体撕碎，让自己这个愤怒的、遭背叛的母亲立在儿子的碎尸前发出怒吼？

她的身子猛地抖了一抖。

忽然，她伸手按住了与自己更衣的洛娥的手，脸上煞白，半天没挣出一句话。

眼见长祥已跑出门，就要跑出台阶了。

她终于挣出一句话：

"站住！"

这一句嗓间撕裂。

殿外，懵头懵脑的长祥却听到了，立时站住。

苟太后嘴唇颤抖着，缓缓转头，望向洛娥。

她嘴唇都在发颤，颤动了半天，憋不出一句话。

终于憋出来一句话时，却是心肝崩裂的一句：

"他这是欺负我是他的亲娘啊！"

说着，她脸上的泪水失控而下，崩涌滂沱。

洛娥贴着榻边就静静地跪了下来，不说不劝，只是跪着。

这是当底下人的机巧处，没什么能说时，就赶快跪着。

洛娥此时也不过照常处理。这是宫中久经训练后的本能。可不知怎么，这一刻的苟太后，竟真有些打动了她。因为那一刻，太后曾披起这世上，她能拥有的所有甲胄，却一瞬间将之全部抛落，只露出了一个真身，露出了一个"女人"……因为，她要面对的，是她的儿子。

洛娥没有抬头。

可她的眼角视界内，就见太后的裙子在慢慢地往下软，往下堆下去。

刚才还硬生生立着的苟太后，身子慢慢地软了下去，终于颓坐到榻上，就那么怔了一下，怔在她的家门大计与自己赤裸裸的母性之间，那其间，像有一道汗漫的鸿沟，一宽就宽出了二十年。

然后，太后忽然掩面投床，号啕大哭起来。

那大哭声中，二十年委曲，二十年旧恨，与二十年苦心经营的夙愿一起爆发开来。

洛娥只能在旁边跪着。

这一回，她跪得未曾心有不甘。

她只觉得，自己终归还是一个女人。当看着一个女人在自己儿子的面前，抛下所有雄图，终被击败，终于选择含辱以对时，不得不给予一份属于自己的尊重。

长祥也转回到殿门口跪着。

他满头大汗，仓皇无措，嘎巴着嘴却说不出话来。

洛娥待苟太后哭了好一会儿，才直起身来，跪着移近到榻边，伸手轻轻抚向太后后背，轻轻拍打着。

这一刻短暂的理解与同情，她猜测就是坚卓如苟太后，也不会拒绝的。

直到好一时，苟太后才渐渐止住了哭声。

洛娥扶她重又坐了起来，太后的嗓子已经哭哑了，她就这么哑着嗓吩咐了长祥一句：

"还不去备车！"

长祥的脸已涨成了猪肝色。

洛娥有些鄙夷地望着他。

她知道，这一刻长祥没心思看自己的眼色。

可这个宦官，平素搬弄是非时，一向绝不手软。真到发觉自己可能要陷身于那些强者之间的对垒时，他立时就吓得屁滚尿流。

只听苟太后道：

"我这个样子，也不好自己出去了。洛娥，你去挑几件我的心爱之物，交给长祥，让他出去送给苟遇文，就说是我送的。我想，哪怕罚为城旦，什么都不能带，我送的一点儿东西，他总带得的。另外，长祥你再去跟苟葵说上一声，罚粟就罚粟吧，谁让违了朝廷的例呢？别跟塌了天似的，有我这姐姐在，总饿不着他的。"

说着，她又抬起头，泪痕犹在。

"叔父那儿，你们再送些果品，什么也不用说，回头我自有道理。"

说着，她冲洛娥吩咐道：

"你先去拿了东西，交代给长祥，就去换盆水来，我得净面。然后，不是跟你说杨阿姆那儿在等着你么，说好你今天要去看她们的裁剪。人多嘴杂的，你去帮她们看看贡儿会上该行的礼仪，该穿的衣服吧。"

洛娥躬身，柔婉地应"是"。

苟太后此时，那痛哭后不改端庄、急怒后仍识大体的风度，确也令她佩服。

＊　　　　＊　　　　＊

跟杨阿姆坐同一辆车出去时，洛娥已准备好承受她身上那股味道了。但她更担心的却是如何面对杨阿姆的套话。

她安顿好太后，再奉命出宫时已过辰时三刻。

长安城的消息总是传得很快，大王早朝严罚苟姓一家的事此时该已在长安城转了几圈。杨阿姆自然要来套洛娥的话。

她问得巧妙，洛娥也只有答得沉着。

洛娥知道，太后这时依旧派自己出宫，那自然不是帮人参谋几件衣服那么简单了。太后哪怕要忍今日之辱，这也是她们娘俩儿间自己的矛盾，没必要让外人说短道长，伺机取笑，乃至趁机牟利。

太后叫自己出宫，就是信得过自己，知道自己能想法儿把那些混乱的流言压下去。

她心里正在筹思，杨阿姆已开始在问太后早上吃了些什么。

洛娥淡淡道："从昨儿早上起，太后就有些吃不下东西了。"

"可是有什么气恼？"

洛娥叹了口气。

"要说气恼，哪儿能没有？您也知道，苟小都尉犯了大王严令，劫掉了沮渠道的一批牛马。这事儿太后昨日一早就听说了。她既气侄孙不争气，只知给朝廷添乱，又气自己竟还有些舍不得罚他，所以无心饮食。但太后毕竟是太后，最后传谕要大王严办。今日早朝大王终于下了责罚后，太后反心安了些，也吃得下些东西了。只是叫择几件心爱的东西拿给苟小都尉，以为劝勉。"

杨阿姆在旁边点头赞叹。

洛娥忖度自己这口风应该放得还算得体。

一时车子到了杨阿姆家，已有什么尚书令、都水台、铜丞与左民尚书的几家女人在那儿，各自都带着一堆衣料。洛娥周旋其间，却也颇耗精神。

朝廷既打定主意要改衣冠之制，后宫中，肯定是洛娥要首先负责。这里，她帮着那些女人参谋，如何配色，如何裁剪，一忙也忙了快两个时辰。直到将近中午时，杨阿姆说道，还有人在等着她和洛女史一起吃饭，洛娥才从这一干女人身边脱出身来。

可洛娥也没想到去的会是樊家。

杨阿姆的侄女嫁与的正是樊世的四儿子，杨阿姆轻车熟路，都不用通报，下了车就带着洛娥在樊家那混乱的大杂院里前行。洛娥这是头一次到樊家来，院中的杂乱景象确实让她惊叹。她实在想不出居然有人家会脏乱到如此地步。她并没东张西望，可那院中景象却扑入了她的眼。

比如这时，左侧的门廊下卧着只癞皮老狗，一个十多岁的小孩儿，也不知是樊世的儿子还是孙子一脚泥水地跑了过来，进屋前，伸脚把靴上的泥就往那老狗身上擦。那狗不情愿，凶了下他，只见他手里的马鞭子没头没脑地就朝那老狗身上抽去，抽得洛娥的眉毛都忍不住一跳。

杨阿姆却全不在意，看惯了般。她穿门越户，带着洛娥径直往后边东首的跨院儿走。路过正房的耳房时，却见那房门首耷头耷脑地守着两个人，这两人脸上还似有伤。杨阿姆还探头探脑地往里边看了看。因为有个破帘子隔着，洛娥也没看清，只影影绰绰地见那里边似有个人正被吊着。那人年纪还轻，背上似满是鞭痕。杨阿姆摇头叹了口气："老东西还是这么狠，怎么下得这么毒的手？"

说着，摇头喟叹着继续往里面走。

洛娥也不好细看，随着杨阿姆只管往前走。一路不停地有乱堆的东西挡路，有时她们绕过，有时杨阿姆不耐烦，直接踢倒跨过去，好容易到了杨阿姆侄女的住处，就是那后面的东首跨院儿。杨阿姆侄女早迎上来，三人寒暄一场，洛娥至此，才终于算见到了间勉强算得上规整的房间。

只见杨阿姆就扯了她侄女的袖子，轻声问："怎么，还吊着呢？"

杨阿姆侄女唇角轻轻一撇："可不是。平日那么疼，满门兄弟，就像只生了他一个似的，宝贝得跟独苗似的。这不可恼了。前日因为他去城西小校场，违了老爷子的令，强令所有包围小校场的子弟撤回。那些人不敢不听他的话，就都撤了，等于白放了那吕家一马，白死了个樊六。满门上下现在都不服气。当日，樊六拖回来时，我可是都跟上去一起扯着嗓子哭过。现在看来，大家都白哭了。他这么随意胡闹，现在好，可被罚了吧？要我说，他也不像个姓樊的，根本怂包一个。朝廷的事儿我不知道，可小校场本已围下来了，那就围着呗，多少还有个抓手。这下好，他们樊家现在既死了人，又输了阵，也不知今后脸往哪儿搁？这可把老爷子气得没辙没辙的！那人……"

杨家阿姆侄女眉毛一挑，朝正房耳房方向指了指：

"……擅自做了这么大的事儿，可能也知不好，那日一整天都没回来。昨晚儿回来后，他还敢去见老爷！登时被老爷子捉住，气得吊起来打，嗷嗷地直打了半夜！也难为这个怂包，从头到尾竟没听到他哼过，光听到老爷子一边抽一边嗷嗷地叫了，听说柳条子都打断了好几根。老爷子真的是被气着了，打完了还不肯放手，吩咐就这么吊着，不许给他东西吃。底下人谁也不敢劝，刚才，陈家的还来劝我要不跟她一起去劝劝？被我挡回了。平日里，哪正眼看过我们，这时吃亏了倒要我去劝？想着！我估量着，不知道今晚上给不给放下来呢。"

洛娥这才知道，那耳房里被吊着的原来是樊用。

同时，也明白了杨家阿姆今日要带她来樊家的用意。当日，樊六的事儿一出，杨家阿姆即承担了在太后与樊世之间沟通的重任。这事儿当初看起来也确实重大，樊家迅速围了吕光的小校场，朝中诸大臣隐隐都有暗助樊家之意，各路酋豪也都想趁机捞上一票，樊用又在南军深受苻柳信任，隐隐都连带出宗室不稳的迹象，如果能弥合此祸，杨阿姆无论在太后面前，在樊世面前，都是两头讨好，可谓大功一件。

事情本来眼看着十拿九稳，太后与樊世也可各取所需。哪想到，也不知怎么弄的，朝臣、酋豪们突然转了风向，宗室得苻安、苻洛两人力挺，看来已不会再与大王为难，加之昨日京兆府开堂断案，先祭出了那么些悲苦的流民作为证人，接着，雷霆般斩了个匈奴刘恨儿，长安城中风气顿时转了向，连樊家的樊用都主动撤了城西小校场之围……杨家阿姆想来也没料到会突生此变。今日早朝，大王又严罚苟家一族，杨家阿姆此时也不知道太后心意。这樊六一事，本是她帮着太后维持外场，这时，她感到局面尴尬，又不能直接向太后去问到底是何等主意，所以，借着今日带洛娥来樊家，叫她亲眼看到樊用被吊打的场面，什么也不说，就等洛娥回报给太后今日之所见。太后若想再有进一步的举动她自然配合，若没有，也不用再提这事儿，以免显得不知进退扫了太后颜面。

洛娥心里不由得苦笑，难怪今日杨家阿姆放着那么些官员眷属在家，竟然不在家做东宴客，而偏拖了自己来樊家这里吃个什么饭。

她面上只佯做不知。吃饭时，也，并不多言多语，只是再次感到，这个氏族，与当初驻扎坊头的氏族，只怕已经变了样了。

那些更年轻的、不同于老一辈的氏人已成长起来了。她都没料到樊用居然敢忤逆他父亲的意思，直截了当地撤了城西小校场之围。以此论来，那樊用的眼界、识量倒颇让她刮目相看。

只是，这变革怕要撩起整个长安城的苦痛。不只有今早深宫中的那惨烈的母子歧路，也有樊世家这种父子间的残暴吊打……那变化只怕会深入每一家、每一户。一个渐渐长大，以天下为图的朝廷只怕会将家族宗法为重的整个氏族改变很多。

她笑着看了一眼杨阿姆，怕不知有多少老一辈的强者都会如今天早上的太后一般，掩面投床，慢慢沉没；或者像樊世一样，终于自感有心无力，只能暴打一下儿子出气而已。

而杨阿姆侄女跟杨阿姆谈兴甚高，似是转眼已忘了樊六一事。她们正在谈起郊祀之事，接着提起她们都要去参加的贡儿会，提起该穿什么衣服，行什么礼，戴些什么首饰，说得兴致高涨。

毕竟，喊打喊杀的事儿总是让人心惊肉怕，何如郊礼、贡儿会这样的堂皇大典、热闹节日，让人聊起来总是开心的。

洛娥只在一旁含笑应承，心里默念着：这一批氐人，跟他们先人，真的很不一样了。

这么忙忙碌碌的，足闹到午后未时，洛娥才回宫。

下了车，她终于得空伸了伸腰。

今日虽累，可不知怎么她心头竟满是高兴。这几日，小鸠儿为樊六之事心中惊怕，有时就一惊一乍的，听到个声音都会猛跳起来。这事儿既然过去了，一会说与那丫头，也好让她高兴高兴。

走进院时，只见日色含曛，槛内几束高菊正开着，洛娥停下身盘桓了会儿，心里仍感到一丝振奋。这时，却听到屋里竟然有人在哭。

洛娥走进殿内，发现小鸠儿正抱着膝坐在地上，肩头一耸一耸的，轻声抽泣着。窗棂里泄进的阳光把她一个瘦小的影子投到背后的墙上，显得这殿里冷冷的空旷。

小鸠儿听到了洛娥的脚步声，抬起头来，一脸绝望地问：

"姐姐，你听说了吗？大王要放三千宫女出宫。"

洛娥当然听说了这事。

只见小鸠儿含着泪说：

"姐姐，皇后那边的采儿悄悄过来跟我说，我倒霉了。她说，我现在就在那名册上头，且还是前两排的。"

洛娥一时愣了愣。

她第一反应就是：谁做的手脚，就算要裁撤宫女，宫里职司哪有这么快？是太府卿？少府监？还是谁？

宫里办事的人该没这么快的手脚！

接着，她心头浮起了两个字：长祥。

一想起这两个字，她就觉得像某些噩梦里，梦见的暗影中潜伏的湿浸浸、凉飕飕、浑身冒着黏液的东西。

只听小鸠儿使着性子叫起来。

"太后，一定是太后！"

说着，她又哭了出来："我不要这么放出去随便配个兵，再给他当牛做马，天天受他的欺辱！我死都不出去！"

洛娥只是静静地望着小鸠儿。

小鸠儿却爬上前，抱着她的腿。

"宫里这么多人，凭什么，凭什么就要挑我放出去？"

洛娥一时没作声。

她不作声的原因是：她也不知道，是放小鸠儿出去，让她能认真地配一个男人，与别人有伢有仔，活得热热络络亲亲切切为好？还是真要把她一生一世，圈在这幽宫广殿里。

她只能先开下玩笑。

只见洛娥笑了下："前两日，你不还说，其实你还想找个男人的吗？"

小鸠儿脸上猛现恐惧。

"不要！"

"姐姐，我那只是想的呀。我那是看太监们看厌了呀！我那就是胡说八道。我一想到真的要碰到个男人，想到他会碰我的身子，我就会浑身发抖，觉得还不如……去死了的好！"

洛娥蹲下身，轻轻拍着她的脑袋，和声道："好了，没事儿，没事儿，只要我不赶你，还有谁能赶你？别哭了，别真的哭得我都烦了，那时我也要赶你了。"

小鸠儿就势在洛娥腿上蹭她的眼泪鼻涕。

"姐姐，人家都快吓死了，你还当我说笑。"

这里正说着，忽然有人来报，叫洛娥赶快准备，说皇后有事召见。

洛娥不由怔了怔，今日事儿怎么这么多？平日自己并不向皇后跟前走动的，那个平时不言不动、清淡寡欲的皇后要见自己做什么？

她轻轻拍着小鸠儿的头，"好了，你先放开，是皇后要见我呢，我去去就来。你放心，我已知道是谁要赶你出去了，我不会让你走的，也不会让他好看"。

*　　　　*　　　　*

皇后就住在菖蒲宫东首的鸾呈殿。

自皇后入宫以来，洛娥一向在她面前应承得很少。一是因为苟皇后生性寡淡无事，二是洛娥觉得自己已被太后盯住，加之时时要去服侍太后，不如少往皇后身边走为好，免得惹太后不高兴。

皇后本也出身苟姓，是苟太后的堂侄女，长相却与苟太后全然不同。她生得瘦弱，一张小巧的鹅蛋脸儿，衬着这阔大的鸾呈殿，老让人觉得她有些不安。像是这殿宇实在太大了，她本无心入住于此，是无意间撞进来的，却偏偏要在这里安身，这让她脸上始终都挂着一丝歉意。

整个鸾呈殿平素里就清宁得有些过分，一般宫女最怕到这里来，嫌太寂寞。

皇后现有一子一女，苻丕还小，苻嫄大些。只有皇长女苻嫄在这殿前跑来跑去时，苟皇后脸上才会露出点笑影儿，带得整个大殿略微活泛起来。

洛娥走进来时，没想到，大王也在。

殿前宽大的檐廊下面，设了个矮榻。苻坚盘腿坐在上面，嫌热，赤了膊。皇后在旁边略侧了身踡坐着，正在给苻丕吹凉热水。两岁多的苻丕在宽大的榻上爬来爬去。苻娍则在地上，手里盘弄着朵花开心地玩着。

洛娥看见也不由怔了下。

——这种寻常家庭，小儿女绕膝的景象宫中确不多见。

她行了礼，就见皇后脸上笑吟吟地冲她说："找你来，是为了大王早朝后跟我提及要裁撤宫女之事。宫中使女确实是多，我也才进来没多久，什么都不熟。大王偏把这事托了我办。我不知怎么是好，大王就说，可以找洛女史来问问。因听说你回来了，就找你来商量一下。"

皇后的话说得很是客气。

大王在座，洛娥也不能推托，想了想，轻声回道："不知大王想要怎么个裁法。以臣所见，裁倒也有几种裁法。宫中女子品秩不同，俸禄也各有差别。同是三千之数，裁下来所省之耗费也大是不同。大王不惜自我撙节，臣却不知以节省多少为宜。宫中品秩自昭仪起，直至无涓，现在共有十四级。冗员虽多，但裁撤之时，还以不影响宫中职司运转为要。若只裁汰少使、五官、顺常、无涓之类，每月估计可省粟米九千斛，若裁汰涉及俗华、八子，最高或可省费二万斛。不知大王是想节约多少？"

苻坚忍不住抬头看了洛娥一眼，又转头望向皇后，眼神中似在说："我跟你说的果然不错吧？"

只见他站起身，笑道："那就按多的来吧。二万斛？怕是可以养活六千个兵士了。我还真没想过会有这么多。我要出去骑个马，去去暑气，你跟皇后参详即可。"

说着，苻坚就大踏步地出去了。

见苻坚走了，皇后叫人把苻娤、苻丕抱走，然后才跟洛娥说道："你的主意甚好。那回头，你就会同少府监，一起拟定，再回报与我就好。"

说着，她又皱了皱眉。

"只是，我这里还有件事儿，不知该怎么办。"

洛娥一时没接话，只等着皇后说下去。

只听皇后叹道："上午那会儿，太后身边的长祥来了。"

洛娥不由得一愣。

她知道，皇后这里，一向倒是无可无不可；但太后那边儿，却一向颇为忌讳底下人随意各宫走动的。看皇后的辞色，这长祥并不像是奉太后之命而来。

"他说是专门来与我请安，还送了好些果丞那儿都没有的新鲜果子，又送了些獐鹿之类的野味。我见他隐隐似提起早朝所议之事，正愁没人商量，因跟他说起大王要我主持裁汰宫女一事，他就掏出个折子，说正为此事而来，怕我在宫里不熟，他特意拟了个单子，说上面把他想到的不合适在宫里的人都列在上面了，专送过来给我参照。"

洛娥只是低眉顺眼地在旁边静静地站着，不动声色。

可她心里却默念了声：果然是长祥！

却见皇后脸上却露出点儿尴尬来。

只听她说："照说这事儿本来还是该太后定夺的。但太后事繁，近来……听说身子也不好。我也不知道，这事是不是还是麻烦她老人家操办为好？"

洛娥已明白皇后心里的尴尬处。

一是，皇后该也知道了早朝上大王处罚苟姓家族一事，她自己一向清心寡欲，估计却担心气着了太后。这时，大王又把裁汰宫女一事交与她主理，她难免更怕太后多心。

二是，长祥本是太后的私人，这时却来承奉自己，她只怕也担心由此惹得太后动怒。

洛娥心里明白，长祥突然来承顺皇后，想来也就是为了今日早朝一事。估计是看着大王与太后相争，终究还是大王占了上风。以长祥的性子，那是断不肯冷清的，总要选能热热闹闹的高枝来栖，所以会马上想到要来皇后这里奉承。顺势带来了这么个名单，一是为了奉承皇后；二是想满足自己私心，报复平素与自己结怨之人。他料定皇后自己该没什么主意的。又知皇后怕惹事，自己今日来奉承之事一定不会告知太后。

洛娥心里冷冷地想着：她知道长祥一向是恨着自己的，只是没想到会恨得这么深，恨到了要将小鸠儿除之而后快的程度。

这宫里，现今数起来，真的说得上熟读了几本书的，也就自己和长祥两个吧，这该是长祥恨自己处的其一；而太后面前，自己近日越受信任，所有书信都由自己代笔，那该是长祥恨自己处的其二了；除开这些理由，长祥当年奉承过小鸠儿，该也是现在要对她下手的原因；更何况，这太监作为一个残缺之人，单是因为自己跟小鸠儿身为女人，只怕就足够招来他的恨意了。

今日，他这一手也算毒辣。他明知皇后无可不可，接到他拟的单子，多半会在上面再添加些，就此上报太后。太后那里此前已知晓小鸠儿之前与苻生的事，对小鸠儿未尝不觉得厌恶，断不会将小鸠儿移出这个单子。只要太后那儿主意已定，自己再想要留下小鸠儿，去太后面前求情、争辩，太后都不会从自己的意，说不定还会恼怒于自己，长祥倒借此一石二鸟，除去自己与小鸠儿这两根他心头的刺。

苟皇后说着，一时把那长祥带来的名录给洛娥看。

"我本来为难，好在大王提起了你。我就把你找来参详参详。你帮我看看这个单子，里面有什么要增减的，你都详细地告诉我。"

洛娥接过单子，见到长祥的笔迹，只见那字迹矫情秀丽。这长祥果然仔细，头一列名字上，倒没什么与他相关之人，凡与他结怨的，都参差混杂在后面的名字里。而第二列上，小鸠儿的名字果然赫然在列。

洛娥一边看，一边轻声问道："这单子，不知太后见没见过。若太后见过，咱们可能只能增，不能减吧？"

只听苟皇后叹道："正是呢。我也问过长祥，说这单子太后看过没有。他只说太后正在难过，所以他还没给太后过目，是他服侍太后日久，心里度量着，有些人怕是为太后厌恶，但太后性格端庄，自己反不便亲自出面办的，他就先拟进这个名单里了。依着我的名儿来办，倒不损太后的大度。嘱咐我这事儿还是不要跟太后提为好，只说这是我这里的意思。"

然后，皇后低下头来："大王既把这事儿交代了我，我总要办得没什么闪失为好。可我一时也没什么主意，宫里事一向是太后定夺的。现在，究竟是咱们在这儿商量着把事儿办了，还是去劳烦太后为好呢？"

洛娥心中已有主意，笑回道："依我想着，皇后不妨先费心思想想，也算尽了力。究竟裁撤哪里为宜，咱们只要想到了，就添到这单子上。然后，再去回禀太后，但有不妥当处，最终以太后主意为定。不知这样可好？"

皇后点了点头。

这几年，她承顺于强势的姑母与丈夫之间，一切都以不触怒他们为要。口里喃喃着："那你说，都裁些谁为好呢？"

洛娥回禀道："臣觉得，一是要看年纪。大王本意不只要省耗费，也是想令这天下内无怨女，外无旷夫。有那些年纪大的，适合嫁的，就专拟出来。另外，兰若舍那边的几百宫女，不如尽可能先都放了吧。"

兰若舍中的宫女，还是强太后当年的事了。她们当初大多是犯了强太后的忌，不是怕她们接近其夫苻健，就是怕她们接近其子苻生，而贬黜到那里的。如今境遇极惨，所以，洛娥想先借此放她们一条生路。

皇后一时点点头。

然后洛娥跟皇后商量着，一边提及某处、某人，一边借了纸笔，就在长祥那名录上添写，她添得不多，仿的还是长祥字迹。

皇后本不识字，看不出洛娥是学着长祥的笔迹，由着她添加。

她们商量了好一时，毕竟数目太多，不过有名的写着名字，后边没名的只标记某宫某殿某年纪以上者裁汰多少人。

最后皇后摆摆手："我能想到的也就这些了。你拿去回禀太后吧，说这些都是我瞎想的，最终都看太后定夺。"

说着，她抬起眼，望着洛娥。

"对了，还劳你回禀太后一事。大王说，连日繁忙，都无暇去定省，心里甚是挂念。他想今日晚间，带着我和媜儿、丕儿，顺便也带上阳平公与阳平公家里的，再约上两个弱弟，最好还叫上舅家苟姓的亲眷，一起去太后那儿家宴。也是好久没聚了，不知太后可有精神。说太后如果答应，宴席准备，就叫你来负责了。上次宴请武都王时，你一概操办得很好。"

说着，皇后的眼神变得热切了些。

"大王说，只要太后不是身子骨太过不爽，就请依他所请。他甚是想念她老人家，媜儿也天天叫着要去看婆婆呢。"

洛娥点头连说："明白。"

她知道，皇后心头，修复与太后关系的心，分明比大王还要热切。大王心里可能只是愧疚，皇后心里怕都闹得近于惶恐了。

想到这儿，她心里不由得一叹。

这么忙活着，洛娥再度坐车前往长乐宫时，已是申正时刻。

斜阳已挂在身后菖蒲宫的檐角，那黄昏的光从背后照来，把车的影子正投在前面的路上。这车子像追着自己的影子前行。

这一日，已忙活了太多的事儿。所谓天上方一日，世上几千年，这宫里也就是所谓的天上吧？从早朝以来，那么些世路翻覆，荣枯交接，雷霆动怒与世态炎凉，让洛娥心中不可能毫无所感。今日下午，杨阿姆的侄女送她们时，脸上似乎有种无忌的神态。她之前一向在樊家做媳妇也做得小心的，这时，似渐已把樊世的威压放在脑后了。不过短短一日，长祥就已敢背着太后干这等勾当。真是枯荣相继啊。那些情绪的勃发，雷霆般的宣泄，当时虽令人心魂摇荡，可回思起来，不过恍如梦中。只有那份炎凉之味，却历久犹新，浸入这肺腑，让人不免把一切看够看厌。

可毕竟，还有大王那么切切的嘱咐，皇后那惶恐的请求，恳请着太后答应一场家宴。让那份炎凉中升起一抹夕阳般的返照，让这人生多少亲切了一些。

不过，那毕竟是别人的家庭。

别人都有父母，有子女，有说不清、道不明的种种恩怨。自己与小鸠儿却不过孑然一身，混迹在这宫廷里，即无怙恃，更乏依恋。

所以，小鸠儿那里，她毕竟还是要照应好了。

洛娥从自己的感慨中回过神来。

她知道，长祥千算万算，却没料到皇后会召见一向并不太趋奉的自己去商量此事，所以才留下了这么点儿纰漏。否则，她怕是再没机会挽回此事了。

洛娥的眉头忽然一剔。她心里泛起的全是冰霜冷意。

——今日，就算不为自己，光为了小鸠儿，也必要把他除了！

她这一副冷酷的颜色在这宫里从来未曾为人所见。

洛娥依旧远远在长信宫外停了车，她要守本分，下了车后，步行向长信宫走去。

平日里，太后这儿总有各路人马奔忙，太监、宫女，以及少府监那儿的各种太官、果丞、汤客，都要来这里奉承回话。

可今日，整个殿前却空无人踪。

洛娥一步步走进去，都觉得自己心头越来越凉了。

她也知道，那些人可能单单是担心太后正不痛快，怕触其霉头。可平日，太后不痛快时也多，但那时的太后，威威赫赫，在这宫中如日中天，那时也没见谁怕触了太后的霉头就不肯趋奉向前的。

适才苻坚一家四口儿那欢聚的画面在她脑中还没散，这边儿，太后这里的冷寂就觉得更为突显。

洛娥走进殿时，见廊下无人。只一个宫女，那宫女见了她，朝殿后东阁努努嘴，让她往那边走。

洛娥朝东阁走去，见太后还是待在早上那面东窗之下，背坐在榻上，那背影看上去，似是一日之间已朽老很多。

太后背对着她默默地望着窗外。虽知道她来，却好久都没开口。

良久方开口问："从杨家阿姆那儿回来了？"

洛娥答道："是。杨阿姆问太后的好。回来后，本来想立即来回报太后，没想皇后突然召见我，说挂念太后身子，也要谢谢太后专派人赏她的那些鲜果野味，说大王这两日老跟她说，连日未曾省安，心中极为挂念。今日再熬不住了，要把那些公事都推却，想带着阳平公，也带着皇子皇女，约些舅舅家的人，晚上来太后这儿陪太后家宴。他就怕太后没有精神。说，只要太后但凡不是太过身子不安，就一定答应，允他们来看望。还说媋儿这几天一直吵着，想她奶奶了。"

太后没有答言。

她似想置之不理，可整个身体，却不再似适才那么的刚硬。

好一晌，她转过头来，眼神中已露出些活泛。似想起她的孙子孙女，还有她最贴心的小儿子苻融，心里构建了一日的冰封雪砌，也终于松动了开来。

可太后心思既已活动，就马上听出了细节。

只见太后一皱眉：

"我赏她的鲜果野味？"

洛娥回道："皇后正是这么说的。说太后知道了皇上早朝打算裁汰三千宫女一事，特意派了长祥去，给皇子皇女带去了好多平日果丞都置办不来的鲜果野物，媋儿看了异常欢喜，吵着晚上要吃獐子肉。说还叫长祥带了份名录，里面写着哪些人可以裁撤。皇后都看了，说就依太后的意思，又填补上了些，说这就是她所有能想到的，也都是瞎想，一切最终依太后定夺。皇后还叫臣把这名录带回来了，说等太后耐烦了，就奉给太后详看。"

说着，她把长祥写的那份名录呈了上去。

太后的脸色立时阴沉起来。

这么多年养成的警觉几乎立刻在她身上唤醒。只听她喃喃着："什么果丞平时都承办不来的鲜果野物？可是昨日杨家阿姆送的那些？这都不听我的主意私送了……"

顿了顿，只听太后声色加厉地喝道："你念给我听。"

洛娥恭谨地展开那纸卷，恭声念道："养性殿应萍，承顺堂倪宝……"

只听太后轻声冷哼了下。

"果然都是那奴才平素不喜欢的。"

洛娥只作未闻，继续往下念道：

"承顺堂杨静，承顺堂张婆子，东园子陈象姑……"

她有的故意错了次序的念，有的名字还是她特意添进去的。

陈象姑的名字一出口，只见太后眉毛一竖，怒道："果然是服侍强太后出来的，他们害那陈象姑还不够，我都忘了，他们到现在还在惦记着，不只暗地里加害，还要借我的手加害呢！"

洛娥低眉顺眼，只做不解。

可她心里明白，陈象姑虽疤面瘸腿，但当年在枋头时，可不是这样的。只因这陈象姑当年喜欢苟太后，一次贡儿会上，曾冲苟太后笑了笑，笑得太过亲近，却忘了自己身为强太后的丫鬟，从此就遭强太后之忌。那疤面、瘸腿，都是强太后打出来的。后来强太后入了长安，入主深宫，这陈象姑她还一直留在身边，不为别的，只为了折磨。长祥是后进宫的，并无枋头经历，并不知晓这段前情。他只知强太后不喜陈象姑，不免助纣为虐，作弄出些新鲜花样来折磨那女子。

苟太后入宫之后，本未见过陈象姑，这时听名字才想起这个人来。

长祥背着她去巴结皇后，本已惹动她极为不快，这时听到这里，心头更是作恶，只听她冷声道："别念了，你把那名录去给我扔了。这都拟的是些什么！呵呵，我就算计着，果然有赶热灶的。依我看，除非不裁，要裁的话，第一个要革出宫去的，就是这个长祥吧！"

她似犹觉得不够，恶声道："贬他出去都便宜了他！你叫皇后跟少府监说一声，今儿就给我撵了，把他给我贬为城旦，要发到个最偏远的去处，让他筑城去，活着就不许再回这个长安！"

至此，她似方才泄愤。

洛娥满脸惶恐，只管低声应是。

有一时，太后才转回神，望着洛娥问："你见了杨阿姆，她可有问你什么？"

洛娥低眉答道："杨阿姆很是惦记太后身子，一上车，起先就问我太后今早可吃得下东西？"

太后脸上一时露出个含义莫名的笑。

"倒难为她。你怎么答的？"

"臣回说，太后这两日胃口确实不好，因为昨日早上知道了苟小都尉违反大王禁令，私自劫夺刘卫辰部下牛马一事，一时气得饮食无心。直到今早大王责罚完了，才略放宽了心，重又饮食起来。"

苟太后点了点头。

半晌沉吟道："你答得很好。"

又顿了半晌，只听她喃喃道："这些人啊，整日就聚在你身边，每日不是这个就是那个，闹腾得欢。你眼看着他们想图你点儿什么，虽明知道，但好在热闹，却也罢了。"

她轻轻叹了口气："我现在，却也累了，也不图什么了。这辈子，也生过儿子了。一直以来，就喜欢这两个可以不停地来图我点儿什么。想起他们小时，一个跟小老虎，另一个跟小豹子似的，围在你身边，不停地要吃奶，要你弄东西给他们吃。那时，他们只要想，我把命填进去都是行的。可眼见着，一个个就这么长大了……"

窗外的光线开始昏黄。

苟太后扭头朝窗外望去。

"……那时天天盼他们长大。可长大了又有什么好。照说也算争气，不用我管，也真的不图什么了。可他们不图了，我心里反倒空了。直到今儿，我才觉得，自己是不是真的老了，没用了？否则，你这么苦心地给他们图谋计算，他们反倒都不想要了？可能他们的图谋比我这老婆子都更高明吧。"

她的眼神明显地失神下来。

忽然，她唇角讥笑了下。

"人啊，也是好笑。你不想让他们图的，觉得烦的，那时天天主动围在你身边。你想求他们来图的，他们却全不顾你的心，将你摆在一边。"

她忽然转头望向洛娥："女人的命，就是这样吗？"

洛娥轻声道："太后，您鬓发有些乱了，我再给您梳梳吧。"

苟太后点点头，背转向坐好。

洛娥拿来梳篦，将苟太后头发打散，重新开始梳了起来。

只听她轻声劝慰着："太后说的，我也不知道，也不太懂。只是觉得，身为女人，当女儿时，父亲兄弟，个个都忍不住要照顾到。有时为了他们，甚至结缡大事，也都是光为他们考虑的。等嫁了人，有了孩子，就全为孩子考虑了。可心里又放不下娘家的出身之地。两头夹磨，总是难过。可无论如何，到头来，这世界终归还是男人的，女人这辈子，可能就没为自己活过。"

她听到自己梳子底下，太后轻轻地叹了口气。

洛娥继续轻声说道。

"可好在，孩子大了，孙男弟女也跟着来了。这一波一波、一槽一槽的，终归是个真热闹。不说别的，娘儿就等着想来吃酥酪呢。”

太后又轻声叹了口气。

今晚还有家宴，她必须梳头打扮。

过了好一时，只听太后说：“等梳完了，你就去叫他们准备菜吧。一要来，就都要来。舅舅家来谁？坚头都派人请过了吧。嗨，来就来吧。本来，有封信想让你写的，只是现在没工夫，等晚上散后再说吧……”

说到“信”这一字时，苟太后的声音显然地柔和了下来。

——似是光想到无论如何，还有信可寄，就足可让一向刚烈的她温柔下来。

＊　　　　＊　　　　　＊

那晚家宴还是欢声不断的。

不只是儿子孙子，太后的娘家也来了人。彼此谁都没提及早朝的事儿，只管把酒言欢。

大王的兴致也很好，席间还趁着酒兴，要来佩刀，高歌作氏舞，奔腾击刺，飞转如蓬，引得四岁的苟娟在旁边大笑不止，连两岁多的苟丕也偎在祖母怀里吃吃地笑。

苟融则在一边拊手为歌。

他唱歌在氏人中许为一绝，这晚，他唱了不只一首。只听他高声唱道：“今日良宴会，欢乐难具陈……”

那晚，连同陪同的苟姓子侄，似乎也人人尽兴。

夜如何其？

夜未央。

这大秦王朝也正刚刚开始，梦还要做，酒还要添，乐还未足……夜未央，一切都还在上半段。

这场家宴，直欢饮到三更过后，才醉后分散。

苟太后从头到尾都在笑着。

苻坚雄发，苻融清挺，儿妇是她的堂侄女，娘家子侄人人都对她趋奉承欢。还有苻媺在侧，孙儿在怀，人间之乐，想来也无过于此了。

洛娥一直在旁侍候着。

直到宴席散了，她扶太后回房。

回房后，洛娥小心翼翼地问了句：

"太后，今儿您也乏了。那封信是要现在写，还是等到明日？"

酒，太后其实喝得并不多。

可她没有回答。

她们俩都没提要写信给谁，仿佛不言自明，没必要提一般。

见太后不说话，又没有让自己走的意思，洛娥便帮太后宽衣净面。宽衣时，觉得太后颈下的皮肤已有些松弛了，可胸前的乳毕竟才三十七岁，还是坚挺的。

忽听苟太后喃喃道：

"席间我听苟云跟我说了，这次裁汰宫女，坚头也点名了两个。他将宫里留下来的，当日抄没鱼遵时，没入掖庭的两个最漂亮的羯人女儿，一双十六岁的云彩和凤凰，送去北大营，赏给李威了。"

洛娥几乎没忍住，手里差点一抖。

她勉强撑住，不动声色，却见太后脸颊上沾染着些酒晕，目光流转，自己盯着镜子喃喃着：

"太后……"

"……都太后了呀！"

洛娥在镜里默默看着。

她头一次觉察，这一刻的太后居然如此风情缓缓。

第十一章
郊祀

这三层祭坛在符坚眼中，似都有实指：最下面一层是祖父符洪混着氐人之血垒就的，如不是那些奔袭厮杀，再没什么能垒就这祭坛的垫底之基了；再上面一层则是伯父符健借着长安之城合拢的；而今日，自己可以登向那第三层，燔柴祭天，是踩着他祖父与伯父的遗业，一步步走向踏实。

——寒露已至。

龙首原上的草渐次枯黄了。

偶有一两只鹰在天空飞过。

姚苌带着六百骑人马，奔驰在龙首原上。

六百骑人马都是羌人装扮。

姚苌今日也穿着盛装。这是一个大日子，人家氐人的大秦，在终于缓过气来后选择于今日郊祀。祭坛就建在龙首原上。

他们这一部只是前导人马，其后才是苻坚在三百羽林孤儿护卫下的，率朝中百官同行的主干部队，再后面，是苻柳与李威各率六百骑兵分别于两翼殿后的护卫队。

姚苌知道，权翼与薛赞此时就随侍在苻坚身旁。

这两人，之前都还是自己哥哥姚襄的参军。姚家与他们苻家这五十年来的恩怨纠缠，令姚苌每每思及都不由得一声长叹。

当年，自己的先父姚弋仲是南安赤亭的羌帅，苻洪则是略阳临渭的氐帅。两人一东一西，相去也不过两百里。在汉人的口中，氐羌也从来并称。其后，他先父姚弋仲与苻洪都被刘赵朝廷招纳，又同时在刘赵败亡后，归顺于石勒旗下。再其后，又都是举族东迁，去了石赵朝廷邺城北边驻扎，为石赵皇帝驱使。两人虽彼此看不起，却都在破梁犊一战中得立大功。再其后，石赵破亡，冉闵乱起，两人虽不和睦，选择的路数却还是大致相同，都是命自己的儿子急急地去向晋国称臣，可暗地里却同样在图谋关中，自己的哥哥姚襄与苻洪的儿子苻健都想争夺长安以为一族永固之地。

只可惜，最终被苻家抢了先。

那时节，姚弋仲与苻洪几乎前后脚亡故。苻健遵苻洪遗命，先一步进入关中，夺得了长安。自己的哥哥姚襄就只能带着族人兵马，南走荥阳，投奔晋国，其后就被安顿在了谯城。

可晋国同样容不下他们这些羌人，数年之后，哥哥姚襄与晋国大帅殷浩反目，之后被迫又北上洛阳，却又为桓温所败，只能再远走北屈。北屈就在关中之地的东北，眼看长安近在咫尺，他们这些羌族人再度图谋关中。没想去年，他们携阖族老幼进逼关中的一战，最终输给了苻黄眉、苻坚与邓羌的联军。哥哥姚襄兵败身死，自己只能率族人投降到苻家帐下，获封扬武将军。

如今自己在长安谨言慎行，完全不敢乱说乱动。

姚苌自视没有哥哥姚襄的勇略，这也是他一向不服之处——论起苻健与姚襄，当世之人，哪个不知道自己兄长姚襄比苻健强上太多。但时也、运也、命也，他们两个，却是那个更弱的得以称霸关中，而哥哥带着族人辗转数千里，终究还是死在了长安之北的三原地界上。

现今，满朝之中也只有苻坚看重自己。

但这份看重，也让姚苌心中羞愤不已。他今年二十八岁，却要靠着一个十九岁的少年的看重来图一份安稳，且这少年家门，还是姚家的累世仇敌。他们都是西来的氐羌，都是举族辗转数千里，今日，却是自己要看着别人堂而皇之地登坛献祭，以礼上苍，以仰先祖了。

但今日马上的姚苌想起苻坚时，却不似往日只觉惭恨，心中竟有钦羡。

在云龙门发生的夺宫之变前后，苻生最后的时日里，姚苌那时是最紧张的。他已敏感地感到，自己族中这三万余户人家，搞不好只怕就要再度千里流亡了。氐人乱势已起，一有争杀，姚家作为势弱的外族，怕是首先要遭殃。

没想夺宫之变以后，为宗室、酋豪、军队、朝臣、宫廷无数矛盾困缚的这个新的大秦天王，竟然真的熬过来了。樊六之事现在看来已经不是大事。氐族内部，那一块块破碎的权力残片竟被那个十九岁的少年天王硬生生地拼接起来了，且越来越紧地攥在了手心。前日朝廷已有喜讯，说此度秋收过后，近畿粮赋，预计征得到一百五十万石，太仓立时进行了维修扩建，宫中外放了宫女三千，军中有功者均得成家。长安城中一时喜气洋洋。

连姚苌心中都松了口气。

——那他们这三万户羌人，也可以喘上口气了。

但他又不免为自己松了口气而开始鄙视自己。那说明，自己这一族，虽免于再度流离之苦，却要开始安心地过起仰人鼻息的日子了。

他没想到的是，苻坚确实心怀坦荡。这次郊祀议礼后，竟令自己率队先导，走在了所有人马的最前面。由此，自己这个"小羌"日后只怕不免更遭氐族诸军中酋豪的忌恨。或许，苻坚要的正是把自己竖成一个靶子，以分卸他自己身上所受的压力，让群臣间留有相互忌恨之隙，也是一种驭下之术。

但时也、命也、运也……今日，他只能盛装先导，勉力来充那个氐人新贵少年天王祭天行礼的先锋，看着人家如何称霸关中了。

　　　　　　*　　　　　　*　　　　　　*

那一天，确实是这个朝廷的大日子。

天王携百官去龙首原行郊祀之礼，宫中，贡儿会也选择在这一天召开。氐中诸酋豪命妇、朝臣眷属，今日都要进宫与会。顺带连同那些羌族、匈奴、鲜卑、汉人的官员家属也一并请来热闹。

为了这一天，洛娥足忙活了小一个月。

把贡儿会放在郊祀这一天同时举办，也是洛娥上禀太后而后定下来的主意。

太后闻禀时还怔了一下。

她知道这个汉人宫女平素有多么小心谨慎，一句话不肯多说，一步路不会多走。除非被人问到，从不会瞎出什么主意。今日，怎么会这么主动？

苟太后拿眼看了看洛娥。近日，这么些大事儿经办下来，她两人已磨合得脾性相得。太后索性开口直问道："你回这个，可是有什么深意？"

洛娥沉吟着回禀道："臣只觉得，长安城怕有几十年没过过什么像样儿的节了。"

"过节？"

苟太后愣了愣。

没错，连她都有很久没过过那种真正的节了。苟太后印象里，还是在自己极小时，在略阳时过过一些像样的节日，那种满心欢腾的快乐感她已觉陌生了。此后出了略阳，几十年下来，真没过过什么像样的节了。

"太后与陛下牧民如子，而孩子们，总是巴望过节的。"

苟太后渐次明白了洛娥话中的深意。

这个长安，也确实需要喜庆一下了，只有喜庆才能填平人群间的那些沟壑。

所以，苟太后也就采纳了洛娥的意见。更何况，她还读懂了洛娥背后的另一层意思：郊祀那天，为了礼仪，必须要动用兵马。那时，不管所有族中的，族外的，凡掌兵的酋豪多会去随侍，且个个手下有兵。有刀兵的地方谁都不敢保证就没有风险。大王虽有亲兵相护，但……还是趁那天把那些军中、朝中、各姓酋豪们的家眷都叫接宫来过节为好，虽不动声色，但也算得上一层辖制。

至于宫中防卫，因为洛娥跟苻融也熟，自由他们预先沟通布备。

那以后的日子，整个长安城被驱动得，都在往节日的情绪上奔腾着。

小鸠儿都被鼓动起来，这些天，天天都在巴望着这个日子，却不知在洛娥姐姐心中，亲口提出此议，心中是未免有些打鼓的。

洛娥虽身处深宫，宫外的局势也一直关切着。

值得她盯的事儿并不多，京兆尹那儿的事就是其中一件。

让洛娥都感到有些惊奇的是，王猛身为重臣，为大王厚望所系，行事一向干练，刘恨儿处决一事上就行得刚果决绝。可进入了樊六之案，他竟然审了个没完。

——光是吕小将军救下的那三十几个流民，他竟然一个一个采证，一天最多采证两三人，问得极为详细谨慎，还由着堂上证词传满长安。

这案子他审了快一个月了，还没审完。看来，真要定案，是要拖到郊祀之礼完毕之后了。其间，那些流民所诉的一路流离之苦、刀兵之恨的细节早传遍了长安，引得人人嗟叹。

洛娥当然明白这王景略图的是什么。

这是典型的背面敷粉——人人叹着气，有的女人甚至流着泪聊起那些流民的不幸时，更衬得眼下这长安的安定有多么来之不易。有这底子衬着，寒露那日的郊祀祭天的节日也更显得喜气洋洋了。

洛娥倒还注意到另外一件事：王猛讯问完了所有当初被吕光救出的人证后，又逼樊用交出了樊六那日于蓝田劫掠中捕获的奴隶，证供中，洛娥注意到，那些人都提及了他们此次流亡时一个领头的女人。那个女人名叫莫干。据说，这女人生非寻常，出生在建康，很小时父母遭苏峻之乱，双双身亡。她只有跟着叔祖王车，被带往了幽燕之地，在慕容鲜卑、段氏鲜卑的夹缝中做着铁器生意，稍长，即侍从慕容翰其后；慕容翰为慕容皝害死后，她再无怙恃，只有再度千里流离，回到了寿光，立时为晋国的镇西将军谢尚所赏识，从此跟从了谢尚；谢尚死后，她不为谢家所容，辗转回到南阳老家，却又遭逢燕兵南下，只能率一众族人逃离……

这是个亲身走过数万里路途的女人，一生辗转于晋、燕、大秦之间，他们这千里之路在长安城竟成了每日更新的故事。

洛娥另外关注的就是大司农强汪那儿传回的消息了。

强汪执掌大司农之后，所有与宫中财务不相干的财权都已被他渐渐收归大司农的职辖范围内。

这一年据说岁谷丰登。近畿三辅之地，乃至东至渭南、北至铜川，西至陈仓，南至蓝田，都不停传来收获不错的消息。朝廷政令也下得颇多，令以三辅粮赋充补太仓，又命于渭南、铜川、岐山、灞陵建常平仓，附近粮赋，就近纳入常平仓。单此一项，即省却百姓输送辛苦处不知儿儿，也省了近半损耗。

洛娥也细算过各处收成。她心下明白，大司农那儿的消息，其实七分真、三分假，总是要把长安城中的朝官、兵士与百姓们哄高兴了，往过节的气氛上引呢。

其余就是四野劫掠之事，京中已委任羽林军，京郊则委任八校尉，东西两道都委任邓羌、梁平老严治。这一月之内，隔几日就有案子告破的消息传来。五陵原的盗墓之案，百枣坞的烧杀之案，渭水桥的劫掠之案……据闻都已捕得元凶祸首。

眼见得四野渐渐平肃，东西两市四方通行的客商都渐次多了起来。这些商人也不容易，但凡路途稍显清宁，就都赶过来了。带来的日用杂货，乃至珠宝首饰，精巧什物都日渐丰赡，这也还是在把百姓们的心性往过节上引。

所以洛娥知道，这贡儿会择期之事，自己终要进谏一回。也要帮着朝廷把这把火烧得旺一些。

东西两市里，这些日，但凡有什么新贩来的蜀锦吴帛，纩絮桐布，洛娥总是最先知道。

不为别的，单只朝中那些官员的命妇，这些日子，都在急着要做新衣服呢。其中但凡品阶高些、跟宫中有关系的，少不得要请洛娥为她们参谋。

洛娥也就不辞辛劳，但凡有空，都尽量亲自参谋建议。

无论仇腾、席宝、姜世怀、苟陈、苻侯等等诸家的妇女，洛娥都免不得一一应酬。她知道，自己这一针一线，修补得就是大秦朝廷那破碎不堪的秩序衣袍。

来找她的这些家族，手中都有着一块一块凭着血缘、凭着亲族、凭着多年的惯性建立起来的坚实的小权力，只是他们见小识短，手中的那点权力往往是依着血缘威压，都是一些硬的、没什么伸缩性妥协性的家族权力。可朝廷的权力，却终究是建基于这些小权力的拼合之上。浮于表面的，总是一些衣衫冠冕之制的软权力，却正因为其柔软，才可铺延得广大。容得进那些格局过小又极易被触动的一个个小权力。

除了裁剪衣衫，洛娥还有无数正事儿要办。

就如三千宫女放出，也不是那么好放的。

她谋划着，要先择那些在长安城中还有家室可依靠的，一拨拨往外放，好许她们家中自主婚配，这样回头怨恚之情相对少上好多，一股脑儿发给官媒来做的话，只怕这三千宫女就要哭成一片了。她还要顶着压力，控制好节奏，一开始不能放出太多，不然这批宫女只怕人人看贱，白被糟蹋了。她最先一批只放出了百六十人，等她们归家三五日，家里跟她们叙足别情，给她们做好千般打算万般算计后，再一拨拨的，掺入了当日在强太后手下为强太后所厌恶的那批宫女，也要掺入苟太后眼中容不下的当年强太后手下得力的那批宫女；最后，还要代那些无家可依、终将赏配给有军功之人的宫女细心酬算，说动宫中许她们带些陪嫁什物……光这事就足以耗费她心神了。

但除了这些事儿，她还要酬办贡儿会，所有的吃食蔬果、餐饮器具、进退之所，都得一一安排仔细。更还要筹划仪礼，教这些命妇们进宫后如何进，如何退，如何行礼，如何装出个仪态举止……

但洛娥虽然累，心里却觉舒畅。再没想到自己这一生竟有这种参与了一桩大事的感觉。那大事，像不弱于父亲洛班作为一个大匠，修整宫室、规划长安之举。就是父亲见此，也当拍着自己肩膀而笑吧。

百忙之余，洛娥还要关注一下樊世家里的消息。

据说，樊世为近来之事气病了好些天。

他吊打樊用之事早已传遍长安，被视为樊家失势的经典场面，更成了人们口中的笑谈。而那个樊用，挨打之后却反似获得了些家门之权，竟真把樊六当日所劫之奴都交还京兆府去供他们断案了。

*　　　　*　　　　*

那十几头牛羊披红挂彩的，被兵士抬着，走在队伍前面。

出城之前，他们这一队人就引得万众之人夹道观看。

旁观之人个个喜气洋洋，不少人还专换了新制的衣裳。

都是普通百姓，听说今岁年景丰登。更难得的是，粮赋租税、车马转运朝廷都给了折免，人人心里都不免高兴。关键是今日朝廷郊祀与宫中的贡儿会同时进行，这两件事牵扯到城中的工匠人户不知凡几。人人只觉得，前些日长安城头顶那破碎的权力天空似乎转眼间已修补好了，再不用提心吊胆就是最令人高兴的好事儿。所以今日，满城的人都似带上了过节的心境。

只有樊世的脸是黑的。

今日，这些牺牲供奉，都是由樊世父子监管。

他们是作为姚芑队伍后的第二拨出城的。队里还夹带了数十部鼓吹，吹打得甚是热烈。行到城门口时，队内画角声振，一时，城楼上的画角也与之应和。在这秋高气爽之日，听起来格外嘹亮宽阔。

樊世作为特进，是受朝廷之命监管太牢三牲的。

而樊用，早在十余日前，被朝廷任了少府监之职，算是完成了苟太后当初对樊家的许诺。

可樊世今日的脸始终黑着。他没料到局面竟会变成今天这般模样：六儿死后，他打出的每一拳像都打在了空气里，他从来不怕对搏，朝廷分明也不是没有还击，但真还没有一拳往他身上招呼。但他觉得，自己身边可腾转的余地分明一天一天变小了。宗室大佬、朝中勋贵、哪怕是他瞧不上眼的氐中小酋，一个个似乎都开始躲着自己。偏让他什么都说不出来。就比如前些日，朝廷竟没有追究樊用劫夺北军军粮之事，对这事儿的处理，是把樊用的名字都含糊过去，板子只打在了少府监的苟葵身上。此后，南军每月还加拨了两千五百石军粮。甚至，也没全空了当日苟太后口中的承诺，真升了樊用为少府监。这一连串的事儿，包括樊用升迁，都比直接打樊世还让他觉得难受。

更让他生气的是家里那些女人。

这些娘们儿！一个个全在操心怎么去贡儿会，怎么做衣裳，似乎全忘了家里刚刚还死了人。而自己在家里的地位都似受到无声的挑衅。偏那几天他病着，咳得都出不了屋。能出来时，局面就已变得他全不可控了。

这个世道，这个朝廷，已不再是他所能理解的。就连他那个家，都像不是他所能理解的了。最让他受不了的，樊用居然让人收拾庭院。现在那庭院里，甚或都显得宽敞起来，宽敞得让他感到恐惧。

樊世身边，除了樊用，就是他们樊家的十几个子侄。

这时，他们押着抬太牢三牲的队伍已出了城，行到城外五里处的短亭，然后停下来，要候一候后面的大队人马。

樊世心里只觉不耐烦，往地上一口口吐着浓痰。

见没人搭理，他一个人口里冷笑道："搞这些虚场面，费这些人马，还不如派兵出去抢一拨来得实在！"

说着，他不看樊用，把脸别到一边，扬得鼻孔朝上，哼道："那些汉人们给坚头灌的什么迷魂汤？今日这郊祀之礼究竟要如何铺陈？"

他一边说，一边看着亭外歇着的那些牺牲，都披红挂彩的，而身后遥遥的数里之外，天王携百官的大队仗正在出城，远远地只见得到冠盖之盛。他突然想起小时候在略阳城时，那时那些大户人家主导的节日，那都是吕光、姜家、苟家的局面。樊家那时是排不进去的。他只能混在人群里感受着那些大户们高高在上的、分享下来的热闹。那时的忌恨一直埋到今天。

　　然而今天，他凭着位齐三公的特进之位，监管太牢，也算参与进来了。可他觉得，自己像还是没跟上队，那队兴高采烈的、庆祝的人马，自己还是被排挤在外，落得个在这天杀的短亭里等待。

　　樊用在旁边显得格外乖巧，耐心地给他父亲解释。

　　"今日礼序，是太常卿朱彤参照旧制——南郊祭天，北郊祀地，将今日这郊祀选在了南郊。然后，听说祀礼全程是由朱彤唱赞，苻融祝词。拟定了九礼，请太尉苻安迎神，尚书令仇腾献玉，丞相长史席宝献帛，其后就是大王亲进俎食。再其后，由宗室子弟，苻重初献献腥，再以苻方亚献献燖，继以苻双三献献熟；苟明撤馔，吕婆楼送神，大宗正苻侯望燎；还带了咱们氐人的巫觋，他们汉人的龟筮，燔柴祭天。好像坛下还有些羌人的戏舞。那祭坛已经重修，高三丈三尺三……"

　　樊世在一旁听着，中间忍不住点了几下头。

　　樊世一时有些后悔没听家人劝，制件新衣穿上，序入这班列。他见用儿还乖，说得也热闹，本听得兴起，可听到吕婆楼的名字时，他的脸色突然就变了。

　　他胸脯剧烈地起伏了会儿，突然打断樊用的话。

　　"吕婆楼？他凭什么送神？我樊世今日落得看这些死肉，却让他去送神？"

　　他眼睛一时怒瞪着樊用。

"再说，今日前导的为什么不是你，而是那个羌人姚苌！他有何资格来做前锋？"

说着，他忽然暴躁起来，冲樊用骂道："白养你这些年，你个没出息的，还好意思说姓樊。人家把你按泥里踩呢，你还被踩得这般高兴。要我说，你现在也不用叫他们抬什么太牢，索性把你老子我剥了，四足绑起，串在那杆子上，抬过去当牺牲怕是还好些！"

他的脸已胀成猪肝色，举起马鞭就往樊用脸上抽过来。

樊用脸上立时见血。

旁边人见到，连忙上来劝。

可樊世觉得，这些族人相劝也再不似从前，对自己全没惧怕，就似自己已不是一家之主般，反将那没用的儿子樊用当作一家之主看待。

樊世又挥了两鞭子，被人隔着，都落了空。

只听樊世怒道："气死我了！你们这些没出息的东西，还不如都给我死了算了！我再不要见到你们这些给人欺负还洋洋自得的孬货！"

他冲出亭子，飞身上马，拨转马头，立时就冲了出去。

方才上路，就见远远的那一队大阵仗的后续人马已快近前。

他不愿再与那些人碰面。拨马向东，只管一路绝尘而去。

樊用脸上挨了一下，却没抬手去捂。

他只静静地看着那霜降之后的连天衰草在龙首原上蔓延着。他父亲的身影就这么融入那无边衰草里，渐去渐远。身边的族人只站在自己身后，更没一个跟上前去相劝的。

亭下的鼓吹忽然吹了起来。

樊用转头，遥遥地只见那大队人马近了。

他马上收拾人马——要继续往前走了。

不用回头，只见身边那十几个樊家子弟都还在自己身边，个个身上穿着簇新的、新款式的衣服，各司其职，配合他监着队，以一种他樊家人行军从没有过的安静秩序，再度向祭坛方向开拔了。

*　　　　*　　　　*

椒房宫的内墙与一般不同，据说是用花椒捣泥后合着糯米汁涂抹墙壁，可令墙壁色泽绯红，气味温辛，据说有利于妇人。

可苟皇后此时在椒房殿里并不安适。

贡儿会选在太后居住的长乐宫举办。

长乐宫面积本较未央宫大。长乐宫内，太后住的叫长信宫，给皇后准备的则是椒房宫。

自汉末以来，长乐宫损毁较未央宫更大，如今修复的其实不到原规模的十分之三。但就是这样，苟皇后还是觉得这宫殿实在太大了。入宫以来，她其实一直怀念着原来蜗居东海王府时的那个小小跨院儿。她记得，光只两个孩子的叫声，加上苻坚那硬朗的男人气味，好像就可以把那个小小跨院整个充满。活在那儿时，满跨院的空气都是她所熟悉的，能嗅到它的味道，有着充盈的安全感。

但自从入宫以来，无论是未央宫那边她住的宣室殿，还是过来长乐宫这边陪伴太后时使用的椒房殿，都实在太大了。像自己这么瘦小的身子穿上了件过于宽大、宽大得都让人羞耻、让你以为自己什么都没穿的巨大的衣服。苟皇后在这宫里始终觉得不自在。

就连她带孩子时，都觉得不似往日。觉得自己和孩子们被这阔大的宫室映着，都映得小了，彼此间的距离也像变得越来越远。

这里所有的一切仿佛都在印证着她自身的渺小。连跟孩子说话时，那声音泛入这空间，让她自己听着都有些空荡。

偏偏今儿又穿着新制的衣服。

定下这贡儿会的日子时，苻坚曾笑着叫她别再老穿那些老样儿的枋头样式了，让她找洛娥参谋，可以多掺杂些汉人的衣饰，穿出点儿皇后的范儿来。

她只能勉力遵从。

于是，现在她就穿了件石青杂金的叠出好多褶的云纹裥裙，上面是一件对襟收身的碧襦，这襦衫袖口宽广，袖口处加了水色的绣花缘饰，好在束腰的还是用的她们氐人的殊缕布，只有这布是她亲手织就的。

因为个子矮，洛娥还专门劝她换了双晋式的高底重台履，鞋底两侧缀有璎珞，一动起来轻轻摇荡。衣服里飘出两条飞髻，洛娥不敢给她用太长太飘逸的多层飞髻，怕皇后穿起来更无自信。

这时侍女服侍着她立在镜前整理罢，苻皇后自己看了也觉得好看——除了那些繁缛的装饰哪一样看起来都像是要给别人看的。而她却从来是羞于给别人看的。

她生性就是这样的一个人。

比如，几月前从东海王府搬入宫中时，阖家人都是喜气洋洋的，只她面上虽笑着，心里却觉得不踏实。比如，今日如此盛况，她心中感受到的仍旧还是不踏实。按说，关中之地这数十年来，难得有一个节日，她是应以女主人面目出现的。可她此时心中只剩惶恐。她嫁与苻坚那年还只有十五岁，苻坚那年也只有十五岁。她一直在努力地长大。她觉得自己好容易长大了，能撑起东海王府的那个跨院了，却永远离开那里了。她没有信心再长大到撑得进眼前这座宫殿。她只把原来的东海王府当作过家，可现在，她是一个离开家，且不知归路的旅人。

这时洛娥走了进来。

洛娥的出现，总能给苟皇后增添一点底气。

却听洛娥回禀道："皇后，太后遣人传话，说今儿这贡儿会她不耐烦，就不来参与了。叫您来主持。"

苟皇后愣了愣。

她脑中猛地现出那个让她害怕的高台。

鸿台是长乐宫中最高的建筑。

今日，贡儿会之址就选在了鸿台之上。那里，高有十丈，仿如空中楼阁。

苟皇后脸色一时白了白。

洛娥上前，与她整理鬓发，轻声道："大王今日也在龙首原登坛设祭。皇后今日，也是要登高宴会。这鸿台若再高些，说不定皇后就可以看得到大王呢。"

听着洛娥的轻言细语，又想到苻坚，苟皇后才感觉略微安然了些。

但转念一想，似想象得出她的夫君此时正一步步地登坛。那里，在广袤的龙首原上，现在这个季节，天高云阔，衰草无边。那里，应该可以望见终南山了吧？那正是他一直向往的天下之大。

而自己，就算勉力跟随，忍怯登高，在那越高处望见的越阔大的天下中，他如何还会看到那个小小的她？

*　　　　*　　　　*

祭坛上一束束柴都捆得十分齐整，这时都点燃了，正燔天为祭。

这规矩从先民时期就开始了。

——祭天时什么才可通达上天？当然是举火燃烟！

——祭地时则是瘗物于地。

符坚正从坛底拾级而上。

他的上方，燃着熊熊的束薪之火。

他觉得，那火上升腾的，不只是他一家一姓的愿望，更是万民的愿望。

整个祭坛分为三层。

这三层祭坛在符坚眼中，似都有实指：最下面一层是祖父符洪混着氐人之血垒就的，如不是那些奔袭厮杀，再没什么能垒就这祭坛的垫底之基了；再上面一层则是伯父符健借着长安之城合拢的；而今日，自己可以登向那第三层，燔柴祭天，是踩着他祖父与伯父的遗业，一步步走向踏实。

眼前的一级级台阶耸峙岸然，如他必须踩着一层层宗室、酋豪、朝臣、万民的希冀，总揽其欲，才能登顶其上。

祭坛下，宗室百官分队而列。

吕婆楼抬头望着符坚的身影。

他也没想到，整个郊祀之礼，朱肜、王猛辈可以筹划得这么周密。

而符坚能有今日，也是自己当初全力策划、辅助，才辛苦得来的。

可这时，他忽然感到了一丝无力。

等到天王登临其上，凭上视下，下面莽莽的人群如长江大河，那时，他可还看得到自己？

当年，他吕家在略阳城可以凭借儒业震慑一时，且以之为门户，现在，好像也给不了他太大的依恃了。王猛、权翼，这样的儒生读书都超过他不知凡几。他一时将目光转向身边的吕光。

——苻家有儿如此，那他吕家呢？

目光落到吕光身上时，见到孩子那八尺之躯，龙擎虎伏地立在那里，心里才略觉得安稳了些。

远远地，他又望见了姚苌。

他看到了姚苌眼中的神色。忽然心头一凛。

吕婆楼知道，汉家这数万里地域，数千年基业，数百代天命，哪怕今日天王登坛祭天，也不是就那么容易改的。

匈奴所立之刘赵不过挺立三十余年，即被羯人所立之石赵取代。石赵享国也不过三十余年，其后就经历了冉闵那个汉人岔出来的、不过三年的短命朝廷。

如今天下版图，有晋、有燕、有代、有凉，甚或还有仇池这类蕞尔小国也能特立存在，连今日这祭坛之下，都不知潜藏着几个帝王。

——天命飘忽，可他已感西风之浩荡。

近来最让他心安的，是与太后苟氏之间重新修好。樊六之事，本来让他与太后之间大起隔阂。可他知道太后近来忽生懒意，人到中年那种滋味，虽说男女有别，吕婆楼也能体会得到。

所以，他就荐了自己供养的沙门鸩上人入宫与太后传法。

鸩上人做得不错，太后还专给自己传谕，赞他赞助佛法，嘉许有加。

而自己，只能这么勉力操持着。

他看着大王登坛，却看到大王身后更深远处，深知，这时势、这动荡，只怕数百年内，会永不消歇。不知凭自己全力，能不能让他的光儿日后也立于潮头之上。

＊　　　　＊　　　　＊

——鸿台高耸。

渐台遥峙。

洛娥就立在鸿台之上。

大风吹过，她广袖搏风，衣带飞髻随风舞起。

天上，是恢博的、不雨长阴中的灰色的堆积，像那些书里只可意会的两个字：大块。

鸿台之下，就是父亲用砖木书就的文章。

只有站在这里，才可以见到父亲当年重修宫室时，试图留下来的那阔大图卷。

鸿台之上，可见枯荣。

这里可以纵览未央、长乐两宫。汉时留下的两宫面积极其阔大，真正做到了萧何所谓的"让后世无以复加"。

如今，两宫真正修复的面积不过是原来的十之二三。从这里下望，两宫之中，只见得到小面积的宫宇俨然，其余倾圮残垣都被恶生的草木覆盖。而宫外面，还有更大的废墟遗忘在那里。

立于鸿台之上，洛娥像能听到父亲那寡言的嘴里发出的无声的劝诫。

——他是一个大匠，这一辈子，总是在试图修复一切。这鸿台，就是他要把荒凉与繁盛聚在一起给人看。宫中现在最多的建筑还是那些殿宇,带着回廊的,那些庑殿式的、歇山式的屋宇在视野里占到了大半面积,那儿书写着承压,书写着荫蔽,还书写着劳乏与困倦,只有鸿、渐二台,才能担负起那垂檐深蔽的日子之外的野望。

洛娥知道,父亲当时重修宫城,用度一概简省,只有鸿、渐二台在他手里可谓是不惜工本来修建的。

他希望有人终可以登上来,在这里一望枯荣,望见那谨严的繁华与凋敝的荒凉。

但其实这里最少人上来。

台顶风大,适才登台游赏的命妇们待了不一时就都下去了。

大多是怕风乱了她们的发髻衣裳。

这时她们多半聚在台下的殿里欢叙。不时有隐约的笑声传上来。宴饷之时还没到,洛娥此时倒没什么忙的。她想起适才台顶上,过百命妇们汇集于此,她们那些衣香鬓影,若叫南朝的仕女们看到只怕会为之发噱。但她们那认真地对待自己身上那精致衣履的心态却让洛娥为之动容。在南人看来,这些人怕都不过是些马弁农夫、老兵走卒的眷属,但恰是他们推翻了他们,她们取代了她们。

那些女人在鸿台之上,凭高肆望时,忍不住发出一声声的大呼小叫。这阔大的视野惊住了她们,她们所爱做的第一件事就是在这高台之上,往洛门方向、北阙甲第方向寻找自己住着的房子。

找到了那房子后,像才放下心来,开心地仰望积云之天,纵览长安之制。

——这就是人。

——是还没有被这宫中的回廊、衣着的品秩、馔器的分别绕晕的,还能分得清黍麦的人！

洛娥从台上送目远望，只觉得自己身上的飞髾悬绦都在掠翼欲飞。

她感觉自己在参与着一个博大的事业。她想象着那个作为氏人之王的少年，正一步一步踏实地登向祭坛之上。那祭坛，却是自己父亲生前所建。而如今这一切，是不是如父亲生前之所愿？这一大片溅了血的、灌着汗的关中厚土，是否只有靠这些精心构造的高台阔殿才能将之压服，并将其慰抚？

她的思绪直欲飘飞于九天之上。

耳边却听到了一声："姐姐。"

洛娥回过头。

是小鸠儿跑上来了。

台顶风大，她好容易给小鸠儿梳平的那一头辫发上，那些不肯服帖的黄毛又芒芒地扎露出来。

台顶只她两人，小鸠儿却还是凑到她极近处，小声地说：

"姐姐，你听说了吗？刚刚传来的消息，长祥死了。"

洛娥愣了愣。

小鸠儿却一脸的兴高采烈。

只听她兴致勃勃地对洛娥讲着："太后不是把他裁了出去了吗？他哪里来的生计？原来的董家人从董荣被斩后，早为奴的为奴，散落的散落了。听说，他出去后先被放在掖庭宫的宫墙外那片破屋子里，他一见到墙上用破瓮镶的那个破窗，用绳子拴着充作木枢的烂门，嘴唇就开始哆嗦。然后，还是好心人舍了他一罐浆水。第二天看管的人来时，却发现，他解了门上的绳子，把自己拴在门框上吊死了。"

洛娥的脸色一时变得阴沉。

小鸠儿却一脸是笑，等着与她同庆。

——可笑自己适才还想着天下之血，在脑海里奢言起那些天下苍生，这大言不惭之感猛地让洛娥脸上火辣辣的。长祥这一滴血，是她亲手刺的。她永远忘不了，那血会妥妥地垢腻在自己这看似洁净的手上，永生不褪。

小鸠儿自顾地兴奋着，半晌才注意到洛娥脸上神色。

"姐姐，你怎么了，在想什么？"

洛娥不想多说，只淡淡道：

"我在想，这事儿要不要回与太后知道。"

"你可别回！"

小鸠儿连忙阻拦。

可洛娥已看到，小鸠儿脸上似忍着笑。

——这妮子又知道了些什么？

洛娥望着小鸠儿脸上，一时不解她在那里吃吃笑些什么。

她现在心绪正恶，也不想追问小鸠儿什么。

只见小鸠儿在那里抿着嘴，忍着笑，半天，终于熬不住,冲自己说道：

"姐姐，你千万别去回。太后……现在哪里有空？"

说着，她回头四处张望了会儿，嘴又往前凑了凑，小心机密地跟洛娥说：

"难道你没听说？宫里悄悄都传开了。说太后近来不是心绪不好吗？吕婆楼进了一个什么沙门僧鸩上人来与太后宽心说法。"

洛娥点点头。

这事儿她知道。

可小鸠儿最近说话也沾染了那种这宫廷里常见的神神秘秘、鬼鬼祟祟的气息。她虽然不喜，却也说不得，无可奈何。

只见小鸠儿脸上笑意更浓。

"听她们说，那胡僧果然是西域来的，那儿不只瓜果大，什么都……又粗又大……听说，他一日与太后讲法时，不小心却露了出来。然后，太后这几日，被那胡僧侍奉得开心得不得了呢。今日，这贡儿会太后都懒得来，还是在殿内……听经呢。"

小鸠儿说得眉飞色舞。

一边又小心地控制着自己的神色，因为还要摆出"没什么大不了的""我什么没见过"的妇人式的气魄，却又不忘要带上一点点道德上的鄙夷与作为一个女孩式的羞窘。

也难怪她此时这么称心——云龙门之变后，太后与长祥两个人就都变成了小鸠儿心头的噩梦，这时眼见他们先后出乖露丑，她自然称心如意了。

洛娥眼神突然变得极其冷厉。

小鸠儿见到，一时吓得禁住了口。

她从没在姐姐眼中看到这么可怕的神色。是冲着自己来的吗？又像不是。那是冲着太后与长祥的？更像不是。

小鸠儿哪能解得，洛娥心思正欲纵飞九霄时，却被她一把扯回这到处粘着污血、浊汗、月红、精液，与种种说不清道不明的体液的宫城中的感觉？

她更不能明白那丝冷厉不只是洛娥看向她的，更是洛娥看向其自己的、内省的一种冷厉。

洛娥恍然忆起，那夜家宴完毕，太后对镜自揽，喃喃的那一句："都太后了呢。"

她当然也记得，李威在收到大王赏赐的那两个鲜卑娇女后，给太后写来的一封极短的，但语意模糊、难明其心绪的信。

那信写得太过委婉，又太堂皇，以至让人看不清里面究竟想表达些什么了。

那信就是自己读给太后听的。

洛娥只觉得，适才站在这父亲建造的鸿台上面，自己的思绪又被父亲给带偏了。

她又差点儿忘了，自己是活在这活生生的人世里。任何自以为振飞高骞的妄想都是对真切人生的无知与草率。

她知道自己心里的那个洞在如何地扩大，且永生不知该以何将之填补了。

一阵大风吹来。

小鸠儿边骂着那风，边护住头上的簪饰。

洛娥只觉得那风从自己身体里的那个洞透体而过，再度把自己吹得什么也不剩，落到这现实而又混沌的长安里来。

第十二章
廷杀

——就算现在回想起来，杨靖也记得自己当时身上的那场抖。这么些年，哪怕自己不承认，哪怕自己再怎么当面背地里嘲笑樊世，他也知道，自己总有某一部分是依附着那个凶神的！那个凶神完了……这是他第一次从骨头里感知，那个凶神真的完了。

——那以后自己将魂依何处？

他头些年曾经想过，如果有谁能真的逼出自己心里的怕来，那自己一定会依附上，缠上他，一直到缠死他！就如他对樊世。

那一刻，杨靖就知道，他被这个汉人收服了。

那一晚，苻坚头一次喝成这样的酩酊大醉。

郊祀祭坛上的那把火在他脑子里烧着，烧得他只觉得这世界一片光明，那火烧得他更加渴，接连地推杯换盏，直到大醉后，还谁都不让扶，嘴里只喊着："言妹扶我。"

——苟皇后的小字是"令言"。

无奈之下，苟皇后只有亲自出来把苻坚扶了进去。

因有群臣在座，苟皇后脸上难免羞涩，但灯烛映照之下，其容光焕发处，却是近年来少有过的。

群臣们看着，也只是脸露微笑。

这日的晚宴，是郊祀过后，苻坚与几个近臣的小宴。

在座的，只有吕婆楼、权翼、薛赞、强汪几个。王猛有事要办，早在苻坚饮醉之前就退了席，席上只剩下他们四个。

他们几人倒不急着散。各人都被了酒，权翼拿着箸在桌上敲着，薛赞在旁边以指弹杯，强汪拍着大腿唱了一曲。

今日郊祀之礼，本是在他们全力谋策下才促成的，这时不免人人高兴。

只听吕婆楼叹道："说起来，自从老帅当年在枋头被麻秋毒死后，至今已有七年，举国上下，似今日这般齐齐整整的场景，我真是久未见到了。"

权翼还在那儿轻轻地敲着手中之箸，口中说道："世事翻覆太快。不过月余之前，我跟景略一起，还曾对他说：人心凶怖，怕各怀思乱之变；他还笑我——说人心何尝思乱！所谓人心思乱，不过是个个都在担心他者生乱，乱了自个儿，个个都想自求安全而已。他跟我赌的是国中其实人心思定。现在看来，终究还是他是对的。"

强汪、薛赞在旁不由感叹了一声。

吕婆楼却在一边笑道："少给老夫瞎扯。人心思定？怕是被你们这些人给骗定的吧？"

说着，他转眼望向强汪。

"好了，今日礼也行了，火也烧了，大王的愿也许下了，他许南北军将士，月饷不会低于一石半。现如今，你做了大司农，我就问你，怎么还这个愿？今年确实年景不错，可你到底收上来多少粮赋？上个月每日里你上传捷报，今日五万石，明日七万石的，我可帮你算着呢，我就不信你真的已收了一百八十万石！就算有这一百八十万石，按大王许的愿，不过堪堪北军够用，那南军的军粮你给我从石头缝里刨出来？"

薛赞在旁边插话道："吕大人，北军虽号称十万，实员人数李威已报了上来，不过六万三千一百八十余人。论起来，南军只有比北军更少，起码更要少个二成。若同样也能核实，就少了不少朝廷耗费。"

吕婆楼冷笑道："南军是少，可从少府走的定额从没低过八万。苻柳大将军还发愿要趁冬修他那连云宅第，你觉得，他那儿饷额你裁得下去？谁来裁撤？大王裁？他刚重修宗室之好就马上翻脸？你我去裁？是你去核实还是我去核实？樊六还没埋进地里呢！"

众人闻言一时默然。

这确实是棘手之处。李威顺承朝廷，把北军人员落实，但眼里可盯着南军那边儿呢。真不核实南军，朝廷也承受不了北大营这边儿的压力。

却听权翼说道："这个我倒算计过，还跟景略有过商量，倒听景略说过一计。他说长安城用不着这么些兵，南军、北军最多各留六万人足矣，其余的不如把他们分派函谷关与武关，一为可就华阴、蓝田之粮，二可适机劫掠晋、燕，既充实关口，又可以严防晋燕两国，以充边防。李威部下，超过六万之数，就东迁函谷关；苻柳帐下，超过六万之数，就南迁武关。"

吕婆楼怔了怔，他脑中一算计，就已明白，这真是个妙手。

以苻柳之贪，如今樊世失势，他定想控制住原在樊世手下的南向关口，如武关、牧护关、蓝关这一带。借苻柳之手，侵夺樊世，朝廷就不用面对那么大的压力。而苻柳若欲成事，依他平日所称的八万南军名额，就得实派两万出去。他手下冒领军饷之名额怕已过半。真调个两万兵士助守武关的话，那他这里，留在京中的兵士也就不过两万，而李威手下还实有六万，长安附近，形势立转，那以后，京中倒是可以放心了。

吕婆楼一时也点了点头。

可他脸上不改冷笑："就算这军中勉强抹得平，立得住，但朝中众臣，你就叫他们喝西北风吗？"

强汪这时才得到机会还口："朝中众臣？嘿，指望我给他们发粮？我还想从他们手中刮上点儿出来呢！你这个司隶校尉，难道是白当的吗？治他几个贪渎之辈，罚没的家产，只怕就够养满朝臣僚大半年的俸禄了。"

吕婆楼不由得哈哈大笑："不逼你，你还不肯把正主意告诉我，果然，有亏空就落在我的身上了！"

强汪冷笑道："你心中难道不是早有打算？这些日子，我可知道你先忙活过的。姜家那个被全族看不惯的姜原，你可暗地里叫人打听他贪渎不法之事了。"

"我是有过打算，但这打算里第一条就是，可以借清算前朝八位顾命大臣倒台之际，被人趁势侵夺的家产，追回一大批钱财来。这里面，现今的朝中酋豪，可是家家有份儿啊。我不说你也该知得手最多的是谁，谁家现在又最方便动手。你当面跟我强项，可是真要我动你们强氏？"

强汪冷笑道："吕大人，别看我的面子！我不让你动手你就不会动了吗？我是家门逆子，你就算动手与我又有何相干。"

吕婆楼听他这么说，倒冲他端端正正地施了一礼。

"是我说错，强大人果是正人。"

拱完手后，吕婆楼重又言及正事。

"前太后虽死，强门势弱，但毕竟还有苻柳在，那毕竟是他的舅族。好在他舅族家与他交好的不过一门，该是强陈吧。而强氏兄弟彼此间争利久矣，从来恨不得置对方死地。我也知道，强家确有抄没的余地。此外，还有姜家、杨家中的一些支系，咱们也可打上些主意。但此事终究宜缓不宜急。我粗粗算了一下，单军中、朝中、宫中，来春亏空，最少也得有百余万石。朝廷又禁止纵兵劫掠坞堡，当然朝廷可以再去榨取些赋税又是另一回事。可纵算朝廷自己出面，能逼些出来，总不能做得太难看，所以也就有限。况且，大王又说渭水东桥今年必须要修，东西两市还要重建，这又多出来最少二十万石的亏空，单裁上三千宫女，就补得齐了？"

今日宴会，大家本来心情甚好。

可听吕婆楼说到这儿，人人脸上，不免个个都忧色渐重。

吕婆楼叹了口气："节是过得热闹，人人都喜欢朝廷大哺天下。但这大节过后，大王许下的愿，却终究靠什么来还？"

他望向权翼："那王景略还曾跟你说过什么？"

权翼放下手中之箸，踌躇了会儿，终于说道：

"我与他倒也私下推演过。"

余下三人目光一时齐齐盯向他。

"景略说，明年该整顿授田之制了。"

众人本来热切的目光立时涣散下来。

吕婆楼冷笑了声：

"你这是缓急不称。"

薛赞一时又去敲他的杯子，强汪拍着大腿，人人中了酒后，就怕这欢愉中猛然看到寡淡的未来，似乎适才所有的欢愉都是错的。

但是，权翼又轻轻说了句什么。

那三人登时齐齐抬头，眼神中，露出既紧张又兴奋的神色来。

"景略说，长安事定后，咱们得拼力去拿下并州张平。"

并州就在关中之地的东北。张平也是当日冉闵之乱后趁势从石赵里分裂出来的一股势力，如今啸聚并州，手下实力强悍，周旋于晋、燕、秦之间，可谓得心应手。张平手中，那是大有些粮草资财。

吕婆楼忽然振声而笑。

"好个王景略！他果然胆大。他不知道，张平、姚襄，连同咱们先帝苻健，号称并世三杰，先帝可是在他手里吃过大亏的，为此还差点儿亡过国。就不提张平的养子张蚝，那可是号称'万人敌'的猛将。"

但权翼只静静地说道："此事还在图谋，说起来话远，先看景略怎么把樊六之事收场吧。"

＊　　　　＊　　　　＊

月儿光光，屌儿慌慌；

　　十八九岁，想要婆娘！

　　吕光知道唱歌的几个老兵是在打趣自己。

　　他并不介意，只是随手拣起个石子打了下去，下面就爆发出一阵哄笑。

　　他这个鹰扬将军跟一众兵士从来都打打闹闹惯了的。他只没想到，有一天，哪怕在这种热闹戏谑中，自己也会感到寂寞。

　　这是郊祀过后的平静的夜，整个长安城似乎都陷入了饱足后的乏倦。吕光今夜本不当值，却想来这昌平门上看看。

　　月亮在昌平门上已升得老高。

　　吕光坐在昌平门城楼的楼头上，在那如镰如钩的月亮下，却在悬想月华丰满的时候。

　　——丰满的月亮总让他想起女人。

　　——那饱含着生命力的、不落粗俗、不舍隽永、却又绝非孱弱的女人。

　　其实，他父亲说得没错，他从来就没缺过女人。

　　可他没见过这样的女人。

　　吕光自己忽然呵呵地笑了起来。连他自己都觉得好笑，在贱视裙钗如无物多年后，居然报应似的，会碰到这样一个女人。那感觉像是：悬想中的东西突然落实了，叶公好的那条龙真的来了！那女人碾压了十四岁以来自己对女人所有的知识，无比强大地覆盖了他的整个想象。

　　他现下没有母亲，没有姐妹，也没有女儿。

　　而那个女人，带着所有关于母亲、姐妹、女儿的幻象覆压进自己的脑海。而让自己简直莫能御之！

　　今日的郊祀结束之后，本来还有大宴。那大宴要延续到申时。大宴罢后，全城勋贵，大多都各邀好友，回去继续喝酒。

连大王都约了好几个近臣，回菖蒲宫饮聚。

吕光没有参与。他一直受命在祭坛守卫，要等太常监的人将祭坛打扫后，再率领最后的一批兵士回城。

他没想到，王猛居然也没参加大宴，而是拖延未回，留在郊祀场地，等局面冷清后找到了自己。

当时他们在野地里静静地坐着，遥望着祭坛上那正在熄却的火，身边的风很大，吕光身边，放的有酒肴。

王猛往袖中掏了一下，似要掏个什么东西。

他眼睛看着吕光。

"吕小将军，今日王某有一事想请教。"

吕光看向王猛，他对这个汉人并不了解，只知道大王和父亲对他都相当敬重。

"王大人请说。"

"莫干在哪儿？"

吕光的背猛地一下挺直，他心中的防范扑棱一下支楞了起来。

"大人说的是谁？"

"当然就是当日樊六在蓝关一带劫掠过的，从南阳迁出想远投河西张氏的那一拨孔姓流民的领头人，他们称为'主母'的莫干。"

吕光摇了摇头。

"我不知道这个人。"

王猛却将袖中掏出的物事放在了地上，轻轻向吕光推去。

那是一把短匕。

刃口还放着寒光，刃薄得似乎风吹过它就会打颤。

"小将军不认得人，还认得这把刀吗？"

吕光的目光慢慢盯在了那把刀上，脑中却联想起握刀的手。他从没见过一个女人握刀的手可以如此修长，有力，而又坚定。

当时她怀里抱着一个褓裸，身边只剩个胳膊虚吊着的侍女，就这么，二话不说地，拿着刀，朝自己骑着马的腰肋之间扎来。那破损的宽广大袖随风一荡，那一身独特的汉人装扮与脸上特有的一种自己没见过的神情令他吃了一惊。他弯腰侧肘，击在那女人腕上。匕首已刺穿了自己的衣服，好在还没进皮肉，他将那把刀打落……不，他没将那把刀打落，那刀还是刺进了自己的心底某处。

可吕光对着那匕首摇了摇头。

王猛倒不介意。

他就将那把刀放在那里，良久问了一句："你不想将她留下来吗？"

吕光紧抿着嘴唇，闭口不言。

——他是事后才知道，这就是樊六在蓝关一带劫掠的流民幸存者，且还是领头人。她当时滚落山崖，逃得一劫，眼见阖族被戮，壮年人都被捕去，却挣扎不上来，惊怒之下晕厥过去。醒来后，只找到了侍女与受了重伤的孩子。一路既要遮掩行迹，又要追踪族人，碰到自己时，以为又是要劫掠她的人，才会在麦田中突然拔刀相向。

他救下了她，可那孩子，在带她折返长安的前夕，还是死了。

其间，他不辞危险，以弱兵挑战樊六，不惜三度鏖战解救俘虏，除了执行朝廷旨意外，不能说，原因里没有她。

"樊六可是她杀的？"

吕光摇了摇头。

"实话说，我不知道王大人在说什么。"

——他甚至不知道樊六被杀一事。在蓝田回长安的路上，他一路跟踪樊六往复劫杀。他的人马少，但三次大的劫杀都是他所发动。他当然知道樊六是个什么样的狠角色，但他不想再让那个女人受连累，所以一路上，那女人并不曾与他同行。他秘密安排了三个兵士，护着她往长安走。

跟樊六的那一场场战斗打得可谓惊心动魄。他不知道这女人到底是哪一点这么吸引他。是为了她的端方？那种遭受重创后，整顿衣裙，在自己面前落落大方地坐下来的那种端方？那端方的气质他真是此前未见。哪怕她身上的衣衫污垢残破，哪怕她只是理了一下头发，但瞬间让你觉得她是华服飞髻地端坐在广厦高堂之上。

但端庄不足以解释她。

可能还有那端方下，那么鲜明的情绪？那端正之态竟一点也掩不住她心中的悲恸，她的愤怒如火，当你听到她提及秦岭被劫一事，你只觉得她的怒火会让整个秦岭燃烧起来，烧尽这世间不公，以燔火叩问苍天！

她也确实做到了，她让自己不安于席，在蓝田回长安短短途中伏杀樊六三次，直到樊六之死，甚至将这怒火扩大到几乎焚尽长安！

可她念起族人时，她的双眼是干的，没有泪，仿佛静水深潭，其深不可测。她出刀那一刻，简直又在身上腾起股金戈之气；然后她理性恢复，高肃如远古的森森林木。吕光不知道怎么总结她，只知道，她这样一个女人，竟能脚踏着土地，带领着族人一步步从乱兵烽火间走来。那以前，她一定走过更多的路。

这是自己见过的情绪最鲜明的女人，裹挟着巨大的感染力。吕光是那一刻才明白她为何能做头人。可她所有鲜明的情绪都统一在她的端方之下，不曾为情绪所驭。她的端方是她驭使情绪的武器。

第二次伏杀樊六时，吕光血湿半袴，部下折损三十余。

那一回，死亡的恐惧真的压住了他，他知道自己失血后脸色是何等苍白，几欲就此收手。他丢下部下，悄悄追蹑这个女人的行队，追上时，于夜里悄悄地看了一眼她。

那一晚，正是她婴儿死去之日。

吕光听到前面的旷野里发出一声悲呼，在他听来，那悲呼简直直冲苍天，然后从上面折返下来，沛然难御地击打在他的身上。

他没有前去见她，没看那死了的小孩儿，而是折返回去，于第二日，发动了第三轮的伏杀。

这一次，他终于解救了她的族人三十余个。

当然，死去的也有很多。

"大人何故一直追问？京兆尹办案，就必须要从我这个缉凶的人身上来追出个真凶结果吗？"

王猛微微一笑："小将军误会了。"

他望向远处。

"方今天下大凶，死亡无算。胶柱鼓瑟地追一个所谓真凶又于事何补？王猛不才，还不至于拘泥于那点儿小道理。自大王起，乃至令尊吕大人，所图的不过是要扼住这天下凶势。我不在乎真正杀樊六的是谁，但我还是必得追问莫干的下落。小将军可是担心莫干被朝廷当作人犯，以平樊家之怒吗？"

吕光满眼不信任地看了王猛一眼。

王猛摇了摇头。

"小将军放心。"

"问题不在于我王猛许诺后，保不保得住她的安全，而是，她自己绝对保得住自己的安全。"

吕光不由神色一愣。

却见王猛从地上拾起那把匕首来。

"南阳孔氏，孔家先人孔伦，小将军可曾听说过？"

吕光轻轻摇了摇头。

接着，就见王猛伸指在那刀身上一弹。

只见刃影轻晃，一声细微的"嗡"声传来。吕光是军旅出身，娴于骑射，耳朵不由得为之一竖。

只听王猛道：

"吕小将军也听出来了吧？"

"这既是一把宛铁，又夹杂了柔铤之术。莫干之所以敢携族远走河西，就是因为，她知道自己凭此一技，可以抵得精兵十万！除了樊六那等粗鲁无识之辈，你觉得，她真的会怕这个世界吗？"

吕光一时不由愕然。

与樊六最后一战，救出孔姓三十多个族人之后，他就携队折返长安。

之后，隐藏安顿好他救出的那些人，他都来不及回家禀告父亲自己与樊六开战一事，就去寻找那个女人。

她当时，被自己的手下小校藏在渭水河边。

可找到小校藏匿之地，才发现，她却不在！

小校笨得什么都说不清楚。

自己也以为这个女人就此不见了。为此，他还一整夜心头大恶，不愿回家，去了城西小校场。可城西小校场那些熟稔的兄弟也安慰不了他，那一夜，他几乎彻夜未眠。然后，第二天他听说了婆苏提行商之事，一时念起，就去疾追婆苏提，一时还追过了头，折返回来后才在洪堡铺遇见了婆苏提。

他当时怀着一个疯狂的念头……想弃军离家，像小时自己想象的那样，纵此一骑，横绝西域。他当时的脑子里到底怎么想的？是因为在一个女人身上见识了他此生未料到的所有丰沛，所以想横绝于西域那荒凉的广漠，以此来对冲这一场一生一遇？

吕光苦笑地摇摇头。

他没想到会在洪堡铺碰到刘恨儿那场劫杀，他碰上了就不能不管。亏得父亲后来派人找了过来，否则，他只怕命丧久矣。

归途中，他才听说了樊六被杀一事。

他先还一怔，接着明白，莫干没有走。

——她并没有离开长安。

他想起自己追问过的小校跟莫干说过的话。莫干一定已在小校口中打听清楚了樊六在长安一贯的行止。樊六在长安不是劫掠，就是喜欢去洛门外找那一带的土娼，稍对他有所了解的人都知道他那点儿癖好。

念及于此，吕光心头为之一振：这才是他认识的那个女子能干出来的事！

他当夜重返长安后，即遭到父亲的禁闭。父亲也是为了他的安全。直到京兆府开堂，那日提审人证后，父亲才终于觉得自己这个儿子安全了，稍放松了对他的管制。

吕光脱出父亲的禁闭后，就再一次去了渭水河边。

那个茅草棚里，莫干果然还在。

"你没走？"

吕光记得自己问。

"我族人俱在，如何会走？"

吕光当时没有问她是否杀了樊六。

就像不想去追问一场神迹。

这时，他抬头定睛望向王猛。

"没错，樊六是她杀的。"

"我也知道她现在哪里。"

"你可真能说服她不再投奔河西张氏，让她在长安留下来？"

*　　　*　　　*

这夜，酒的味道溢满长安。

杨靖觉得，只要闻着就想吐。

他不喜欢酒的味道。

闻到时，他总想起父亲拖在地上的肠子，与暗夜街巷里那喷溅的呕吐之物。

酒这东西，它本身闻着就有着一种粮食熟极后的腐败感，像刚到盛年眼看着在命运的长坡上下滑的女人，像想象里她那身上将要松懈的皮肉，像空虚前的那一场纵欲。

杨靖不喜欢酒的味道，但不妨碍他喝酒；就像他不喜欢人，但也不妨碍他弄人。

今晚，樊世抱着两个大酒囊找到他家里时，他就知道，这老混账，今日终于混到无处可去了。

就如同自己这个小混账，今日哪里都不想去。

杨靖的家里其实萧条得可以，院里拴了匹跛马。这小院儿在厨城门外很是荒凉。樊世抱着革囊下了马，走进他的小院儿时，步履间分明已有了蹒跚的味道，只是他自己并不知道。他是先喝了一气再跑来的。一路所经过的长安城，喜庆的简直让他陌生。他喜欢裹挟着这整个世界跟他一起狂暴，那样他才会有安全感，也拥有权力感，像可以把外部所有的一切都拉入他熟悉的范畴，在自己的地界里战斗。

可今日这长安，散发出来的平和喜庆之味却让他感觉不习惯，像被整个世界排除在外了。

然后，他唯一能想到的人就是杨靖。

他抛了个酒囊丢给杨靖。

这酒囊够大，否则，如此长夜何？

"祭坛那儿你去了？"

"去了。"

杨靖揪着酒囊仰灌了一口。

其实他也见不得热闹，就像他看到撒欢的狗时，总让人忍不住想踢它一脚。他看到祭坛之上，有一点庄重的，那燔火燎天的祭礼，他又抬头看了眼天下的云，想这时要有一场暴雨下下来，才更好看。

他在失怙的状态下长大。虽是杨家人，却因为出身于旁系，没受过多少家门照料。他习惯的是一个仓皇的、失措的羽林孤儿的世界，有兴趣看的也总是这世界同样的仓皇、尴尬处。仪仗队里，他第一个关注点是在想着哪个哥们儿是不是喝多了水，这么威武排队时，会不会失禁？

他讨厌酒，是讨厌酒精上头时，人总会控制不住地有过分壮阔、过分狂放的胡想。粮食烧着了还能变成酒，人烧着了却会只剩下糟。他得保留着自己的那一点乐趣，审慎地活着。

"他们这是要成事？"

樊世喃喃地说。

"难着呢。"

杨靖冷笑道。

——可再难，他俩这回是拦不住了。

樊世忽然长叹了一口气。

"六儿的那事儿，我现在都不知该怎么办了。"

说着他愤怒起来。

他揎了把袖子。

"孙子！就不下场跟你打！就在藏在暗处来算计你，算什么英雄好汉，算个什么大秦天王！"

樊世一时眯起眼：他咋咋呼呼、拼了几十年豁命积下的威势，在最热闹的地段摆下了场子，祭起了尸体，知道有一点火星炸进那围观群里，他们就会起来暴动的。只要打起来，就会出火，就会炸。他知道对手必然会怂。他知道自己真正的煽动力。可结果，却被人家摆平了所有的围观者，带着他们去南郊祭坛烧了好大一把火，哄得所有人都开心了起来，还大宴长安。自己却被抛在原地，不知该怎么弄了。

但樊世从来不是会心甘的人。

"我叫你查樊六的死，查得怎么样了？"

无论什么，总会有破绽，总还有可以下手的余地！

杨靖不再急着喝酒了，只是抿了一口。

"一个女人。"

"什么？"

"杀樊六的是个女人！"

樊世气得把酒囊都摔到了地上。

"你跟我说什么？不是吕光？真的不是吕光？"

"樊六死的那夜，吕光一定不在场。那时他已追去到堡铺，见那死了的胡商婆苏提了。"

"真是个女人？她杀得了六儿？现在那女人呢？"

"京兆府捉住了。我去看了，还问过话。已经病了，病得都快死了。"

樊世一时满脸狐疑。

他不相信地看着杨靖，怀疑他是不是在说谎。

可杨靖的表情镇定。

樊世喃喃地问：

"是个，什么样的女人？"

杨靖忽然哈哈大笑起来。

他笑得几乎被酒呛住了，咳了好一会儿，又接着笑。

"叫我怎么形容呢？一张又宽又横的脸，眼睛细得跟条缝儿似的，嘴唇很厚，唇上嵌着一个铜环儿。头发又稀又薄。壮得跟头牛似的……"

杨靖眯着眼看了樊世一眼。

"……就是没你高罢了。"

他毫不留情地往下说下去。

"我细问过了，是匈奴人跟丁零人的杂种。她也说不清自己的父母是谁，就是洛门外土棚子那一带的一个土娼。你不是给樊六娶了亲吗？平时没见他往家回，好像不太在乎女人啊？好像除了劫掠，他都是往土棚子里找土娼去了。那土娼丑也就罢了，还生了一身病，脸上一溜全是泡。樊六找她次数该不少，好像好的就是这一口儿。那土娼唇上的铜环还是樊六给她的。在樊六来说，算是难得的大方了吧？"

樊世眼看着就要暴怒起来。

"你胡说什么！怎么会是个土娼？她干什么要对六儿下手？他们明日就要审她？"

杨靖的眼睛眯缝了下。

"不审她审谁？反正她都已经招了，说樊六儿就是她杀的！"

"放屁，六儿是一个女人杀得了的？你们这就是要败坏他！没错，就是败坏他！败坏他还不止，还要败坏我们整个樊家！让我们出大笑话！老子跟他们拼了！"

杨靖的眼忽然聚成一根针。

"沙蒙娗，那个女人的名字。"

他眯起眼睛看着樊世。

"这名字你总知道吧？"

"知道那土娼说为什么杀樊六？她说不知樊六怎么就知道了，知道你也喜欢去找她，知道后，樊六当时就受不了了，骂她为什么会接你！骂着骂着就开始打她，打得那叫一个惨。然后搜她屋子，还喝光了她的酒，然后，樊六醉着要回去，回去路上，她追出去，背心一刀，就把他杀了！"

樊世眼瞪得溜圆，接着，怒气却平静下来。

"这就是你给我查到的？"

"没错。"

杨靖不理樊世那威胁的眼神。

"其实查起来容易。人都是京兆尹抓的，我只管去问话。于公于私我都得去问个话。你别装着不信，你也知道，这就是真的。"

"怎么个于公于私？除了我托你，你于公又公在哪里了？"

"你还不知道？我现在已入了廷尉衙门了，拿了廷尉左监的职衔。"

朝廷要裁撤军职，八校尉的活儿，我怕是撑不下去了。谁知道呢？说不定过两年凭我这份查访之能，真就混上个廷尉，也算是位列九卿了呢？"

樊世的一双眼猛地盯向杨靖。

杨靖轻薄地笑道：

"你是认得那个匈奴女的吧？"

他话里有一丝调笑似的嘲弄。

可樊世的反应反把他刺激到了。

只见樊世瞪眼打量了下他，像看着条弱蛇，看着只瘦鸡，看他如残疾人般的。

"你这样的，自然不知这种女人的好处。"

杨靖一时也被激怒了，回瞪向樊世。

——今夜，整个长安都抛弃了他们，自顾自地乐去了，他们两人心中都满是怨恚，恨不得要互殴一番才好。

可樊世一把从杨靖嘴里把酒囊抢了回来，又拣起地上那个，起身就走。

杨靖知道他这一去，他在这长安城内最后的交情就断了。一时突然有些不舍，没经脑子地脱口一句：

"你往哪儿去？"

樊世嘿然道：

"叫他们把樊六的棺材给我拖回来，我拿去埋了！这案子，他们赢了，他们风光，他们堂皇！我不告了总可以了吧！"

杨靖的目光重又冷静下来。

他远远地看着樊世离开，看樊世的背影像看着一个死人。

——今日祭天大典时，看着坛上那火在烧时，他就知道，樊世已经死透了。他带着羽林卫护卫着苻坚回城后，大宴他没去，也未参与守卫。他看不惯那虚热闹，只想回家。却没想，在回家的路上，王猛找到了他。

"想不想入职廷尉？"

那个汉人就这么直白地问他。

"为什么？"

"因为你就擅长这个。这城里的阴沟，没有你不知道的吧？"

杨靖冷笑起来，不屑地看着那个汉人。

"也因为你是个聪明人。当日，四处劫杀的消息往回传得不错，步步都踩在了点儿上。刘恨儿也算死在你手上的吧？"

杨靖忽然感到一点怯。

——平日什么人他没见过？碰到那种自诩为堂皇正大的，他可以借阴毒消解之；碰到仇余、樊六那种粗俗有力的，他可以用自己的洞透鄙视之；但眼前这汉人，他算是交过手了，堂皇正大来得像比谁都堂皇正大，能唬住从天王到权翼那班人；可他那眼神中对人世的洞透之处，似乎比自己还来得深；更可怕的是，杨靖头一次觉得，自己的阴毒竟不及他人，他似是阴毒不过这个汉人！

"我不是你的敌人吗？"

可他吐出"敌人"二字时，却在王猛眼中看到了一抹笑意。

杨靖立时被激怒了。

这汉人明摆着是看不起他。

"怎么？势单了？力孤了？想趁着郊祀完，大王收拢那些宗室、勋贵们，你也借势收拢一些狭邪才人？别跟我玩这套！我姓杨的见过的多着呢！你还不知回头怎么给自己收尸，现在就急着来骗我了。"

王猛却全没动怒。

他只静静地说："没错，我是要找些手下。你也不是我找的第一个。另一个好像比你明理多了。"

杨靖一声冷笑。

"你还能去找谁？你那一套，权翼、薛赞那两个羌人可能蒙得过，吕婆楼都未见得信你的邪。你以为会有氐人信任你？"

可王猛答的两个字立时就把他给镇住了。

"樊用。"

那汉人定定地看着杨靖。

"你以为他凭什么坐到少府监这个位置上的？只为他爹与太后那个已毁之约吗？氐人青年中，你确实算是个人才，可你自谅，较那樊用如何？"

"他……真的？"

杨靖这次是真的吃惊了。

寻常氐人很少有人能明白樊用。可杨靖觉得，自己明白他，也明白那小子心里的野望。

"你拿什么买通他的？"

那汉人笑了笑。

"好久没机会跟人有话直说了，能直说的感觉真好。"

"我只需要告诉他一件事。"

"我可以把他爹给杀了！"

杨靖一时不由浑身颤抖。

控也控制不住的颤抖。

——就算现在回想起来，杨靖也记得自己当时身上的那场抖。这么些年，哪怕自己不承认，哪怕自己再怎么当面背地里嘲笑樊世，他也知道，自己总有某一部分是依附着那个凶神的！那个凶神完了……这是他第一次从骨头里感知，那个凶神真的完了。

——那以后自己将魂依何处？

他头些年曾经想过，如果有谁能真的逼出自己心里的怕来，那自己一定会依附上，缠上他，一直到缠死他！就如他对樊世。

那一刻，杨靖就知道，他被这个汉人收服了。

意识到这点后，他忽然就不颤了。

他也顺利地接下了在樊六一事上，彻底逼退樊世的任务。他久知道樊世的隐私，那老小子两父子聚麀之事确实是真的，他们确实找了同一个土娼。他一定得抢先在樊世的身上戳下这一刀。

那老头哪怕再凶暴，这事儿他终归也会受不了的。

这也就算他向王猛交的一份投名状。

*　　　　*　　　　*

这日早朝，是郊祀完毕，举朝大酺三日之后的头一个早朝。

未央宫中的前殿已打扫一新。

司隶校尉吕婆楼督导朝班，要求四品以上官员悉数到朝参见。

这一日也是一众朝臣身穿簇新朝服在朝堂上的正式亮相。

参拜之仪由朱彤制定。这群氐中酋豪，外加零星的羯羌显贵，还是头一次尝到这种按序列班的滋味。

那些排在队伍前列的，或者压制住了早看不顺眼的人，得以位列其前的，或者单纯喜欢穿新衣服的……诸臣们一起合力维持住了这个秩序。加之有吕婆楼在旁督策，前殿的石阶前，拾级而上的一众酋豪们竟难得地显出种齐齐簇簇的规整状态。

樊世今日推脱不了，也只能与列。脸上阴沉沉的很不好看。

而天王苻坚就坐在大殿之上，看着群臣这么鱼贯而入，心头一时畅快已极。真是，今日始知做天子的滋味。

苻坚坐在殿上，心里还在想着王猛的话。

因为这是个重要的早朝，所以头一日，苻坚就专召王猛入宫商议。

王猛一进来，他就高兴得敞声大笑。

"景略，景略，直到我登坛献祭时，才终于觉得，这国终于像一个国了。"

他即位已有数月。

这数月以来的冰炭交煎，宫中、朝中、族中、宗室之内、辕门之间……一迭迭涌上来的压力几乎曾一度让他崩溃。

没想，终究还是熬过来了。

然后，他就很认真地望着王猛。

"景略，今儿找你来，是为了明日早朝。郊祀之举真如你所言，果然有用。我今日才明白你说的什么'天子务虚而治天下'。我知你心中坦荡，有话就会直言。所以，我想问你，即位以来，有什么做到没做到的，你都得要直接告诉我。"

王猛端端正正冲苻坚行了一礼。

然后才开口回道：

"依臣所见，大王若可指摘，唯'仁厚'二字而已。"

苻坚不由一愣。

他脑中回想自己这一向所行，急问道："你是说我仁厚处有亏？"

王猛摇头道：

"非也。臣只担心，大王所行，失之过于仁厚。朝中酋豪几尽是军中出身，生性粗豪。且朝中不只是氐人，还有汉人、羌人、羯人；所谓

'畏威而不怀德'，大王即位已来，上体天心，下察民意，所行俱为德政。但臣窃恐，大王太过讲道理了。"

苻坚听得却连连发愣。

却听王猛继续说道：

"即以废帝苻生为例，其驭下之道，未尝不有可取之处。天子固当以仁厚为本，但也当立其不测之威。天之行，尚时有雷轰电殛之例，不如此不足以震慑豪臣。"

苻坚听得眼中一亮。

"所以，明日朝会，你是要我不讲道理　次？"

王猛冲上颔首。

苻坚问道："还要明显的不讲道理？"

王猛点头。

苻坚忽然敞声大笑："我在你们汉人书上读到的可不是这样的。景略，景略，我只觉得你有时可是真的不依常理！"

眼前殿下，吕婆楼督策朝班走上。

自有司礼唱赞，群臣按例行礼，大王谦让止礼。

然后，朝堂之内，鸦雀无声，只等大王开口。

只听苻坚开口道："想我大秦历经三代，胼手胝足，前日郊祀，上下协力，终得此昌隆国运。昨日，我与皇后在后宫议起，想朝廷难得如近日般喜庆，何妨喜上加喜？此前，太常奏议皇子皇女封号，以苻娟为顺阳公主。此女素为朕所疼爱，所以想早点儿为她择婿。"

他说到这儿时，底下群臣不由得面面相觑，一时愣住。

却听苻坚继续道："我与皇后一时在宫中遍数群臣。突然想起，殿前都尉杨璧，秉性纯良，姿容有态，且家门清和，实宜尚主。所以定下以杨璧为顺阳公主驸马，你们可要向我跟皇后道喜了。"

他一语未完，樊世脸色已经紫胀。

只见他一步从朝班中跨了出来，大喝了声：

"不可！"

苻坚脸上变色，叱道：

"有何不可？"

樊世怒得肺都要炸了。

"早在去年，杨璧早已与我小女定亲，今年冬上就要行礼。大王安能夺人女婿？"

王猛这时出班叱道：

"乡老村夫，你如何敢跟大王争婿？"

樊世此时也顾不得什么，新仇旧恨一起涌上来，戟指指向王猛，破口大骂："我氐人家事，干你汉人何事？这天下，是我这乡老村夫拿命搏出来的，却轮到你来坐享其成？苻娙年纪不过四岁，此时要征什么驸马，要什么女婿！你家女儿这么大就出来强抢人女婿吗？"

座上苻坚已经变色。喝道：

"老氐无礼！"

樊世傲然视上，啐了声：

"无知小儿，你祖父在时，也不敢叫我一声老氐！"

苻坚叫了声：

"先祖容人，你却敢辱我祖父！"

说着，他从御座上一跃而下。

下来时，顺手就掣过阶前侍卫手捧之剑。

他也是从阵前军中杀出来的人，动作极快，飞奔过来时，就扯脱了剑上之鞘，然后拖着剑就直朝樊世而来。

樊世虽也有五十几岁，却力气未衰，阵前军中，怕过谁来？这时抬手扔出手执之笏，就朝苻坚打去。

一转身，趋向柱旁惊呆了的侍卫身边，一把拔出了他的配刀，转身就要与苻坚对搏。

殿中群臣人人慌乱，有人大叫，有人侧让。

眼看苻坚与樊世就要对上了，各执刀剑，君臣就要在这殿上互砍。

队列中的杨靖突然伸了下脚。

樊世绊得一个踉跄。

吕光得机，一脚就从后踹向他膝弯。

樊世单膝跪倒。

而头上，苻坚的剑已劈下，正中他头面。

只见立时鲜血飞溅。

那血溅到了苻坚的脸上。

苻坚伸手一拭，振声笑道："老狗今日得诛，我杀你之心蓄之久矣！"

只听王猛在旁喝道：

"拖下去。樊世悖逆，纵百死不足赎其恶，当枭首以为群臣诫！"

*　　　　*　　　　*

东、西两市最近是渐渐热闹起来了。

听说，渭水东桥已开始在修建。自秦汉以来，渭水上就有三桥供过往来人使用。东桥焚毁近百年后，没想到还有一日得以重修。

四方客商在经过这一两个月的试探后，终于发觉大秦境内如今果然道路清宁，渐渐都聚集了过来，所贩之吴丝蜀锦、并刀蛮香渐渐充实了市面。市中妇女也渐次多了起来。东市里还偶有官布流出，据说是宫中女史洛娥以之前放出的有技艺的宫女，重组织室，时不时就会有些用不完的官布流布出来。

可姜老食肆却较以往冷清得多了。

这时东首房内，以往仇余他们几个喜欢盘踞的那间老屋子里，只有两三个氐人青年在。

仇余也正在其中。

只听他感叹道："真冷清得多了。"

旁边一人答道："可不是。我记得上次热闹，还是樊六死的那一次。那时樊家闹得有多厉害？当时，看着怕要掀翻整个长安。可现今，他老爹被天王劈死了，他哥哥却为天王信用，安安生生做着少府监，听说还管得不错。看来，人确实不能傲上啊。"

仇余叹道："当初，看来我们都看轻了这位天王。这一招，既用其子，又杀其父，足以骇得住朝中上下，叫哪一个宗族怕也无法抱团抗命了，虽父子亦不能共谋。"

另一个道："可不是？唉，仔细算算，参与过那次聚会的，还有个刘恨儿也不在了。"

三人不由同声嗟叹。

一人又道：

"明日我也要往萧关赴职。以前那些大家伙儿聚在长安城闲晃的日子可真的再没喽。"

朝中确实已下令严禁各酋豪子弟四处游荡，一个个近来尽授了实职，命他们各往职司处应命。

"只有姜世怀倒讨了巧宗儿，依旧能留在长安城。只是，也少与咱们来往了。"

仇余一时叹了口气。

"一转眼，都死了两三个了。咱们也就散了，散之前，倒杯酒浇浇他们吧。"

三人一时酌酒，酹地。

其中一人道："杨靖也好久不见。"

仇余冷笑道："人家上了高枝，现在廷尉里忙着呢！大家伙儿以后可小心别犯法，否则落入他手，那可是翻脸不认人的。咱们几个的脾气个性，他哪个不清楚？真没承想，樊用、杨靖两个，现在居然会跟了那个汉人王猛。原来平日里只见到他们心高气傲，现在，却为那汉人做卒子了。"

中有一人正在窗边往外窥望。

这时，回过头，轻嘘了一声。

"小声点儿，那位王侍郎，现在正在院儿里呢。"

说着，他看见身边同伴，想起上次正是他冲着王猛抹脖子威胁过的，冲他笑着拿手划过一下脖子。

那个氐人小伙做出个惊恐的颜色，杀鸡抹脖地在自己脖子上砍了一掌，轻声道："一会儿出去，你帮我遮遮，别让他认出我的脸。"

那株大槐树下，王猛坐着。

近冬了，头上树叶凋零，只见枝柯瘦净。

姜老人照样端出碗浆水来，送与王猛。

王猛说道："姜老，你这生意也不如往日了，瞧着很有些冷清啊。"

姜老笑应道："原来不是有那帮少年子弟闹腾吗？那拨人现在各得职司，各有人督察，现在都来得少了。正好我也不想再做了。听说入冬后朝廷就要重新授田，我老儿自谅还动得了，想也去领恩，领到些田就去城外去过小时候庄稼人那本分日子。说来不怕您笑，宫中放出来的宫女，有那没人要的，我也去拣了个。模样虽差了点儿，但身子、性子都算好。我虽老了，说不定还能生上两个呢。"

王猛听后也笑了。

他呷了口浆水，出了下神，怅然了下，轻轻吐出两个字：

"麦子……"

那是之前姜老与他说过的话。

姜老人的脸上也一时怅然，又似有所希冀，神情恍惚了起来。

这时，东首屋里仇余那三个人走出门来要各自别去。

行前，只听仇余嚷了声："姜老头儿，茶钱我给你撂桌上了。"

王猛终于推开了那扇门。

外面阳光刺眼，屋内却很黑，一时什么也看不清。

如今，他已辅佐大王登基，且终于内定酋豪，外肃姻戚，这朝廷，终于看似立得住了。他接下来要忧心的只有一件大事：北讨并州张平。

但以当今大秦的实力，他确实也无法做到成竹在胸。

并州向来以铁器闻名，兼有张蚝这等"万人敌"的猛将，讨并州定然不易。

所以，他今天必须来见下那个名唤莫干的女人了。

想到那个女人，他心里忽然肃穆了起来。

就是为了这个女人，整个长安慌乱了数月，一度几乎焚为灰烬。

暗处忽然响起了个声音："大人来了？"

王猛眯起眼，终于看清了坐于暗处的，那个怀抱着褓褓的女人。

那女人也正看着褓褓。

只听她低声说道：

"她是升平元年出生。"

"在永兴初年遭遇兵祸。"

"然后，在光寿元年死了。"

那个女人静静地抬起眼，望着门口逆光处的王猛，干涩地问："先生，你说她一共活了几岁？"

——那是王猛与莫干相遇的初年。

莫干用这三句话，向他这个当世豪杰，做出了这么严厉的责问。